⑰ 倪匡珍藏限量紀念版

衛斯理傳奇之

雨花台石

（含：雨花台石．眼睛）

倪匡 著

雨花台石

衛斯理傳奇

CONTENTS

眼睛

雨花台石

序言

「雨花台石」和「影子」一樣，都是衛斯理少年時的描述，相當有趣，那時候少年人的生活、愛好、活動，自然和現在大不相同。故事中紅與白兩種力量的抗爭，自然只是信手拈來，沒有什麼特別的意義。

爭鬥被形容的十分慘烈——所有的爭鬥，其實都慘烈無比，所以最好是沒有爭鬥。故事最後表露了這個希望。

倪匡

第一部：一塊活的雨花台石

這是一個舊故事，也可以說，是一個新舊交織的故事，因為故事的前半部，發生在很久以前，後半部，卻是最近的事，相隔了很多年，一件古怪得不可思議的奇事，才算是有了結束。

先從前半部講起。

我的中學同學中，有各地來的人，其中有一位，來自鎮江，事情就開始在這位鎮江同學身上。這位同學，叫徐月淨，這個名字很古怪，有點像和尚名字，而他家又恰好在金山寺下，是以我們都戲稱他為「和尚兒子」，徐月淨是一個好好先生，給我們取了一個這樣的綽號，居然也認了，不加抗議。

鎮江金山寺，是一所很有名的寺院，「白蛇傳」中，法海和尚作法，「水漫金山」，就是引長江水來浸金山，而金山是長江江中心的一個小島，島上怪石嶙峋，樹木蔥翠，寺院依山而築，氣勢雄偉，真是一個好去處。我有一次遊金山寺，就是和徐月淨一起去的，因為那一年過年，我邀他在我家住了幾天，年初四，他也邀我到他家中去，當天下午，他就帶我去遊金山。

那天天氣十分冷，中午開始陰冷，等我們到了金山時，天開始下雪，爬山到了金山寺，雪愈下愈大，看來已無法遊山，只好遊寺了。

我們在寺中轉了一轉，徐月淨道：「好冷，你要不要喝杯熱茶，寺中和尚我全熟。」

我笑道：「當然，你本來就是和尚兒子。」

徐月淨顯得很尷尬，他忙道：「別胡說，在學校說說不要緊，在廟裏，可不能說。」

我呵著凍得發紅的手：「好，我不說了，最好找一個有學問的和尚，和他談談。」

中學生容易自命不凡，我那時以為自己知識豐富，所以才提出那樣一個要求來。徐月淨立時道：「好，有一個和尚，叫智空，他最多稀奇古怪的東西，而且有各種古怪的故事。」

我十分高興：「好，找他去！」

徐月淨帶著我，穿過了大雄寶殿，經過了幾條走廊，他自小在金山寺玩，自然對寺中的一切，熟得可以，他到了一間禪房門口，敲著門，裏面有人道：「進來，是月淨麼？」

我不禁呆了一呆：「他怎麼知道是你呀？」

徐月淨瞇著眼，向我笑了一笑：「我也不知道，事實上，他好像有一種特別的力量。」

就一句話，已經引起了我極大的興趣，徐月淨推開門，我向裏面望去，只見一個和尚，坐在一張桌子之前，正在抄經書。這個和尚，如果他不是穿著袈裟的話，看來也像是一個教員，他看到了我們，笑了笑，徐月淨道：「智空師父，這是我的同學，衛斯理。」

我也不知道向和尚應該如何行禮才好，所以只好點了點頭，智空和尚倒很和藹可親，點頭道：「請坐，外面下雪，好冷啊。」

外面的確很冷，但是禪房中很和暖，因為生著一爐炭火，我在炭火邊坐了下來，徐月淨道：「智空師父，衛斯理最喜歡稀奇古怪的東西，你將那隻木鴨子拿出來，給他看看。」

智空和尚微笑著，站起身，來到一只木櫃前，打開一個抽屜，回過頭：「你來看。」

我忙走了過去：「是什麼東西？」我說著，已經看到那隻「木鴨子」了，那是一截老樹根，樣子就和一隻鴨子一模一樣，真可以說是維妙維肖，但是卻一眼可以看出，那是天然生成的。

這東西自然奇趣，我拿起來玩了一會兒，然而離我想像中的「離奇古怪」，還差得很遠。接著，在徐月淨的要求下，智空和尚又給我看到幾樣東西，一樣是殼作寶藍色的「鳳凰蛋」，我想那大約是鴕鳥蛋，另一樣，是一串念珠，看來並沒有什麼特別，但是據智空和尚說，它是山魅的骨頭做的，「出家人不打誑語」，我自然不好意思追問下去。

還有一只很舊的竹盒子，盒中放著一塊黑漆漆的東西，就是真正的「狗寶」、「牛黃狗寶」，倒是時時聽說的珍寶藥材，卻不料看來竟如此不起眼，而且我自料不會有什麼疑難雜症，需要動用到「狗寶」的，是以我的興趣越來越淡了。

外面的雪仍然十分大，但反正徐月淨的家就在金山，我已有要冒雪回去的意思。月淨也看出我有點不耐煩了，他對我道：「智空師父還有一件很奇怪的東西，可以令你大開眼界的。」

我道：「是麼？」

智空卻道：「我沒有什麼特別的東西了，你們要不要去吃一碗齋麵？」

徐月淨道：「怎麼沒有了，你那塊石頭呢？」

禪房中的氣氛，本來是很融洽的，可是徐月淨的這一句話才出口，我立時便覺得事情不對頭了！在剎那間，徐月淨像是說錯了什麼極其嚴重的話一樣，現出十分慌張的樣子來，智空和尚的面色，也陡的一變，變得十分難看。

只有我，全然覺得莫名其妙，因為我實在想不出，徐月淨的那一句話有什麼不對頭的地方。徐月淨只不過問「你的那一塊石頭」，一個和尚，藏著一塊石頭，決沒有什麼不對，可是像當時的情形，徐月淨倒像是問了一句「你藏的那個女人呢」一樣。

如果我當時年紀大一些，我一定會裝著看不出氣氛有什麼不對，不再去問。可是當時我卻年輕，我只覺得奇怪萬分，我立時道：「什麼石頭？」

我這樣一問，徐月淨和智空和尚的表情，更是尷尬了，就像他真的藏了女人，已經被我識穿了一樣。智空和尚先是瞪了徐月淨一眼，徐月淨也像是做錯什麼大事一般，低下頭去，一言不發。

然後智空和尚轉頭，望著窗外：「啊，雪愈下愈大，你們也該回去。」

為了那塊石頭，智空和尚竟由熱誠歡迎，而變成了下逐客令了，而且徐月淨和他配合得很好，立時道：「是啊，我們該回去了。」

我氣得幾乎立時要嚷了起來，但是我卻忍住了未曾出聲。我的心中當然感到十分疑惑，不知道他們提到的那塊石頭，究竟是怎麼一回事，我想弄清楚這件事，而且決定先在徐月淨的身上下手。

所以我道：「好啊，我們該回去了。」

徐月淨和我一起離開了禪房，到了房外，他忽然又叫我等一等，又進去和智空和尚嘰咕了一陣，然後才帶著惴惴不安的神情，走了出來。

我們一起離開了金山寺，向下山的路上走著，到了山腳下，我仍然直向前去，徐月淨伸手拉住了我的衣服，道：「你到哪裏去？我家在那邊。」

我道：「我知道你家在那裏，可是我現在要到碼頭去，搭船進城。」

徐月淨愕然道：「進城？幹什麼？」

我大聲叫道：「回我自己的家去。」

徐月淨呆了半晌，雪十分大，我們兩個人，只站立了片刻，連眉毛上都沾了雪花。

徐月淨在呆了半晌之後，才道：「你……你在生我的氣了？」

我知道徐月淨是一個老實人，非用重語逼他，是不會發生效果的，是以我立時道：「我何必生你的氣，我們根本不再是朋友了，為什麼我要生你的氣？」

徐月淨著急道：「你說什麼？為什麼我們不再是朋友，我們是好朋友。」

我冷笑著：「是啊，是好朋友，與和尚眉來眼去，算什麼好朋友？」

徐月淨低下頭去，呆了半晌，才嘆了一口氣，哀求道：「衛斯理，這件事，別再提了好不好？」

我的好奇心，使我變得硬心腸，雖然徐月淨已急得幾乎哭出來了，但是我還是道：「不行，那塊石頭究竟是什麼，你得詳細告訴我。」

徐月淨抬起頭來，哭喪著臉：「那……那不行，我答應過智空師父，不對任何人提起。」

我看出徐月淨已經投降了，是以我又逼了他一句：「哼，我還以為我們真的曾經是好朋友。」

徐月淨望了我半晌，又嘆了一聲，拉住了我的手：「好，我講給你聽。」

他拉著我，進了一家小菜館，在一個角落處坐了下來，我們捧著酒杯，暖著手，徐月淨又道：「我對你說，便是這件事，你無論如何，不再對旁人說起。」

我笑道：「一塊石頭，何必那麼緊張，那究竟是一塊什麼石頭？」

徐月淨道：「一塊雨花台石。」

我呆了一呆，一時之間，幾乎疑心自己聽錯了，可是徐月淨說得很明白，那是一塊雨花台石，我在一旁聽了之後，不禁「哈哈」大笑起來。

不錯，雨花台石是十分有趣的東西，晶瑩美麗，可愛異常，花紋和質地好的雨花台石，價值也相當高。但是無論如何，一塊雨花台石，不值得如此神秘，除非他們兩人神經上都有多少毛病。

我在呆了一會兒之後，道：「行了，早知只不過是一塊雨花台石，我們也不必吵架了。」

我已經表示我沒有興趣再聽下去了，可是徐月淨究竟是老實人，他既然開始講了，就要將事情講下去，這時，他反倒主動地道：「這塊雨花台石，與眾不同，我也只見過一次。」

我順口道：「不同在什麼地方？」

徐月淨的神色十分凝重，壓低了聲音：「它是活的。」

這一次，我真的疑心我聽錯了，我連忙問道：「你說什麼？」

徐月淨重複了一遍，說的仍是那四個字：「它是活的。」

我呆住了，出聲不得，一塊石頭，雨花台石，它是活的，這實在荒唐到了超乎常識之外，令人無法接受，我道：「活的？石頭？你弄錯了吧？」

徐月淨神色嚴肅地道：「沒有弄錯，我看到過，雖然我只見到過一次，但是它的確是活的，一點不假，智空師父根本不肯給我看，是我有一次，不敲門就進他的禪房撞見的，他叫我無論如何，不能告訴別人！」

我的好奇心，被提到了頂點，因為我知道徐月淨決不是一個會說謊的人，而一塊雨花台石是活的那件事，又實在無法接受的了。

是以我的身子俯向前：「你詳細告訴我！」

徐月淨道：「那一天，是夏天，我推開他禪房的門，看到他正在凝視著什麼，而一見我來，就立時拿袖子將桌上的東西蓋住，我那時很頑皮，假裝什麼也沒有看到，和他談著話，突然掀開了他的衣袖，就看到了那塊雨花台石了，它有拳頭大小。」

我不等他再往下說，便道：「當時，那塊石頭是在跳著，還是怎麼樣？」

徐月淨道：「我說它是活的，並不是那個意思。」

我道：「那麼，它如何是活的呢？」

徐月淨喝了一口茶：「你耐心一點，聽我說下去，我當時看到只不過是一塊雨花台石，心中也感到奇怪，那塊雨花台石很美麗，橢圓形，一半是深紅色，另一半，是一種近乎白色的半透明，本來，我看到是雨花台石，只不過順手想拿起它來看而已，可是智空師父卻緊張得將我的手按住，叫了起來，道：『別理它！』」

「我當時呆了一呆，道：『這是什麼？』智空師父道：『我也不知道那是什麼，那是我在雨花台拾回來的。』我道：『我早就看出它是一塊雨花台石了。』智空師父道：『可是它與眾不同，你看。』智空師父說著，將那塊雨花台石，移到了陽光之下。」

徐月淨說到這裏，神情變得十分緊張，雙手緊握著拳，面色也變了。他那緊張的神情，連帶使我也緊張了起來，我道：「你看到了什麼？」

徐月淨雙手捧著茶杯，他的手在發抖，以致有好些茶灑了出來，他的臉色變得蒼白，他的嘴唇顫動著，可是卻說不出話來。

我心中更急：「你究竟看到了什麼？說呀，不論你看到了什麼，現在說出來，又有什麼關係？」

我的話，多少起了一點作用，徐月淨的神色，變得鎮定了許多，他先嘆了一口氣：「真是不可思議，那塊雨花台石，一半是深紅色的，而另一半，是半透明的，可以看到石中的情形。」

我是一個心急的人，徐月淨講的話，不得要領，使我很急躁，我道：「這剛才已經說了，告訴我，在將石頭移到陽光下以後，你看到了什麼？」

徐月淨道：「你別著急，我自然會告訴你的。」

他講到這裏，又頓了一頓，我不禁嘆了一口氣，這個人，你愈是焦急，他愈是慢吞吞，還是不要去催促他，由得他自己說的好。

徐月淨在停了片刻之後：「我實在不知該如何說才好，嗯……在陽光下，那半透明的一部分，看來更加透明，我看到，自那紅色的一部分，有許多一絲一絲的紅絲，像是竭力要擠向那半透明的部分，而在那半透明的部分，又有一種白色的絲狀物，在竭力拒絕那種紅絲的侵入，雙方糾纏著，那種情形，使人一看到，就聯想到一場十分慘烈的戰爭。」

我望著徐月淨——實際上，我是瞪著他，我的心中在懷疑他是不是正在發囈語！

從我的神情上，徐月淨顯然也已經看出了我的心中正在想些什麼，是以苦笑了起來，放下了茶杯：「我所說的，全是真話，信不信由你。」

我仍然瞪著他：「和尚兒子，你的意思是叫我相信，在一塊石頭之中，有一場戰爭？」

徐月淨感到十分尷尬，忙道：「不，不，那或許是我的形容詞不怎麼恰當，但是，在那塊雨花台石之中，確然有著爭執，我的意思是，那種紅白色的絲狀物，它們是活動的，而且正在掙扎著，我說那塊石頭是活的，就是這個意思。」

我並沒有再說什麼，因為徐月淨所說的一切，令我消化不了，我得好好想想他的話，在腦中整理一下，才能夠逐漸接受。

而在我考慮間，徐月淨又補充道：「所以，並不是說那塊石頭是活的，那塊石頭之中，有著活的東西。」

那時，我已經將徐月淨的話，仔細想了一遍。為了鄭重起見，所以我不叫他的綽號，而叫著他的名字：「月淨，你一定眼花了，雨花台石有不少是有著極其奇妙的花紋的，在陽光之下，稍有錯覺，那種隱藏在石內的花紋，看來就會像活的一樣。」

徐月淨忙搖著手：「不，絕不相同，你以為我沒有看見過雨花台石麼？我見過許多美麗的雨花台石，但那些和智空和尚的那顆，完全不同，他的那顆，是活的，我的意思是，石頭中有活的東西。」

徐月淨說得十分認真，他那種認真的態度，使我無論怎樣想，也絕看不出他是胡言亂語。

我呆了半晌，才道：「你只看到過一次？」

徐月淨點頭道：「是的，智空師父不准我向任何人提起這塊石頭的事，在他的面前，也絕不准提起，我也一直遵守著自己的諾言，剛才，我一衝動，提了起來。他的反應如何，你看到了。」

我「唔」地一聲：「他的反應，倒像是你提及他在禪房中藏了一個女人！」

徐月淨苦笑道：「真像。」

我問道：「他為什麼那麼神秘，不想人知道他有著那樣的一塊雨花台石？」

徐月淨搖頭道：「我不知道。」

我問道：「那麼，當時你看到了那種奇異的現象，你有沒有問他，這塊石頭中，究竟是什麼東西？」

徐月淨道：「當然有，我看到的情形，實在太奇特了，我怎麼能不發問？可是智空師父自己也不知道那是什麼，他只是提一些玄之又玄的話。」

我追問道：「他說了些什麼？」

徐月淨道：「他說什麼，上天造物之奇，決不是我等世俗人所能瞭解的，又說什麼，佛能納須彌於芥子，於芥子中現大千世界。」

我眨著眼：「這是什麼意思？」

徐月淨道：「誰知道，佛法本來就是玄學，只怕連他自己，也一樣不明白他的話是什麼意思。」

我呆了半晌，吸了一口氣道：「月淨，我想看看那塊石頭。」

徐月淨吃驚地望著我，我完全明白，徐月淨之所以吃驚，是因為他明白我的性格，是想到了做什麼，一定要做到的那種人！

是以他忙搖手道：「不行，智空師父一定不肯給你看的，他一定不肯給你看。」

我也早已想好了我的辦法，所以我道：「我不去求他讓我看那塊石頭。」

徐月淨的神情更吃驚了，他張大口，呆了半晌，才道：「你不是……要去將那塊石頭……」

他是一個老實人，從他的口中，始終說不出一個「偷」字來，我不等他結結巴巴地再向下說，就接上了口：「你和我一起去將它偷出來！」

徐月淨大聲道：「我不去！」

他叫得實在太大聲，以致茶館中的所有人，都轉過頭，向我們望過來。

我放下茶錢，拉著他便向外走，到茶館外，我才埋怨他道：「你瘋了，我們是商量著到金山寺偷東西，你怎可以那麼大聲？」

我和他一起向前走著，因為下雪，街道上泥濘不堪，我道：「我非去不可，誰叫你將這種怪事告訴了我？你如果不敢和我一起去，就證明你在說謊！」

本來，像我這樣的「激將法」，用在徐月淨這樣的老實人身上，是萬試萬靈的，可是，這該死的「和尚兒子」像是已立定了主意，不肯跟我去偷東西了，他搖著頭：「我不去，就算我是在撒謊好了。」

第二部：兩個倒楣的小偷

他講出這樣的話來，我倒無法可想了，我們兩人都不再說什麼，只是默默地向前走著。

不一會兒，到了徐月淨家中，我們仍然相互間不說話，徐月淨在他房間後的小院子中，堆著雪人，他自然不是對堆雪人有什麼興趣，只不過是他有意避開我，不肯和我談話而已。

我也不去理會他，自顧自在房間中盤算著，一直到吃過了晚飯之後，天色全黑了下來，我們才開始說話，是我先開口，我道：「好了，和尚兒子，我不要你陪我去了，我自己一個人去！你放心，旁的和尚不會捉我，因為我不是去偷他們的東西，而智空和尚就算捉到了我，他也不會聲張出來，因為我是去偷那塊古怪的雨花台石，他不敢對人家說他有一塊那樣古怪的石頭。」

我的詭辯，使徐月淨一時之間，難以應對，他只是道：「我還是不去。」

我笑著：「我根本沒有要你去，而我也早就盤算好了，和尚都要做早課，智空和尚也不能例外，我們半夜偷進寺去，找一個地方躲起來，一到清晨，和尚全都到佛堂念經去了，我們就偷進禪房，偷了那塊石頭出來，管保萬無一失。」

我心中實在還是想徐月淨和我一起去的，老實說，一個人去做那樣的事，總有點不自在，所以，我故意在我的話中，用「我們」這兩個字。

徐月淨默不作聲。

我又道：「這塊雨花台石，既然如此之怪異，說不定有著極高的科學價值，如果讓它一直埋沒在禪房，那實在太可惜了，你可知道雨花台石的來歷麼？」

徐月淨聽得我忽然之際，轉了話題，他也不禁一呆：「雨花台石的來歷是什麼？」

「全世界，只有南京雨花台，才有那種花紋美麗、質地晶瑩堅硬的石頭，

■雨花台石■

當然不是地上長出來的，它是天上掉下來的。」

徐月淨道：「別胡說了。」

我笑道：「和尚兒子，你自己見識少，就不要講人家胡說，你可知道『天花亂墜』這句成語？」

徐月淨不服氣地道：「當然知道。」

我道：「好，這句成語的上一句是什麼？」

徐月淨瞪了瞪眼，說不上來。我笑道：「這就是了，你還是不知道。『生公說法，天花亂墜』，這裏面是有一個故事的。」

徐月淨道：「那和雨花台石，又有什麼關係？」

我道：「自然有關係，生公是晉時一位高僧，叫竺道生，他在虎丘說法，說得頑石盡皆點頭；他在南京說法，說得天花亂墜，自天上跌下來的花，都化為五色石子，所以這個說法的地方，就叫做雨花台，那些石子，就是雨花台石。」

徐月淨笑了起來：「你牽強附會的本領，倒是第一流的了。」

我道：「我也沒有那麼大的本領，那只不過是前人的筆記小說的記載而已。」

徐月淨道：「這種記載，如何信得？」

我道：「當然不能盡信，可是也多少有一點因頭，天花亂墜，化為五色石子，自然是沒有科學知識的人所說的話，而如果從科學的觀點來看，可能是有一顆流星，化為殞石，穿過地球的大氣層，變為千百萬塊小的殞石粒，落在雨花台這個地方，當萬千殞石粒墜下，不是正像天上的花朵紛紛墜下麼？」

徐月淨笑道：「好了，我說不過你。」

我也笑著，拍著他的肩頭：「本來就是，我想他那塊雨花台石，一定有著科學上的研究價值，說不定，我們兩人，可以研究出一些天文學上的意外新發現。睡吧，半夜我會叫醒你的。」

徐月淨苦笑道：「叫醒我做什麼，我又不曾答應和你一起去偷東西。」

我笑了起來：「你怎可以不答應？你要是不答應，一定會後悔一世。」

徐月淨嘆了一口氣，沒有再說什麼，我們鑽進了被窩，雖說我們都想好好睡一覺，再採取行動，可是卻全緊張得翻來覆去，睡不著覺。後來，我們索性不睡了，弄旺了炭火，詳細地計劃著如何開始行動。

到了凌晨三點鐘，我們離開了徐月淨的家。

雪已停了，積雪很厚，才一開門，一股寒風，撲面而來，令得我和徐月淨，接連打了好幾個寒戰，我們縮著頭，籠著手，頂著風，向前走著。當我們開始上山的時候，風勢勁疾，吹得我們兩人，全身都像是冰一樣，身上厚厚的皮袍子，就像是紙糊的，一點也頂不了寒。

徐月淨的牙齒打著震，以致他講起話來，也是斷斷續續的，他道：「怎會跟你來幹這種事！」

我也一樣發著抖：「已經來了，還埋怨什麼？如果不是你告訴我有關石頭的事，我怎麼會想出來要偷來看看？」

我們咬緊牙關，頂著寒風，向山上走著，積雪又厚，腳高腳低，身上的衣服又臃腫，好幾次跌在雪地上，在雪地上打著滾，我心中在想，只怕自有竊賊以來，沒有哪兩個小偷，有我們這樣狼狽的了。

好不容易，來到了寺前，我們又不敢從寺正門進去，沿著圍牆，繞到寺旁。

當我們沿牆站著，受到寒風的威脅稍小了些的時候，徐月淨又嘆了一口氣：「古人作詩，說什麼踏雪尋梅，情調如何好，他媽的全是鬼話。」

我呵著凍得發紅了的雙手：「別理會那些了，我們還得爬牆進去。」

徐月淨嘆著氣：「這一輩子，總算什麼都試過了，你先托我上去。」

我將徐月淨托了上去，自己也爬過了牆，好在廟牆並不是太高，爬牆倒並不是十分困難。

當我們爬進了寺之後，遠處已斷斷續續傳來了雞啼聲，我們恰好是從寺後的廚房附近爬進來的，廚房中有燈光，熱氣蒸騰，我們真想奔過去，好好地暖和一下，再開始行動！

我們貼牆站了一會兒，才繼續向前走，由徐月淨帶路，一直來到了智空和尚的禪房附近，才蹲了下來。也幸虧有徐月淨帶路，如果是我一個人摸進來的話，那些大殿、偏殿、走廊、院子，只怕已弄得我頭昏腦脹，轉到天亮，也轉不出去！

但徐月淨就不同了，他是自小在金山寺玩大的，對於寺內的地形，自然十分熟悉。

我們蹲了下來之後，更覺得寒冷了，棉鞋已被雪濕透，一陣陣透骨的寒氣，自鞋底之上，直冒了上來，兩個人都在發著抖。雖然我內心的好奇心，仍然是如此強烈，但是我也有點後悔了，真是的，放著暖被窩不享受，倒來這裏受這樣的活罪！

遠處的雞，啼了又啼，可是和尚卻老是不肯起身，好不容易，鐘聲響了起來，我們看到，有些房間中，亮起了燈火，我們躲在牆角，看到寺中的和尚，一隊一隊，向佛堂走過去。

又等了一會兒，佛堂那面，響起了誦經磬聲、木魚聲，我低聲道：「差不多了。」

徐月淨點了點頭，我們要相互扶持著，才能站起來，而站起身來之後，我們的雙腳，根本已凍得麻木了，幾乎難以向前挪動！

我們仍然相互扶持著，向前走了幾步，從一扇角門，轉進了走廊，走廊中靜悄悄的，天還沒有亮，我們快步向前，奔了幾步，來到了智空和尚的禪房門口。

我先貼耳在房門口，向內聽了聽，聽不到有什麼動靜，就推開了門，智空和尚果然不在房間中。

在這樣緊要的關頭，徐月淨好像又猶豫了起來，我連忙用力一推，將他推進了房間：「快，他那塊石頭，放在什麼地方？」

徐月淨向那只大木櫃的上面，指了一指。

我抬頭向上一看，拖過了一張木凳，站了上去，再伸直了手，總算可以勉強搆得上那只抽屜的銅環，我拉住了銅環，將抽屜拉了開來。

我並不能看到抽屜中有著什麼，只是踮著腳，伸手在抽屜中亂摸著，總算給我摸到了一只方形盒子，我將那只盒子，取了出來，低頭望著徐月淨。

徐月淨連連點頭，我忙將盒子取了下來，推上了抽屜，跳下了凳子。

我將盒子打了開來，只見盒中放著一塊石頭，在黑暗中，也看不出那石頭是什麼樣子的，我拿著盒子，塞在袍子的袖中，和徐月淨兩人，退出了禪房。

當我們又翻出了圍牆之後，兩個人是一口氣不停，奔下山去的，天色才開始有點亮，一路急奔，我們都大口喘著氣，倒也不覺得冷了。

我們先在一個賣豆漿的攤子上，喝了一碗熱熱的豆漿，喝得頭上冒汗。

當我們回到家中的時候，徐月淨家的傭人，用吃驚的眼光，望定了我們，我們一起來到了徐月淨的房間中，我道：「怎麼樣，我說一定可以成功的吧。」

徐月淨道：「快拿出來看看。」

我笑道：「你已經看過一次了，倒比我還心急。」

徐月淨道：「那東西實在太奇怪了，我也一直在想，上次我看到的，會不會是我眼花了。」

我自袖中，將盒子取了出來，打開盒蓋，這時，天色已大明了，陽光從窗外照進來，是以我一打開盒蓋，就可以看到，那確然是一塊雨花台石，有拳頭般大小，一半紅，一半透明。

就算這塊雨花台石，沒有徐月淨說的那種神異的現象，也是一塊令人見了，愛不釋手的有趣玩意兒。我將那塊石頭，拿了起來。

徐月淨忙道：「快對著陽光看看，你就知道我絕不是騙你的。」

我將那塊石頭，舉了起來，使太陽照在石頭之上，在那剎那間，我也呆住了。

那塊雨花台石的半透明部分，在陽光之下，變得幾乎全透明，但也當然不是像水晶那樣的澄澈，不過，裏面發生的事，也看得夠清楚了。

我之所以選擇了「裏面發生的事」這樣近乎不通的句子，是有原因的，因為我一眼看去，就直接地感到，在那塊石中，有事情發生著。

當然，我絕對無法知道是發生了什麼事，但是我的確看到有事發生。事情和徐月淨曾經形容的大致相若，但是徐月淨的形容本領，相當低能，他曾選用了「戰爭」這樣的字眼，也不是十分恰當的。

正確地來說，那應該是廝拚，是無情的廝殺和鬥爭。為什麼會給我以那樣的感覺，連我自己也有點說不上來，但是我所看到的情形，的確使我立時聯想到血淋淋的屠殺！

我看到，在那紅色的一部分，有著許多紅色的細絲，想擠到透明的一部分來，而在那透明的一部分，則有許多乳白色的細絲，在和那種紅色的細絲迎拒著、糾纏著，雙方絕不肯相讓，有的紅絲或白絲，斷了開來，迅速消散，但立時又有新的紅絲和白絲，補充上去，繼續著同樣地廝殺和糾纏。

我真是看得呆了，沒有人可以否定那石頭中的這些細絲是活物，因為它們在動，在鬥爭。

我呆呆地望著那塊石頭，看了很久，緊張得我的手心中在冒著汗，我彷彿是在空中，參觀著一場慘烈無比的鬥爭，在小時候，我喜歡看黃螞蟻和黑螞蟻打仗，但是比起這雨花台石中的那種廝拚來，螞蟻打仗，根本算不了什麼刺激的事了。

徐月淨一直站在我的身後，過了好久，他才道：「不是我眼花？」

我也喃喃地道：「也不是我眼花。」

徐月淨的聲音有點急促，他道：「這是什麼？怎麼在一塊石頭之中，會有那樣的事發生？」

我撐著頭，完全不知道應該如何回答才好，那全然是超出我知識範圍以外的事，我就是想胡謅幾句，也是難以說得出口。

我只好道：「我不知道，真是太奇怪了，那些東西，明明是活的。」

徐月淨道：「是的，它們在互相殘殺。」

我的手有點發抖，我將那塊雨花台石，放了下來，放在桌子上。

當那塊雨花台石離開了陽光的照射之後，透明部分沒有那麼明亮，也看不出內中有什麼特殊的變化來，我們兩人互望著，一句話也說不出來，過了好久，我才道：「想法子剖開來看看。」

徐月淨忙道：「不可以，如果裏面那些東西，走了出來，那怎麼辦？」

我道：「那只不過是些細絲，怕什麼？」

徐月淨駭然道：「或者它們見風就長！」

我聽得徐月淨那樣說法，忍不住「哈哈」大笑了起來，徐月淨的話，實在太可笑了，他將石頭中那些細絲，當作是孫悟空的金箍棒，會見風就長？

可是，我只笑了一半，就笑不出來了。

我之所以在突然之間，收住了笑聲，並不是因為徐月淨瞪大了眼望著我，一副憤怒的神氣，而是我在突然之間想到，事情一點也不好笑！

真的，在石中的那些兩色細絲，究竟是什麼東西，我一點也不知道。對自己一無所知的東西，又怎知它不是見風就長的怪物，怎可立時否定月淨的話？

徐月淨究竟是老實人，他見我不再笑了，憤怒的神色，也緩和了許多，他道：「我們還是別弄壞這塊石頭好，你也看夠了，將它送回去吧！」

我忙道：「不，如果不將它剖開來，怎能夠研究石頭裏面的那些細絲是什麼？」

可是這一次，徐月淨像是打定了主意，再不聽我的撥弄，他大聲道：「不行，我一定要將它送回去。」

我撇著嘴：「你這人真是沒有出息，一點研究精神也沒有。」

徐月淨呆了一呆，忽然嘆了一口氣，講出了幾句十分有哲理的話來，他道：「唉，你口口聲聲研究，我們不能明白的事，實在太多了，而且，決不是每一件事，都是可以研究得出道理來的。」

我無法反駁徐月淨的那幾句話，所以我呆住了不出聲，那時，我的手中，緊握著那塊雨花台石，而當我緊握著那塊雨花台石的時候，我更可感到一種發自石頭內部的輕微的顫動，那塊石頭，真是「活」的！

自然，我對於這種輕微的震動，在開始的時候，覺得十分奇特，然而當我再一次在太陽光下審視那塊石頭的透明部分，看到它內部那種紅色和白色的細絲，那樣糾纏不休，狠狠苦鬥的情形。我覺得，石頭的內部有著慘烈的爭鬥，而外面的感覺上，只是那麼輕巧的顫動，實在太不足為奇了。

徐月淨一直在我身後催著，要將石頭送回去，我也決定了不去理會他。

我決定非但不將石頭送回去，而且，還要召集更多的人來研究，這塊奇怪的雨花台石之內，究竟有著什麼東西，自然我未曾將我的決定對徐月淨講出來，因為我知道，如果我說出了決定的話，徐月淨一定會和我大吵的，我決定欺騙他。

而就在這時候，徐月淨的老僕人在門口叫道：「少爺，老爺叫你去。」

徐月淨沒有好氣地道：「什麼事？」

老僕人在門外邊：「金山寺有一個和尚來找你，老爺正陪他在客廳說話。」

徐月淨一聽，面色就變了，他呆了好一會兒，才道：「好，我就來了。」

他一面說著，一面立時伸手抓住了我的手臂：「糟糕，智空師父來了。」

我也嚇了一跳，但是我仍然自己安慰自己：「怎知道一定是他，金山寺有許多和尚。」

徐月淨道：「不論怎樣，既然是指名來找我，那八成是智空師父，我一個人不敢去，你一定得和我一起去才成，事情是你鬧出來的。」

想起來的確可能是智空和尚，想到我偷了他的東西，我心裏也不禁有點發寒！

但是我是一直在學校中充大人物充慣了的，想起如果臨陣退縮的話，以後講話嘴也不響了，我只好硬著頭皮：「好，去就去！」

我將那塊雨花台石，塞進了袍子袋中，就和徐月淨一起走了出去。

我一面心中在盤算，如何應付，一面又在希望，來的不是智空和尚。可是當我和徐月淨一走進客廳，抬頭一看時，不禁倒抽了一口涼氣！

幸而智空和尚滿面笑容，正在和徐老伯談話，我們進去，他只是望了我們一眼，並沒有什麼發怒的樣子，所以我雖然心跳得十分劇烈，總算還不至於當場出醜。

我們一進去，智空便叫了徐月淨一聲，又和我點了點頭，徐老伯道：「師父找月淨什麼事？」

智空道：「沒有什麼，只不過我下山來了，想起他，隨便來談談。」

徐老伯又客套了幾句，拱著手進去了，智空和尚望著我們，嘆了一口氣：「好了，趁你們還未曾闖出大禍，快拿出來吧。」

徐月淨一聽，早已漲紅了臉，我還想抵賴：「拿什麼出來啊？」

智空和尚再嘆了一聲：「我真替你難過，看來你也是好出身，又受過教育，怎會做了這種見不得人的事，又沒有勇氣承認。」

我被智空和尚的那幾句話，說得臉上像被火燒一樣，熱辣辣地發燙。我低下頭去，呆了片刻，才決定承認自己的錯誤。

當我有了這樣的決定，再抬起頭來時，我反倒覺得坦然了，我道：「是的，我偷了那塊石頭，因為徐月淨對我說起了那塊右頭，我的好奇心實在太強烈了，所以，我才偷了來。」

智空吸了一口氣，道：「那很好，你快拿來還給我。」

我將那塊石頭，取了出來，智空忙接在手中，略為看了一下：「謝天謝地。」

看他的情形，倒像是他接在手中的，不是一塊石頭，而像一個隨時可以爆炸的手榴彈一樣！

智空站起身：「我告辭了。」

我忙道：「大師，你可否容我問幾個問題？」

智空搖頭道：「你最好什麼都不要問。」

我道：「大師，你剛才教訓得我很對，但是我的好奇心得不到滿足，又有什麼用？」

智空和尚望了我一眼，小心翼翼地將那塊雨花台石，放在他帶來的那只口袋中，抽緊了布袋的口子，站起身來，向門口走去。

我大聲道：「大師，你將知道的事，只是一個人藏在心裏，那算是什麼？」

智空和尚頭也不回地走了，徐月淨一直在向我擺著手，叫我別再出聲，可是，我已經看出，智空和尚對那塊古怪的雨花台石，一定知道許多秘密，而那些秘密，又是我亟需知道的，我一定要他將那雨花台石的秘密，講給我聽。

我不理會徐月淨的手勢，追了出去，一直追到了徐月淨家的大門口，伸手拉住了智空和尚袈裟的袖子：「大師，你為什麼不肯對我說？」

智空和尚轉過頭來，望著我，他的神情，十分之嚴肅，他望了我好一會兒，才道：「你年紀還很輕，何必要知道那麼古裏古怪的事？」

我道：「這塊石頭太奇怪了，如果我不知道它的秘密，我一定……一定……」

我一時之間，實在不知道如何措詞，方能表達我如此急切想知道那塊雨花台石的秘密的願望。

而智空和尚不等我講完，他掙開了他的衣袖：「你不必說了，我不會講給你聽的，而你，也只不過是一時好奇，過幾天你就忘記了。」

我那時究竟還是年輕，幾經請求，智空和尚仍然什麼都不肯說，我不禁有點沉不住氣了，大聲道：「好，你不說也不要緊，我到處去對人家說——你有一塊那樣古怪的雨花台石，叫你不得安寧！」

我在那樣說的時候，自然是自己看不到自己的，但是我既然講話如此不講理，我的樣子，一定也不會好看，多半像一個小流氓，這一點，我可以從智空和尚臉上的神色看出來。

智空和尚皺著眉，他並沒有發怒，從他的神情上，他只是十分可惜。

而那時，徐月淨也趕了出來，大聲道：「衛斯理，你別沒有禮貌。」

我道：「我一定要知道那雨花台石的秘密。」

徐月淨伸手來拉我，我用力地掙脫著，徐月淨突然將我一推，我跌倒在雪堆上，這時候，我多少有點惱羞成怒了，是以我才一跌倒，立時又疾跳了起來，撲向徐月淨，兩個人，在雪地上，扭打成一團，直到徐老伯走了出來，大聲道：「咦，兩個好朋友，怎麼打起架來了？」我們才一起站起身來。

這時，不但我們的身上沾滿了雪，雪還從我的衣領中、衣袖中鑽了進去，又冷又濕，狼狽至極，我狠狠地瞪著徐月淨，徐月淨也望著我。

徐月淨怒意不如我之甚，但是看他的情形，他顯然沒有向我道歉的意思。徐老伯看著我們兩人，像鬥公雞似地站著，他不覺笑了起來，道：「來，好朋友打過就算了，拉拉手，仍然是好朋友。」

看徐月淨的情形，他已經準備伸出手來了。我認為徐月淨不幫著我，反倒幫著智空和尚，那不夠朋友至極，根本不值得我再和他做朋友了。

年輕人總是衝動的，我尤其衝動，我不等徐月淨伸出手來，就轉過身，大踏步向前走了。

我不知道徐月淨在我身後的表情如何，我只是決定了不再理睬徐月淨，所以我向前筆直地走著，直來到了碼頭，上了船，進了城，立時又過了江，回到了自己的家中。我在回到了家中之後，仍然生了好幾天的氣。

接下來的十來天，我真是無聊透頂，幸而假期很快就過去，又開學了，同學們又見了面，大家嘻嘻哈哈，自然十分有趣。

可是我仍然不睬徐月淨，我想，徐月淨是老實人，一定會主動來睬我，如果他來睬我，我自然可以和他言歸於好。

然而，出乎我意料之外的是，徐月淨竟然一直不來睬我，他不但不睬我，而且一望到了我，就似一直以十分憤怒的眼光看著我。

這真使我感到大惑不解了，我想來想去，雖然我和他在雪地上打了一架，但是以他的為人來說，實在不應該惱我如此之久的。

然而他一直不睬我，直到開了學一個月之久，我實在有點忍不住了。

那天，在操場上，我看到他一個人站在樹下，我想了一想，向他走了過去，故意在他的身上，撞了一下。

徐月淨轉過身來，仍然用那種憤怒的眼光，望著我，我叉著腰：「怎樣，是不是要再打一架？」

徐月淨立時厭惡地轉過頭去，看來，我先向他說了話，他仍然不睬我！這倒使我又有點氣惱了，我冷笑著：「為了一個和尚，那樣對付朋友，你倒真是和尚兒子，一點不假。」

徐月淨倏地轉過頭來，狠狠地瞪著我，「呸」的一聲，吐了一口口水：

「你不是人，你可知道，你自己做了什麼？」

我大聲道：「我做了什麼？我取了那塊石頭來看看，不是又還給了他？我只不過要他講出那塊石頭的秘密來，他當和尚的，那麼鬼祟，怪得我麼？」

徐月淨道：「可是你威脅他，要將這塊石頭的事，去和人家說，叫人家去煩他。」

我道：「我只不過說說而已，又未曾對人講過。」

徐月淨重重頓著足：「可是你的話，已經將他趕走了。」

我呆了一呆，因為我實在不知道，徐月淨那樣說，是什麼意思。我道：「那天我們打架，他趁機走了，我再也沒有見過他，怎麼說我將他趕走了？」

徐月淨的神情像是想哭，他道：「自那時起，誰也不曾見過他。」

我忙道：「你什麼意思，他沒有回寺去？」

徐月淨道：「當天下午，我就到寺裏去看他，他沒有回去，第二天又去看他，他仍然沒有回去，以後，我每天都去一次，但就是見不到他。那天他離開之後，他根本沒有回去過，他走了。」

我在這時，也多少有點內疚，感到智空和尚的失蹤，是和我有關的。

但是我口中卻不肯承認，我道：「當和尚的雲遊四方，是很普遍的事，有什麼了不起？」

徐月淨嘆了一聲，轉過身去，他的聲音，變得十分哀傷：「我知道他避開了我們，他自小在金山寺出家，但是我們卻將他逼走了，他為了避開我們，離開了金山寺，只帶著那塊石頭。」

我呆了半晌，伸手搭住了徐月淨的肩頭：「月淨，算是我不好，然而你想想，如果不是那天在禪房之中，你提起了那塊石頭，又怎會有這一連串的事情發生，算了，我們仍然是好朋友。」

徐月淨轉回身來，我知道在我那樣說了之後，徐月淨是一定會接受我的話的，果然，他和我握了握手：「只是我們真對不起智空和尚。」

我道：「不知道那塊石頭，真有什麼秘密，他竟寧願離開了自小出家的金山寺，也不願為人知道。」

我接著又道：「你放心，當和尚的，到哪一個寺中，都可以掛單，他的生活，不會有問題的。」

而徐月淨仍然不住嘆著氣。

以後，當我和徐月淨一提起這件事的時候，他也總是嘆著氣。

日子飛快地過去，我們離開了學校。在離開學校之後，我過的生活和徐月淨完全不一樣，他回到了鎮江，幫他的父親管理鋪子，而我在上大學之後，又經歷了不少古怪的經歷，到過了不少地方。

智空和尚說的話，幾乎每一句都很有道理，但是他卻說錯了一句話，他以為我會過幾天就忘記了那塊雨花台石的事，然而事實上，我一直記得那塊雨花台石，我也一直想找到智空和尚。

所以，當我有機會經過名山大刹時，我總要去造訪一番，希望能夠見到他。

但是，我卻一直失望，我拜訪了不知多少廟宇，就是未曾再見到智空和尚，反倒使我有機會遊歷了不少寶刹，增廣了很多見聞。

以後，我經歷過更不可思議、稀奇古怪的事，但是，我總不能忘記那塊奇怪的雨花台石。那塊雨花台石中那種細絲的糾纏，始終留給我一個驚心動魄的印象，我一直在直覺上，認為那是性命相撲、血肉横飛的爭鬥，雖然那只不過是兩種顏色不同的細絲的扭結，但是在我的感覺上，那實在比大屠殺還要慘烈得多。

因為找不到智空和尚，我自然也一直無法解答這塊雨花台石的秘密。

在以後的日子中，我和很多人提到過那塊雨花台石的事，其中包括生物學家、天文學家、太空科學家等等。我獲得的一個最中肯的解答，是一位專門研究太空生物的科學家的意見。

他的意見是：雨花台石既然是來自太空的殞石，那麼，什麼樣意想不到的事，都可能發生，因為外太空的一切，在人類知識領域上，還是一片空白。那塊石頭之中，可能有著外太空來的生物。

至於那種生物，為什麼會在石頭內，作如此不斷地糾纏，那位太空生物學家，也說不出什麼名堂來。

在沒有進一步的解釋之前，我也只好接納他的解釋，因為那總算是一個答案了。

第三部：為了石頭博士皈佛

這是上半部的故事，以下，是下半部的故事了。

在看了上半部的故事之後，各位讀友，一定已可以想到，下半部的故事，是從我又遇到了智空和尚開始的，不錯，可以說是那樣，但是，其中還有小小的曲折，必須交代一下。

在那以後，我又經歷了許多古怪的事，有許多人知道我，遇到有什麼奇怪的事，就算是不認識我的話，也會自動找上門來，或者托人介紹，與我相識，將他認為古怪的事情告訴我，更有的，自遠地寄信來向我敘述一些怪事，然而，我再遇到智空和尚，卻不在這種情形之下，可以說全然是一個偶然的機會。

一個春光明媚的下午，垂釣於郊外的一條小溪中，那小溪很清澈，可以看到水底的許多鵝卵石，其中也不乏有著彩色條紋的石子。

這種鵝卵石，使我自然而然，想起雨花台石來，而一想起雨花台石，我就想起了那顆最奇怪的一顆。我的心情不免有點亂。

釣魚最不能亂心，我收走了釣竿，準備回去，就在我站起身來的時候，我看到在對岸，有一個僧人，走進了一片竹林。

那僧人和普通人一樣，穿著灰撲撲的袈裟，但是我一看到了那僧人的背影，心中就不禁陡地一動，那背影看來，太像當年的智空和尚。

一時之間，我幾乎想大叫了起來，但是我一轉念間，卻並沒有叫出聲，因為我想，世事不會那麼湊巧，我剛想起那塊雨花台石，就見到了智空和尚，那實在不可能。

因為時間已經相隔了那麼多年，而且，地點也隔了幾千里，真的有那樣的巧事，我會又在一個偶然的機會中，見到智空和尚？

就在我心中略一猶豫之間，僧人已經走進了竹林，他的背影，也被竹林遮住，看不見了。

我雖然想著事情不會那麼巧，但是心中仍然不免疑惑，暗忖我追上去看一看，總不會錯的。於是，我踏著小溪上高出水面的石塊，過了溪水，也進了竹林，等我穿出了竹林之後，我看到那僧人仍在前面，慢慢走著，我急步追了上去。

由於我的腳步聲十分急促，所以那僧人也發覺有人追上來了，他站定了身子，轉過頭來看我。

他一轉過頭來，我就失望了，那絕不是智空和尚，雖然事隔多年，但如果站在我面前的是智空和尚的話，我一定可以認得出來的。然而，那僧人不是。

那僧人望著我，微笑著，態度很和藹：「有什麼指教？」

我忙道：「對不起，我認錯人了。」

那僧人道：「我是和尚，你要找的人，也是和尚？」

認錯人的事很平常，但是認錯一個和尚，這事情多少有點奇特，是以那僧人才會那樣問我的。本來，我已想走了，可是我聽出那和尚的口音，正是淮揚一帶的口音，我心中略動了一動，也用鄉音道：「是的，我在找一位大師，他以前是在金山寺出家的。」

那僧人高興起來：「金山寺，我也是在金山寺出家的，你要找哪一位？」

我道：「上智，下空，智空大師。」

那僧人喜得雙手合十：「原來是智空師兄。」

接著，他又用奇異的眼光望著我：「智空師兄並沒有方外的親人，你是……」

我嘆了一口氣：「我可以算是他的朋友，我是很久以前認識他的，那時，他還在金山寺。」

那僧人道：「是啊，那真是很久以前的事，智空師兄有一天，離開了寺，一直就沒有回來過，也沒有人知道他去了何處。」

我忙道：「你也不知道？」

那僧人搖了搖頭：「一直不知道。」

我感到很失望，但是我想，他和智空和尚，全是僧人，由他來打聽智空和尚的下落，一定更方便一些，這本來已是沒有希望的事，但姑且托他一托，也不會有什麼損失的。是以我取出了一張名片來：「師父，這些年來，我一直想再見智空和尚一面，有一點很重要的話，要對他說，如果你有了他的消息，請通知我。」

那僧人接過了我的名片，無可無不可地道：「好的，我通知你。」

我和他又談了一些金山寺的風光；我發現僧人雖然說四大皆空，但是對於自小出家的地方，還是十分懷戀，我相信智空和尚也不會例外，但是當年他卻毅然離開了金山寺，由此可知，那定是事情十分嚴重，逼得他不能不離開了！

我和那僧人分了手，回到家中，又過了幾天，我根本不對這件事寄任何希望了，那一天晚上，我正在書房中，白素忽然走了進來，神色古怪。

我只向她看了一眼，就知道一定有什麼事發生了，我還未曾開口詢問，她就道：「我知道你有各種各樣的朋友，但是卻不知道你有和尚朋友。」

一聽得「和尚」兩字，我的心中陡地一動，直跳了起來：「什麼意思？」

大約是我的神態，緊張得有點滑稽，是以她笑了起來：「別緊張，我只不過告訴你，有一個和尚來找你，現在在客廳。」

我忙道：「我正在等著和尚來找我，記得我向你提起過那塊神奇的雨花台石？我想，這個和尚來了！一定會有點眉目了。」

我曾好幾次向妻提及智空和尚那塊雨花台石，是以她也有極深的印象，我一說，她就明白了，但是她的神情，卻多少有點疑惑，她道：「那只怕要失望了，來的那個和尚，年紀很輕，決不會超過三十歲。」

我「哦」的一聲：「不管他是誰，我先去和他見見面再說。」

我一面說著，一面已向外走了出去，到了客廳中，我看到一個和尚，背負雙手站著，正在欣賞壁上所掛的一幅宋人所作的羅漢圖，從他的背影看來，他身形很高，我咳嗽了一聲，那和尚轉過身來。

果然，他很年輕，不會超過三十歲，而且，他的神情，叫人一望而知，他是一個極有學問的知識分子，他看到了我：「施主就是？」

我道：「不錯，閣下是……」

那和尚道：「我法名幻了，聽說，你正在找尋我的師父……」他講到這裏，略頓了一頓，又道：「智空師父！」

我忙道：「是的，我找智空師父已經很多年，自從他那一年，突然離開了金山寺，我就一直在找他，你請坐，很歡迎你來。」

幻了坐了下來，他的聲音很低沉：「是的，我聽師父講過那件事，同時，我也久聞你的大名。」

我呆了一呆，連客氣話也顧不得說了，我急忙道：「你知道這件事？那麼，你一定也知道那塊雨花台石了，是不是？」

幻了點了點頭。

我的氣息，不由自主，有點急促，我忙又道：「那麼，你見過這塊石頭。」

幻了又點了點頭。

我深深地吸了一口氣，實在，我不知有多少話想說，但是一時之間，我卻不知道說什麼才好。

幻了也不說話，我們兩人都不開口，沉默了好久，幻了才道：「智空師父很想再見見你，你高興和他會面麼？」

我忙道：「當然高興，他在哪裏？」

幻了道：「他在一間小寺院中做住持，那寺院實在太小了，只有我和他兩個人。」

我道：「請帶我去。」

幻了站了起來，我和他一起出了門，上了車，在我駕駛著車子前往幻了所說的那個寺院的時候，我有點好奇地問道：「請原諒我的唐突，你……你好像……」

幻了轉過頭來望著我，我一時之間，不知道該如何措詞才好。

幻了卻像是知道我想問他什麼一樣，他笑了笑，道：「你可是想問我，為什麼我會當和尚，是不是？我看來不像和尚麼？」

我忙道：「不是，當然不是這個意思，不過，看來你受過高深的教育。」

幻了很謙虛地笑著：「可以說是，我有著三個博士的學位。」

我沒有再出聲，一個有著三個博士學位的人，出家當了和尚，那一定是有著一段很傷心的事了，我自然不能再向下問去了。

可是幻了卻又笑了起來：「請不要誤會我曾經殺過人，或者失過戀，我之所以跟著智空師父，皈依佛法，完全是為了……」

他講到這裏，又頓了一頓。

那時候，我為了想聽他為什麼要皈依佛法，轉過頭去望著他，一時之間，竟忘了我自己是在駕車，我實在太忘形了，以致車子「砰」的一聲，撞在電燈柱上！

幸而這一撞不太重，我們兩人，齊齊震動了一下，我連忙後退車子，幻了笑道：「你在駕車，我還是別和你多說話的好。」

我將車子繼續駛向前：「不，你得告訴我，不然，我胡思亂想，更不能集中精神駕車了！」

幻了的態度很鎮定、悠閒，好像不論什麼事，都不放在他的心上一樣，他的那種鎮定、閒散的態度，和我的那種心急忙亂，恰好相反。

他點了點頭：「說來也很簡單，我皈依佛法，完全是為了那塊石頭。」

我陡地一震，車子又連跳了好幾下，我失聲道：「就是那塊雨花台石？」

幻了點著頭：「是。」

我在那一時之間，實在不知道說什麼才好。不錯，那塊雨花台石，可以說是奇怪到了極點的東西，叫人一看之下，終生難忘，事實上，這些年，我不斷地想著那塊雨花台石的古怪之處。

但是，這塊雨花台石，究竟有什麼力量，可以使一個有著三個博士學位的年輕人，當了和尚呢？

我自然回答不出來，而這個答案，除非是幻了自己講出來，世界上根本沒有人猜得到！

我將車子駛到了路邊，停了下來，雖然我急於和智空和尚見面，但是無論如何，還是先得將這件事弄清楚了再說。幻了看到我停下車，他道：「好的，我詳細地和你說一說。」

我道：「真對不起，這塊石頭，令我思索了多年，沒有任何答案，我實在忍不住我的好奇心。」

幻了淡然笑著：「不要緊，我也一直想找人和我共同解釋這塊石頭之謎，可是一直找不到人，我想你是最合適了！」

我也老實不客氣：「你真算是找對了人！」

幻了和尚抬頭望著車頂：「我的父親是一個老式人，雖然他送我到外國去留學，去學最新的科學，但是他卻是一個老式人，他篤信佛學，和智空師父很談得來，所以我是從小認識智空師父的，那時，在寧波，智空師父在育王寺。」

我點了點頭，智空師父在離開了鎮江金山寺之後，原來曾在育王寺住了些時間，育王寺僧人三千，我又不是存心去尋找，當然不知道他的蹤跡了。

幻了又道：「後來，我出國留學，在我學成歸來之後，又見到了智空師父，我所以見到那塊石頭，本是很偶然的，有一天，我父親叫我去請智空和尚，我到了他住的地方，看到他正全神貫注地在看一塊石頭，口中還在喃喃自語。」

我忍不住插言道：「原來這些年來，他一直保存著那塊雨花台石。」

幻了和尚並不理會我的插言，他自顧自地說下去：「那時，他正將石頭放在陽光之下，我走近去，他也不知道，而我也立即看到了石頭之中，有什麼東西在動。」

他講到這裏，又停了一停，才望著我：「你也看到過那塊石頭，自然明白當時我心中的驚訝！」

我立時點了點頭，只有曾看到過那塊石頭的人，才知道一個人看到了那塊石頭之後，心中的感受如何。

我道：「當時智空師父如何？」

幻了道：「智空師父立時收起了那塊石頭，但是我卻一定要他拿出來給我仔細看一看，智空師父考慮了很久，才將石頭交到了我的手中，那時，我完全被這塊石頭中發生的事迷惑住了。當天，我將石頭還給了智空師父，請他去和我父親長談，但是我實在無法忘記那塊石頭，以後我幾乎每一天，都和智空師父在一起，我提出有關那塊石頭的種種問題，並且提議智空師父，將這塊石頭剖開來，交給第一流的科學研究機關去研究。」

我忙道：「他答應了？」

幻了搖著頭：「沒有，他沒有答應，他只是告訴我，這樣的石頭，本來一共有兩塊。」

我呆了一呆，這是我一直不知道的事。事實上，當年我和徐月淨在一起偷了那塊石頭之後，智空師父追了來，將那塊雨花台石追了回去，他根本未曾說過任何有關那塊石頭的話。

我失聲道：「有兩塊？還有一塊呢？」

幻了略呆了一呆，他像是正在考慮，是不是應該告訴我，他最後決定了對我說，他道：「另一塊同樣的石頭，造成了一大慘劇！」

我更是驚訝莫名了，我忙道：「大慘劇？那是什麼意思，快告訴我！」

幻了卻不肯再說下去：「這件事，還是等到智空師父告訴你吧。」

我急道：「他不會對我說的，當年，我在金山寺中，偷了他那塊石頭，他就什麼也未曾對我說。」

幻了笑了笑：「現在不同了，他一定會對你說，而且，由他來對你說，要好得多，因為他是身歷其境的人，而我只不過是轉述，說起來，一定沒有他說得那樣逼真、動聽！」

我不禁嘆了一口氣，好吧，幻了既然不肯說有關那另一塊同樣的雨花台石所造成的「慘劇」，那麼，至少我還可以知道他何以為了那塊雨花台石而當了和尚。

幻了繼續道：「智空師父雖然不同意我的辦法，但是他卻同意，由我和他兩人，研究這塊石頭，我是一個受過嚴格科學訓練的人，而且，對學問有著一份難以形容的狂熱，有這種狂熱的人，愈是對自己不明白的事，便愈是想弄明白。」

我頭點道：「是的，我雖然未曾受過科學的訓練，但也有著同樣的狂熱。」

幻了微笑著：「在一年之後，我仍然不能對這塊雨花台石，作出任何結論，那時，我父親死了，而我又沒有任何的牽掛。」

我望著他，沒有任何的牽掛，這並不造成一個人出家做和尚的理由！

而不等我問出來，幻了又道：「在我沒有任何結論之時，智空師父告訴我，要解釋這塊石頭的奇異現象，科學是不足以解釋的，只有佛法才能解釋，我相信他的話，於是便拜他為師了！」

我聽到這裏，不禁苦笑了一下。

難怪幻了剛才聽我說，我也同樣有著狂熱時，他要微笑了，他並沒有反駁我，說我其實沒有狂熱，而現在，他的話卻等於告訴了我，我的自以為的「狂熱」，簡直未入流，要像他那樣，才是真正對一件古怪的事，有著尋根究底的狂熱的人！

他為了要探索那塊雨花台石的究竟，竟不惜出家，當了和尚。

但是，儘管我對他的這份狂熱有著衷心的欽佩，但是我對他的做法，卻不同意。

我吸了一口氣：「請原諒我，我是一個相信科學的人。現在你已經皈依佛法，請你照實回答我，你真的認為，科學不能解釋的事，玄學就可以解釋麼？」幻了皺起了眉，不出聲。

我又道：「請原諒我將佛學稱為玄學。」

幻了搖著頭：「不要緊，佛學本是玄之又玄的學說，不要緊。」

我逼問道：「你做了和尚之後，有什麼心得？」

幻了抬起頭來：「佛能納須彌於芥子，我覺得這塊雨花台石中的情形，就是我們所處的整個世界的一個縮影。」

我眨著眼，因為在一時之間，我實在不明白他那樣說，是什麼意思。

幻了嘆了一口氣：「你看到過那塊石頭，那石頭中，紅色的細絲，和白色的細絲在糾纏著，想要消滅對方，如此不結不休，這和我們的世界上，人與人之間，幾千年來，一直在不停地互相殘殺，又有什麼不同？」

我呆了一呆，接不上口。

幻了又道：「如果有一個其大無比的人，又如果有一個其大無比的容器，能將所有的人，都放在這容器之中，而那個巨人，在外面觀看人類互相殘殺，那種驚心動魄的情景，不正如我們將那塊雨花台石放在陽光之下，看著它內部的情形麼？」

我張大了口，仍然出不了聲。

幻了在開始講的時候，我就接不上口，那還只不過是因為我覺得他所說的，實在太玄、太不可思議的緣故。可是等到他再向下講下去的時候，我出不了聲，那卻是因為我驚訝於他比擬之貼切，使我難以反駁！

幻了吁了一口氣：「或許你不十分同意我的說法，但那的確是我的想法。」

我想了片刻，才道：「我十分同意你的說法，但是你的說法，只是解釋了一個現象，並未能說明那雨花台石的實質、來源和它裏面的究竟是什麼！」

幻了搖著頭：「對的，這便是玄學，就科學而言，只能知道一樣東西的本質，卻無法瞭解到這樣東西的精神。」

我點頭同意幻了的話，我道：「那麼，智空師父要再見我，是為了什麼？」

幻了道：「當然是為了那塊石頭，你現在可以駕車子，離了市區，向左轉。」

我發動了車子，向前疾駛，在郊區的公路上，依照著幻了的指點，半小時後，車子停在山邊，有一條小路，通向山上。

幻了和我一起下車，踏上了那條小路，這裏十分僻靜，幾乎一個人也遇不到，而那條上山的小路，其實也根本不是路，只不過是生滿了野草，依稀可以辨認的一個痕跡而已。

我們又花了半小時，才來到了半山的一個坪上，依著山，有幾間屋子，那根本不能說是寺院，但是它的環境，卻極其清幽。

幻了來到了屋前，推門走了進去，正中的一間屋中，有著一具十分別緻的佛像，是青銅塑的，和尋常寺院中的佛像，截然不同。簡直是一件線條優美、古拙、樸實至極的藝術品。

幻了看到我注意那佛像，也頗有得意之色：「那是我的作品。」

我奇怪地望著他：「你不是學科學的？」

幻了笑道：「那是我的業餘嗜好，我也發現，如果不是我當了和尚，我決塑不出那麼好的佛像來。」

我沒有再說什麼，我發現他說他自己，是因為那塊雨花台石而當了和尚的這種說法，多少有點牽強，他當和尚的真正原因，是因為他對佛學有了極其深切的愛好。

我跟著他穿過了那佛堂，來到後面的一間屋子前，幻了道：「師父，有客人來了。」

我立即聽到了一個熟悉的聲音，和多年前，那聲音，並沒有多大的變化，我像是依稀又回到了二十年前，和徐月淨一起在金山寺的一間禪房門口，我聽到了智空和尚的聲音：「進來。」

幻了推開了門，我看到了智空和尚。

智空和尚老了許多，但是他的精神仍十分好，他在一張桌前抄著經書，那情形，和我第一次見到他的時候一樣。

門一打開，他擱下筆，抬起頭來望著我，我們互相打量著。

過了好一會兒，智空和尚才笑著：「真認不出是你了，你變了很多，有月淨的消息麼？」

我搖了搖頭：「一直沒有，智空師父，你倒還是老樣子，自從你突然離開了鎮江之後，月淨幾乎將我當作仇人，很久不睬我。」

智空和尚嘆了一聲：「那是我不想這件事再被人知道。」我有點慚愧，道：「事實上，我也未曾對任何人說起過你有那樣的一塊石頭。」

智空和尚呆了半晌：「我聽得很多人提起過你的名字，這些年來，你遇到了不少怪事。」

我道：「是的，但只怕沒有一件，及得上你那塊雨花台石的。」

智空和尚又呆了半晌，才道：「幻了一定已對你說起過了，我聽到你在找我，我想再見你，是我感到，當年的慘劇，只怕要重演了。」

智空和尚在那樣說的時候，聲音和神態，都顯得極其嚴重，以致我雖然不知道他口中的「慘劇」，究竟是怎麼一回事，但是卻也有一種心驚肉跳之感。

第四部：「我不入地獄誰入地獄」

我忙道：「我不明白你說的是什麼意思。」

幻了在一旁道：「關於那慘劇，我未曾對他說，師父不妨先告訴他！」

智空和尚點著頭，指著一張竹椅，請我坐了下來，他道：「這件慘事，發生在你第一次見到我的兩年之前，那一年，我到南京，和一位高僧共遊，他是一家寺院的住持，我們兩人共遊雨花台時，拾到了那樣的兩塊雨花台石，深覺奇怪，一人分了一塊，他的那塊，和我那塊，稍有不同之處，是在紅色的部分，有著指甲大小，深紅色的一點。那深紅色的一點中，似乎擠著許多在蠕蠕而動的細絲，就像我那塊雨花台石現在的情形一樣！」

智空和尚講到這裏，向幻了望了一眼。

幻了立時走向一個木櫃，打開櫃子，將那塊雨花台石取了出來。

在幻了取出那塊雨花台石之際，智空不住地道：「小心！小心！」

而幻了的神情，也像是他所捧的，不是一塊石頭，而像是什麼名瓷一樣。

幻了將石頭交到了我的手中，我接了過來。那塊雨花台石，和二十年前，我曾仔細看過時並無什麼不同，但是正如智空和尚所言，在它的紅色部分，有一個更深的紅色斑點，在那個紅色斑點中，好像聚集著許多細絲，正在緩緩動著。

這樣的一個深紅色的斑點，是以前所沒有的。

我抬起頭來：「這是什麼意思？」

智空道：「你將石頭放下來，輕輕地放。」

我輕輕地將石頭放在桌上，智空和尚的神情更嚴肅，他道：「當晚，我們回到寺院，那位高僧翻來覆去地和我看著那兩塊石頭，我們相互都說了很多極其感嘆的話。」

智空和尚並沒有說出當時他和那位高僧說了一些什麼感嘆的話，但是可想而知，那一定是和幻了在車中對我所說的類似的話。

智空和尚又道：「就在那天晚上，我已想告辭了，那位高僧將他的那塊石頭，湊近燭火，仔細地看看，我看得很清楚，當燭火碰到那塊石頭上的紅色斑點時，那斑點突然破了。」

我本來是坐著的，可是聽得智空和尚講到這裏，我不由自主，站了起來。我在站了起來之後，失聲道：「裏面的東西，全都走出來了？」

智空和尚深深地吸了一口氣：「不是全部，只是在那紅色的斑點中，有許多極細的、每條一寸長短的細絲，湧了出來，那高僧還握著這塊石頭，當他聽到那一下破裂的聲音，翻轉手來看時，那些細絲移動得十分快，已經到了他的手上，他驚訝地抬起頭來看我，我那時嚇得呆住了，就在他抬頭向我一看間，我看到那些紅絲，全都隱沒在他的手中。」

我愈聽愈是吃驚，不由自主，感到了一股寒意。

智空和尚又道：「他陡地一震，碰到了桌子，燈台打翻，我聽到他叫道：『智空，快走！』我向他走過去，只看到他的手中仍握著那塊石頭，瞪著眼，只是叫我快走，我看他的樣子，像是極其痛苦，所以我不忍拂逆他的意思，就退了出來。」

我聽到這裏，不禁嘆了一聲：「你實在不該退出來的！」

智空和尚嘆道：「的確，我退了出來之後，在門外問了他好幾聲，他都沒有出聲。」

智空和尚講到這裏，面上的肌肉，在不由自主地跳動著，他續道：「當我發覺門窗中全有濃煙冒了出來時，已經遲了。」

我聽得他講到這裏，也不禁一呆：「怎麼忽然有濃煙冒了出來？」

可是智空和尚卻像是根本未聽到我的話一樣，只是雙眼發直。

智空和尚在不住地喘氣，我看情形不好，智空和尚已然上了年紀，不要有了什麼意外，我忙道：「你……」

可是我只講了一個字，幻了便向我擺著手，示意我不要出聲。我想起幻了聽過智空講起那件慘事的，他一定知道，智空每當講到緊張的時候，一定會有這種神態出現的，是以他不足為奇。

我停住了口，不再出聲，只見智空和尚又喘了好一會兒，才道：「太遲了，那時真的太遲了，我應該和他在一起，不該退出房間來的。」

他那幾句話，聽來像是自言自語，我仍然不出聲，只聽得他又道：「當我發覺門縫中、間隙間都有煙冒出來時，我一面大聲叫著，一面撞著門，等我將門撞開時，房間全是火。」

智空和尚的呼吸更急促，他又道：「那時，寺院其他的僧人，也被我的叫聲驚動了，他們一起趕了來，但是滿房間都是火，大家吵著，也沒有人敢衝進去，只有我，不顧一切地衝了進去，我……衝進了房中，看到的情形，實在太可怕了！」

智空和尚講到這裏，連聲音都變了，這時，連我也不禁緊張了起來：「你，你看到了什麼？」

智空和尚面上的肌肉，跳動得更劇烈，他不住地喘氣，像是無法再向下講去，過了好一會兒，他才道：「我看到那位高僧站在火中，火是他特意放的，他將許多燃著了的東西，堆在他身子的周圍，他一看到我，就張開了口大叫，我其實根本聽不到他有任何聲音發出來，但是我卻可以知道他在叫些什麼。」

我忙問：「他叫些什麼？」

智空和尚道：「他在叫我出去。」

他講到這裏，又停了片刻，才接下頭去：「而我真的立即退了出來。」

我也呆了一呆，因為照智空和尚的敘述聽來，他既然也不顧一切地衝進了著火的房間之中，那麼，他是應該有機會將那高僧救出來的。可是接著他卻退了出來，是什麼情形使得他連人都不救了呢？

智空和尚停了下來，望著我。我的聲音十分低：「為什麼？」

智空和尚長長地嘆了一口氣：「我看到的，不是一個人。」

我更是疑惑了，忙道：「什麼意思？」

智空道：「那是一個人，我也認得出，他就是我的好友，但是，他的身上、面上，佈滿了紅色的細絲，白色的細絲，那些細絲，並不是佈在肌膚上，而是有一大半已進入了他的皮膚，還有一半，正在竭力向內擠，那情形，真是可怕極了。」

別說是親眼看到，就是這時候，聽智空和尚講講，我也感到一陣戰慄！

智空道：「我實在被這情形嚇呆了，我不由自主，向後退去，當我退到門口的時候，我實際上已看不到他，因為火勢和濃煙，愈來愈猛，煙薰得我流淚，我的袈裟也已燒著了，那時，我聽得他發出一下慘叫，我還想向前衝去，但是門口另外兩個僧人，將我死命拉住。我聽得他在叫著道：『智空，將那塊石頭埋起來，它們是妖孽！妖孽！妖孽！』他叫到這裏，又是一聲慘叫，接著，就什麼聲音也沒有了。」

我的聲音也有點發顫：「後來怎樣？」

智空道：「後來，火救熄了，但也燒去了一間禪房，那位高僧已燒成焦炭，根本辨認不出他是一個人了。那塊石頭也找不到了，只有我的那塊，一直在我的懷中，未曾失去。」

我皺著眉：「那位高僧為什麼要燒死自己？他臨死時叫的那句話，又是什麼意思？」

智空痛苦地搖著頭：「我不知道，後來，那寺院的住持問我，他為什麼要自焚，我也答不上來，我也未曾向他們任何人提起那塊雨花台石，我回到了鎮江之後，也幾乎將所有的時間，全用在思索這個問題上。」

我道：「那麼多年下來，你一定已有了結果。」

智空向桌上的那塊雨花台石望了一眼，他的神情，雖然驚恐，但是也有一種極其堅決的神情在，那顯然是他的心中，已決定了一件事情。

他緩緩地道：「我不能說有結論，但是我卻肯定了幾點，第一、那些石頭中的細絲，是活物，它們會出來。第二、當人接觸到了它們之後，一定會知道它們是什麼，所以那位高僧，才覺得大禍臨頭。」

我有點不明白智空的話，睜大了眼睛，幻了看出了我心中的疑惑。他補充道：「我明白智空師父的意思，這些東西是有思想的，當它們接觸到人體的時候，它們的思想便會藉著直接的接觸，而傳達到被接觸者的身上，那位高僧，當時已知道了它們是什麼，所以才立時做了那麼可怕的決定。」

我望向幻了：「你的意思是，這些細絲，是有思想的高級生物。」

幻了點著頭：「是，它們來自我們對之還一無所知的天外之天。」

我在聽了之後，實在有想笑的感覺，可是我卻一點也笑不出來，反倒感到好像是在沙漠之中，幾天沒有喝水一樣，喉嚨乾得厲害。

我在吞下了幾口口水之後，才勉強道：「那怎麼可能，高級的、有思想的生物，怎可能是這樣，而且長期生存在石頭中？」

幻了的神情十分嚴肅，他講的話也極其簡潔有力，他道：「來自其他星球的高級生物，可以有任何我們意想不到的外形，我們只是根據地球上的生物的形態，來推斷其他的星球生物形態是怎樣的，是如何生活的，這是一個極大的錯誤。」

我同意幻了的話，事實上，幻了的話，也正是我一貫所主張的，天文科學家常說，如果什麼星球上有水，有空氣，那就會有生物，這自然是一種錯誤的論斷，有水，有空氣，溫度適中，只不過能發生像地球相似的生物，而其他完全不同的條件之下，就有可能有完全在人類想像能力之外的生物！

我忙道：「那麼，我們還等什麼？快將這塊石頭公開，如果石頭中每一根細絲，都是一個有思想的高級星球人，那麼，我們已有了幾萬個星球人。」

幻了嘆了一聲：「這也正是我的主張，但是智空師父卻另有打算。」

我立時向智空和尚望去，因為我實在想不出智空和尚還可能有什麼別的打算。

他未曾早將那塊石頭公開出去，而藏了許多年，這可能是對的，因為這些年來，人類科學在飛速進步，到現在才公開出來，先進的科學，更有助於研究這塊古怪的石頭。

但是如果到了現在還不肯公開，還不肯讓第一流的科學家，集中先進的儀器，來研究這塊石頭的話，那就有點愚不可及了！

是以我一向智空和尚望去，立時便責問道：「你有什麼打算？」

這時候，智空和尚的神情，反倒變得十分平淡了，像是什麼事情也未曾發生過一樣，他也不望我，只是垂著眼，緩緩地道：「佛說：我不入地獄，誰入地獄。」

我不禁有點光火：「打什麼啞謎？」

智空和尚道：「幻了，你講給他聽。」

我又立時轉過頭向幻了望去，幻了嘆了一聲：「當這塊雨花台石上，出現了一個紅色的斑點之後，師父就知道只要一經火烤，那斑點就會破裂。」

我道：「是啊，那更應該立即將它交給科學機構去作研究。」

幻了道：「師父認為，不論交給什麼機構去研究都沒有用的，只有他犧牲自己，才能明白其中的真相。」

我仍然不明白這是什麼意思，幻了續道：「師父說，那位高僧，當年在被那些東西碰到之後，他一定知道了那些東西的來龍去脈和它們在想些什麼，但由於當時他太慌張了，根本未能將他知道的東西都講出來，就慌慌張張，引火自焚了。」

我道：「那又和現在的事，有什麼關係？」

幻了道：「師父的意思是，現在他有準備，情形就不同，當那些細絲進入他的皮膚之際，他可以從容地將他知道的事講出來，由我們記錄下來，到了不可控制的時候，他立時自焚。」

我不禁呆住了，剛才，我還有點看不起智空和尚，以為他根本沒有科學知識，但是現在，我卻變得佩服他到五體投地。

不論我如何佩服智空和尚，我卻不贊成他的辦法，因為如果照著他的辦法去做的話，那毫無疑問，是導致另一次的慘劇！

我忙道：「大師的設想雖然不錯，但是我們可以全然不必要再讓慘劇重演。」

智空和尚抬起頭來：「我的決定，決不輕率，而是思索多年的結果。現在你應該知道，當年你們不知危險，偷走了這塊石頭，我為什麼會那樣緊張了。」

想起智空和尚剛才的敘述，想起我年輕時那種不負責任，狂妄的行動，不禁直冒冷汗，在那時候，我也突然想起徐月淨也曾說過，而且曾引得我大笑過的話來。徐月淨在我提議剖開那塊雨花台石的時候，表示反對，他說，石中的那些細絲，或者會見風就長。

現在，見風就長倒未必，但是它們會以極高的速度離開石頭內部，而附著在人的肌膚上，那已是千真萬確的了，那位高僧，一定在如幻了所說的「思想接觸」的情形下，感到會使全人類受到極大的災禍，是以他才突然之間自焚了的。

我思緒十分紊亂，實在不知該想一些什麼才好，但是我卻知道，有一點，是我所能做的，那便是阻止智空和尚那樣做。

而要制止智空和尚那樣做的最好法子，就是搶走那塊雨花台石。

那塊雨花台石，就在桌上，在我的面前！

當我想到這一點的時候，我立即伸出手來，抓住了桌上的那塊雨花台石，並且立時向後退去，退到了門口。我的身手十分靈活，動作當然也極迅速，智空和幻了兩人都無法阻止我。

當我退到了門口之後，他們兩人，才驚駭莫名地叫了起來：「你做什麼？」

從他們的神情之中，我知道他們對我的動作有極大的誤會！

我仍然抓著那塊石頭：「別緊張，我決不是想替代智空師父，以自己的生命去作試驗，我只不過想要阻止智空師父那麼做。」我的話一出口，幻了鬆了一口氣，顯然是當我說明了我的用意之後，他也同意我的做法。

但是智空和尚卻不同了，他先是望著我，然後慢慢地站了起來，他的神情，簡直嚴肅得可怕，他道：「你曾經偷過這塊石頭，現在，你竟然一錯再錯，又來搶這塊石頭？上次，僥倖你沒闖禍，但是，這一次，石頭已起了變化，你不會再那麼幸運了。」

我立時道：「我不是搶，我只不過是阻止你去幹一件愚蠢的事。」

智空嚴肅地道：「我一點也不蠢，我記得那位高僧臨死的時候，曾說過好幾聲妖孽，如果不是我以身相試，這些妖孽，可能在世上，造成極大的禍害。」

智空和尚的想法，是和我相同的，只不過他將一些來自外太空的生物稱為「妖孽」而已。

我道：「我同意你的說法，我們可以將這塊石頭，放在一個密封容器之中，加熱，使石中的細絲全走出來，然後仔細觀察它們的活動。」

智空和尚以嚴肅的眼光盯著我：「你這樣做法，是一種極不負責任的冒險。」

對於智空和尚如此的指責，我自然大大不服氣：「怎麼是冒險？」

智空指著我手中的雨花台石：「這些妖孽，能夠在石頭之中，生存那麼多年，你怎能保證，它們不能隨便通過你的所謂密封容器，四下逃逸？」

我呆了一呆，我不得不承認智空和尚的話是有道理的。因為我對於那塊石頭中的細絲，究竟是什麼，完全一無所知。

我所謂的「密封容器」，是指可以進步到能觀察熱變化的容器，但是，我有什麼保證，可以肯定這些來自外太空的生物，一定會被困在這種容器之中，而不會逃逸呢？

我呆了好一會兒：「我想，科學家總是會想出辦法來的。」

智空和尚厲聲道：「將石頭還給我，我後悔請了你來，但如果你不將石頭還給我，你會後悔一世。」

我的個性很倔強，當我想要做一件事的時候，對方如果沒有充分的理由可以令得我心服，我是很少肯就此罷手的。

是以，智空和尚雖然是在厲聲呼喝，我也無動於衷：「我將石頭還給你，我才後悔。」

我話一說完，立時轉身向外奔去，我聽得身後傳來了「嘩啦」一聲響，分明是智空和尚著急地要來追我，連桌子也撞翻了。

我也聽得幻了和尚一面大聲叫我，一面追了出來，但是我仍然飛快地向前奔著，一直奔到了那條小路的盡頭，到了公路，來到了車旁。

我打開車門，進入車子，立時發動引擎，在我已可以駛動車子之際，我看到幻了氣急敗壞地奔了過來，叫道：「等一等，我……我有話說。」

我大聲叫道：「如果你真有話對我說的話，別走過來，我才聽你的。」

幻了停在六、七碼之外，不住喘著氣，一面道：「你的做法雖然粗暴，但是我也同意，你準備將那塊石頭交到何處去研究？」

我望了望在我座位旁的那塊雨花台石：「暫時我還沒有主意。」

幻了道：「我曾在美國明尼蘇達州的一家化工廠，實習過幾個月，我知道他們有一套密封的觀察設備，那容器可以抵抗五百磅烈性炸藥的爆炸威力，正合你用，可惜我不能和你一起去。」

我以為幻了追上來，是來搶我的那塊石頭的，原來他卻是有心幫助我！

我有點不好意思地笑了笑：「謝謝，我決定立時啟程，請轉告智空師父，我十分佩服他的精神，但是我不能讓他那樣做。」

幻了道：「我會轉達的。」

我踏下了油門，大聲道：「再見！」

我看到了幻了雙手合十，像是在替我祝禱，我將車子駛得十分快，轉眼之間，我看不到他了！

當我駛著車回市區的時候，我的興奮實在是難以形容的。隔了那麼久，我不但又得到了那塊雨花台石，而且，可以用最科學的方法，加以研究，來弄清這塊石頭的謎！

那真是一個好奇心強烈的人，最感到興奮的事了！

我直回到家中，一到家，我就通知旅行社替我以最快的方式準備旅行，同時，再仔細觀察那塊雨花台石，將有關這塊雨花台石的一切，講給白素聽。

她在聽到我的轉述後，神色變得十分蒼白，她道：「你的辦法也不好，如果在旅途中，那些細絲突然自石中逸了出來，那怎麼辦？」

我道：「不會的，智空和尚說，只有碰到了火，才會突然破裂。」

妻顯得很不安，她也仔細觀察著那塊雨花台石，然後道：「你注意到沒有，那深紅色的斑點之中，雖然擠滿了細絲，但是卻和平，沒有爭奪殘殺。」

我道：「是的，首先逸出石頭來的，也就是那些細絲，它們是闖禍分子。」

白素緩緩搖著頭：「我覺得智空和尚用這塊石頭中的情形，來比擬我們生活的世界，真是再恰當也沒有了，我們處在如此殘酷爭殺的世界之中，但是也有不少有見識的人，感到這樣下去，總有一天會全體毀滅，他們不能挽狂瀾於既倒，如果科學能使他們遠離地球的話，他們一定會毫不猶豫地離開。」

我有點啼笑皆非：「你是說——」

妻指著雨花台石上那紅色的斑點：「我覺得這斑點中的一些，就是不想看到爭殺繼續下去的一群，它們正在設法，想離開它們的世界。」

我呆住了不出聲。她的說法，玄之又玄，她之所以如此說，自然只是她的想像，但是，她的想像，也不能說沒有理由。雖然，將一塊石頭稱為世界，未免有點不容易接受，但是我們的世界，整個地球，在浩渺無際的宇宙之中，不也只是一塊石頭麼？

在整個宇宙而言，地球和那塊雨花台石，只不過一個是一塊大一點的石頭，而一個是小一些的石頭而已，為什麼小一點的石頭，就不能是一個世界呢？

我點頭道：「很有趣，或許它們是愛好和平的一群，如果這塊石頭，還在外太空，那麼有可能是多出一塊更小的石頭來，作為這一些細絲的另一個世界，但如今這塊石頭是在地球上，那就大不相同了，它們總是敵人，如果它們要求生存，也非將地球上的一切生活，都當作敵人不可。」

她嘆了一聲：「或許是，我們根本不容易接受和平共存的觀念，不是你想打倒我，就是我想打倒你，你準備何時啟程？」

我答道：「愈快愈好。」

白素沒有再說什麼，只是皺眉在沉思，我知道她那種好沉思的習慣，是以也不去打擾她，只是小心地將那塊石頭，放在一只大小適中的盒子裏，然後鎖了起來。

那一晚上，我簡直沒有法子睡得著。

第五部：比一切危險更危險

第二天，我已可以動身了，而且，幻了和尚所說的那家化工廠，在經過幾次長途電話聯絡之後，也有了回音，可以將他們的那套實驗設備，借給我使用一小時，而且不過問我的研究課題，可是，不但那一小時的使用費貴得驚人，而且，還要先繳納一筆數字龐大的保證金。

這一筆保證金，在我的財力之外，是以我不得不花了半天時間，去籌措這一大筆錢，直到錢全匯了出去，我才上了飛機。

我所帶的隨身行李十分少，那塊雨花台石，當然是最重要的，我將之妥善地放在手提箱中。在旅途中，我的精神十分緊張，以致空中小姐不斷地來問我，是不是有什麼不舒服。我的精神緊張，絕不是只招致空中小姐殷勤的慰問就算了，在我到了目的地之後，招了海關檢查人員的疑心，他們對我作了特別詳細的檢查，當然，他們也發現了那塊雨花台石。

一個負責檢查的黑人官員，看著那塊石頭，疑惑地問道：「這是什麼？」

我知道我不能再慌張下去了，我鎮定地道：「這是一塊顏色十分美麗的石頭，作為觀賞用的，養在水中，它的色彩更鮮艷。」

那位黑人官員似乎有點不相信，他拿起來，向著強烈的燈光，照了一下，這正是我最擔心的事，因為我知道，任何人在一看到那塊雨花台石中的情形之後，一定會吃驚不已的。

而一個海關的檢查官，在看到了石中情形之後，也一定會向我發出無數使我難以回答的問題。

果然不出我所料，他才看了一眼，漆黑的臉，泛起了一重死灰色，他的手抖了一抖，幾乎將那塊石頭，落到了地上。接著，他便直視著我，像是一時之間，不知如何開口問我才好，我苦笑著，那位黑人官員終於開口了：「你說謊，這不是一塊石頭。」

我只好攤著手：「這是一塊石頭！」

那黑人官員道：「我要扣留它，等候更進一步的檢查。」

我一聽得他那樣說，不禁著急起來，我忙道：「你不能那樣做，我來，就是為了詳細檢查它，我已預訂了一家化工廠的實驗室，付了巨額的錢。時間不能更改，所以我也不能等。」

那黑人官員搖著頭道：「那也不行，我們必須檢查任何不明物體。」

我只好讓步：「這樣，反正你們要檢查，你們可以派人和我一起，去監視我的行動，和我一起利用那間實驗室的設備。」

那黑人官員望著我，他以疑惑的神情問我：「這究竟是什麼？」

我道：「我只好據實告訴你，我不知道。」

那黑人官員又道：「你的入境證上有特別註明，照說，只有身分很特殊的人，才有這種特別備註……你的身分是——」

我道：「我很難和你說明，但是我曾和國際警方在一起，參與過貴國的高度機密。如果你需要請示的話，貴國國防部的特種問題研究室的佛德烈少將，曾經和我有過幾次的合作。」

那黑人官員態度好了許多，他道：「我會記得這一點，不過現在必須請你等一等。」

我表示可以等，他就在檢查室中打電話。那種耽擱，雖然在我的意料之外，但是我也不會有什麼損失，只會有好處，如果佛德烈肯趕來與我相會的話，那麼我的工作，就會進行得順利。佛德烈主持一個極其冷門的研究部門。他所研究的東西，是科學所無法解釋的，例如各地發現飛碟的報告，拍攝到有關不明物體的照片等等，全都送到他那裏去做詳細的研究。我也曾和他合作過幾次，我相信他只要一聽到我帶了不明物體前來的消息，一定會趕來的。

那黑人官員在電話中談了很久，才放下了電話：「你可以進去了，但是這東西卻必須暫時保管在我們這裏，佛德烈少將已開車前來，我們會將東西交給他，由他來處理。」

我猶豫了一下，看來，他們的決定，就我來說，已經是極度客氣的了。我道：「好，但是你要絕對小心，那塊石頭，決不能受撞擊，也決不能接近任何火焰，就算是一支燭火，也不能。」接著，我留下了我預訂好的酒店的名稱，請那黑人官員交給佛德烈少將。

在我離開的時候，我又將剛才所說的話，重複了一遍，囑咐那黑人官員，千萬小心。我知道，佛德烈一到，就會帶著那雨花台石，到酒店來找我，那麼，我就可以和他一起到約定的那個實驗室中，去共同檢驗那塊古怪的雨花台石了。

我在酒店中進了餐，坐在柔軟的沙發上，和白素通了一個長途電話，然後又瞌睡了兩小時。晚上，電話響了，酒店的管理員通知我：「佛德烈將軍要見你，他現在就在樓下，你是不是見他？」

我忙道：「快請他上來。」

佛德烈來得很快，我打開門不久，就看到他走出了樓梯，可是，他才一跨出電梯，我就已經知道，事情一定有什麼不對頭了。佛德烈的神色很古怪，很難形容，而更重要的是，他雙手空空。

照說，他來見我，應該是帶著那塊雨花台石一起來的，他為什麼不將石頭帶來呢？

我大聲招呼他，他加快腳步，來到了我的面前，看來他有點神思恍惚，因為我伸出手去，他竟然不和我握手，只是在門口站了一站，就走了進去。

我不禁呆了一呆：「怎麼啦？」

佛德烈轉過身來，皺著眉：「你這次究竟帶來了什麼東西？」

我又呆了一呆，他是應該見過那塊雨花台石的了！可是，如果他已見過那塊雨花台石，他為什麼還要用這個問題來問我？

我立時反問道：「你，你未曾見過那塊石頭？」

「石頭？」佛德烈聳了聳肩：「班納失蹤了！」

我更有點莫名其妙：「班納是誰？」

佛德烈卻並不直接回答我的問題，他只是道：「我一接到通知，說是你攜帶了不明物體前來，我立即放下工作，趕到這裏來，你帶來的那東西，照條例，在我未曾到之前，是要留在海關的。」

我道：「是啊，負責對我檢查的，是一位黑人官員，我帶來的那塊怪石頭，他的確留下來了。」

佛德烈望了我一眼，這才道：「那位檢查官，他的名字就叫班納。」

我不禁倒吸了一口氣：「他失蹤了？」

佛德烈點著頭：「是的，據他的同事說，自你離開之後，他拿著你帶來的東西，到儲存室去，看到過的人，都說他那時，有點神思不屬，他竟撞在一位女同事身上，撞倒了一杯咖啡，也沒有道歉，又有人看到他在儲物室門口，站了一會兒，推門進去，立時又退了出來，然後，他就不知所終。」

聽了佛德烈的敘述之後，出現在我臉上的笑容，極其苦澀。

這是我再也想不到的意外，那黑人官員失蹤了！本來，他是不是失蹤，和我一點關係也沒有，但是他和那塊雨花台石一起失蹤的，那對我有太大的關係了！

我張大了口，一時之間，不知該說什麼才好，佛德烈問道：「你帶來的那塊究竟是什麼石頭？是不是緬甸翡翠的璞玉，價值連城？我們查過班納的檔案，他是一個極其負責的檢查官員，如果不是有什麼極度誘惑，他決不會做出那樣的事來！他帶了你的那塊……石頭，失蹤了！」

我苦笑道：「佛德烈，必須找到他，這件事極其嚴重，可能毀滅全世界！」

佛德烈被我最後的一句話，嚇了一大跳，他立時道：「你帶來的究竟是什麼？」

我道：「你要我回答，我只好說，那是一塊石頭，但是我認為那塊石頭之中，有著無數外太空的生物，它們還是活的！」

佛德烈定定地望著我，如果是別人，聽得我那樣說，一定會哈哈大笑，但是佛德烈不會，我知道他不會笑，因為他的工作使他接觸過太多古怪的事情，任何人，只要像我或是像他那樣，經歷過那麼多古怪的事情之後，就會知道，世界上沒有什麼是不可能的了！

我道：「已經有人在找他了麼？」

佛德烈道：「ＦＢＩ的人員已經在尋找他，但是我必須和他們的首腦再談一談，告訴他們事情的嚴重性。」

佛德烈拿起了電話，講了五分鐘左右，然後轉過身來，我不待他再向我發問，就將那有關那塊雨花台石的事，詳細告訴了他。

那是一個很長的故事，我還必須從多年前，我如何在金山寺中第一次看見到那塊石頭講起。在我的敘述中，一共有三通電話，全是ＦＢＩ人員打來的，報告他們追尋班納的結果。

第一個電話，班納的行蹤，初步已經查明，他登上了一輛南行的長程公共汽車，往南走。

第二個電話在大約半小時之後打來。工作效率真是高得驚人，他們已經從班納的檔案中查明，班納來自南部一個小鎮，那個小鎮叫「希望鎮」，而他搭上的那輛長途巴士，在通過墨西哥城邊境之前，要經過希望鎮。

第三個電話剛好在我的敘述完畢時打到。ＦＢＩ人員已經查明，班納的確是購買了到希望鎮的車票，那也就是說，他已回故鄉去了！

我到那時為止，還絕不明白何以一個一向行為良好的官員，忽然會做出那樣的事。但是有一件事，卻是可以肯定的，那便是，這塊雨花台石，在一個不明究竟的人手中，是一件極其危險的事！

而不但我明白這一點，連佛德烈在聽到了我的敘述之後，他也明白這一點，因為我曾將智空和尚所說的一切，轉述給他聽。

是以，佛德烈在電話中以極其嚴重的語氣道：「你們準備採取什麼行動？我不能肯定他帶走的那東西是什麼，但是可以肯定那東西極其危險。」

ＦＢＩ人員的回答是：他們已準備了一架直升機，估計可以和班納同時到達希望鎮。

佛德烈忙道：「等一等起飛，我和那東西的原主人，要一起去。」

他一面說，一面望定了我，我知道他的意思，是在邀我同去，是以點了點頭，佛德烈道：「好的，我們半小時之內，趕到機場，希望你們先將班納列為極度危險的人物，不要讓人家接近他，也不可逼他做出粗暴的行動來。」

我聽到電話中，ＦＢＩ的人員在問：「那是什麼？一個烈性炸彈，還是一大瓶有毒的細菌？」

佛德烈苦笑道：「不知道，我只能說，那東西比地球上所有的一切最危險的東西更危險。」

他放下了電話，我們立即離開了酒店，驅車到乘搭直升機的地方去，那是一幢大廈的天台，在大廈門口，我就和幾個ＦＢＩ的人員見了面，一起上了電梯，當直升機升空之後，我可以鳥瞰這個大城市的全部夜景，那真是極其美麗的景色。

但是我卻沒有心情欣賞那種景色，我只是當直升機愈升愈高的時候，心中在想，如果直升機升得再高些，看下來，這一個大城市，便是許多閃亮的小點，和許多汽車車頭燈組成的細線，這種情形，和雨花台石的情形，倒有一點相似了。

機中人員的心情都很沉重，沒有什麼人說話，佛德烈也沒有將我對他說的一切轉述給別人聽，那自然是他希望將這件事保密之故。

直升機飛了幾小時，在預定的地方，補充燃料，然後更換機師，繼續飛行，在機上，一直保持著和地面的聯絡，我們的目的地雖然是希望鎮，但是我們是沿南行的公路在飛行，我們希望可以追上班納乘搭的那輛巴士，那就更省事得多了。

ＦＢＩ人員，同時命令沿公路的人員，設法延阻那輛巴士的繼續前進。終於，在再度起飛的一小時之後，有了結果。

消息傳來，那輛巴士已在前面不遠處被截停了，為了避免驚動班納，是以並未曾登車搜查，截停車子，用的是公路損害的藉口。

直升機又向前飛了幾分鐘，就可以看到前面路上的很多燈光。有七、八輛車子停著，車旁有不少人。

直升機在公路上停下，我和佛德烈首先跳下去，奔向前，一共有兩輛公共汽車、幾輛卡車和小房車，一個粗魯的卡車司機，正在和警官爭吵著，說他的貨是限時送到的，絕不能耽擱。

佛德烈一到，就對那警官道：「讓他走吧。」

警官還沒有回答，其餘的人，已經大聲吵了起來，顯然他們以為佛德烈的話太不公平了，這時，ＦＢＩ的人員已經包圍了那輛巴士，所有在現場的人，一看到那種如臨大敵的情形，也知道發生什麼事了，是以反倒靜了下來，不再急著趕路了。

巴士司機首先下了車，佛德烈大聲叫著班納的名字，可是車中沒有人答應。

ＦＢＩ人員上了車，車中只有四個黑人，而我早已一眼看出，班納並不在這四個黑人之中。我不禁苦笑了一下，看來我們的追蹤已經失敗了。

我並沒有上巴士去，佛德烈在五分鐘之後就下了車，對我道：「班納的確是搭這輛車的，但他已經在前兩站下了車。」

我呆了一呆：「他到哪裏去了？」

佛德烈攤了攤手：「下落不明。」

我皺著眉：「他既然走在這條路上，我看他仍然是到希望鎮去的，他一定在半路上發覺了有人跟蹤的跡象，所以才下了車的。」

佛德烈道：「如果他知道被人跟蹤，那麼他就不會再到希望鎮去。」

我吸了一口氣：「現在，我們只好希望他是做賊心虛，是以才變換行動路線的。我看我們決不能再打草驚蛇了。」

佛德烈道：「什麼意思？」

我道：「通知FBI人員收隊，而你，換上便服，只由我們兩人去找班納。」

佛德烈道：「這樣會比較好一些麼？」

我道：「自然會好得多。」

佛德烈來回走了幾步，考慮了片刻，去和FBI的人員，商議了一陣，看來，他的商議有了結果。所有的車輛都獲得放行，我和佛德烈，上了一輛有無線電通訊設備的汽車，直駛希望鎮。

我們到達希望鎮的時候，正好是天明時分，車子在鎮上主要街道駛過，那是一個十分恬靜美麗的小鎮，佛德烈早有班納舊居的地址，也知道班納的母親，以前住在鎮上，我們一直來到鎮尾的一幢房子附近，停下了車，佛德烈道：「就是這裏。」

我沒有出聲，因為我在想，班納拿了雨花台石到這裏來，究竟是為了什麼？

佛德烈又道：「是你去找他，還是我去？」

我道：「為什麼我們不一起去？」

佛德烈道：「那是你的辦法，盡量避免刺激他，現在我穿著便服，他未必認得出我是什麼人來，但是你就不同了，他一定認得你。」

我點頭道：「你說得很有道理，如果他一看到了我，就著急起來，弄破了那塊石頭，那就糟糕了，你先去，我在車中等你。」

佛德烈打開車門，下了車，走到那房子前，敲門，四周圍很靜，而我又離得那屋子十分近，是以我可以清楚地聽到佛德烈的敲門聲。

他的敲門，並沒有什麼反應，大約過了十分鐘左右，忽然聽到屋中，傳來「乒乓」、「嘩啦」的一陣響，好像有人打翻了什麼笨重的東西，接著，便是一個老婦人的呼叫聲。

那老婦人在叫道：「班納，你怎麼啦，發生了什麼事？究竟發生了什麼事？」

可是，卻沒有人回答她，接下來，又是一陣撞擊聲，和那老婦人的驚叫聲，佛德烈已在用力拍門，但是依然沒有人開門。

我連忙下車，奔到了那屋子的門口，道：「不能等了，屋子中一定已經發生什麼事，快將門撞開來。」

我和佛德烈兩人，合力以肩撞著門，不用兩三下，就將門撞了開來。

當我們撞開門之後，我們看到，那屋子的後門洞開著，有一個老婦人，站在後門口，在叫著，而屋中的陳設，有不少翻倒了。當我們撞開來的時候，那老婦人轉過了身來，她以一種茫然的神情望著我們，對我們撞門一事，反倒不加追究，只是喃喃地，像自言自語，又像是在問我們：「究竟發生了什麼事？在班納身上，究竟發生了什麼事？」

我忙走到她的身前，道：「班納呢？」

那婦人道：「他奔了出去，像是瘋了一樣，奔了出去，我不知道他到哪裏去了。」

佛德烈也來到了後門口，我們一起抬頭向前看去，只見後門口是一條小路，一直通向前，這時，我們極目望去，小路上一個人也沒有，顯然班納已奔遠了。

再向前望去，可以望到山的影子，佛德烈轉過身來：「你是班納的母親？他什麼時候回家來的？回家之後，做了什麼事？」

那老婦人哭了起來：「半小時之前，他才一進門，我就知道事情不對了，他是個老實孩子，所以他要是做了什麼傻事，我總是可以立即看得出來，他究竟做了什麼？犯罪了？」

佛德烈忙道：「他做的事，不算是十分嚴重，但是我們現在必須找回一件不屬於他，而被他帶走了的，一件十分危險的東西。」

那老婦人呆了一呆：「一塊半紅半白的石頭？」

我和佛德烈兩人，聽了她那樣講法，都又驚又喜，忙道：「是的，你見過？」

那老婦人道：「我見過，他一回來，就給我看那塊石頭，我也不知是什麼，然後，他就一個人闖進了房中，直到剛才他突然從房中衝了出來，撞翻了桌子、椅子，從後門瘋也似地奔了出去。」

我的心中感到一陣寒意，我道：「你可曾注意到他在奔出去的時候，手中有拿著那塊石頭？」

老婦人道：「沒有，他是空手奔出去的。」

我和佛德烈互望了一眼，心中又生出了不少希望，忙道：「他的房間在哪裏？」

老婦人向一扇門指一指，道：「就是這間。」

我們向那扇門望了一眼，就不禁苦笑了起來，那扇門是被撞開的，撞開那扇門時所用的力度，一定十分之強，以致那扇門從中裂了開來。

我和佛德烈急忙向那間房間走去，到了房間中，我們發現房間應該是屬於一個少年人的，那自然是班納青年時居住的房間。

在一張寫字台上，我和佛德烈兩人，立時看到了那塊雨花台石！我立時長長地吁了一口氣：「謝天謝地，這塊石頭，在這裏了。」

當我在那樣說的時候，緊張的神情，已經鬆馳了下來，佛德烈連忙踏前一步，將那塊石頭，拿了起來，他拿著那塊石頭，看了一眼，轉過頭來，望了我一下，然後，又望了它一眼，道：「就是這塊石頭？我看不出它有什麼特別。」

我道：「你拿著它，在陽光之下，就可以看到裏面驚心動魄的情形了。」

佛德烈的臉上，現出了疑惑和不相信的神色來，他走向窗口，我也沒有說什麼，因為在一塊石頭之中，會有著驚心動魄的情景，這是任何人不能相信的。

佛德烈來到了窗前，將那塊石頭，暴露在陽光之下，看了一會兒，然後，他轉過頭來，可是，他臉上卻沒有我預料中那種神奇的反應，反倒是有點惱怒，他道：「你一定是在開玩笑，我仍然看不出有什麼出奇之處。」

我呆了呆，忙也走了過去，佛德烈有點氣憤地將那塊雨花台石，塞到我的手中，我拿著那雨花台石，向陽光一照，而在那剎那間，我真正呆住了。

不錯，是這塊雨花台石，但是，它已和我以前幾次看過它的時候，大不相同，現在，這塊雨花台石，只是一塊普通的石頭！

在那塊雨花台石中，已不再有那種紅色的、白色的細絲，它不再是一塊活的石頭，而只是一塊靜止的、普通的石頭。

在我發呆的時候，佛德烈帶著惱怒的聲音，在我的耳際響起：「好了，你怎麼解釋？」

也就在他發出問題的同時，我已有了答案，所以，我感到全身一陣冰涼。

大約我當時的臉色，已變得十分蒼白，是以佛德烈並沒有再追問我，只是注視著我，而我的心中，實在太吃驚了，是以一時之間，也講不出話來。

第六部：保衛地球英勇犧牲

佛德烈望了我好一會兒，才道：「看在老天的份上，說出來吧！你想到了什麼？」

我不由自主地喘著氣：「它們走了，佛德烈，它們全走了。」

我那樣說，旁人可能完全不明白是什麼意思，但是佛德烈絕對明白的。他的臉色也變得蒼白起來：「你，你是說，我們……已經來遲了一步？」

我實在無法回答佛德烈的問題，因為我根本不知道這個問題的答案。

然而，我可以肯定的，原來在雨花台石中的那些細絲，都逃出了雨花台石，而且我也發現它們逸出的出口，就是那個深紅色的紅斑，那紅斑的表面一層，已不再光滑，像是被人揭去了一片一樣，現出一片充滿細孔的內部來，那些孔，細得連頭髮也穿不過，但是卻那麼精密，看來可以憑那些細孔，溝通整塊雨花台石的內部，供那些紅色、白色的細絲，自由來往。

我站著發呆，佛德烈苦笑著：「想想辦法，別呆在這裏。」

我深深地吸了一口氣，抬起頭來：「佛德烈，如果它們已經分散出去。那麼，我一點也沒有辦法可想。」

佛德烈道：「你說『如果』，是什麼意思。」

我沉著聲，盡量使我自己的聲音，聽來鎮定：「有一個可能，我們還可以挽救，那就是這塊雨花台石破裂之後，和另一塊早在多年前破裂的那塊一樣，石中的那些東西，全部沒入了人體之內。」

佛德烈是聽過我對他詳細敘述整件事情的經過的，他立時尖叫道：「班納！」

我點了點頭。

佛德烈又道：「班納瘋了一樣奔出去，由此可見，在他的身上，一定發生了非常的事故。」

我不由自主大聲地道：「快去找他！」

我們兩人一起退出了班納的房間，直奔到後門，到了門口，我才想起，我們漫無目的地去找，總不如先問一問班納的母親來得好些。

我轉過身，看到老婦人就站在我們的身後，一臉不知所措的神色。我忙問道：「照你看來，班納如果有了麻煩，他會到什麼地方去？」

老太太卻不回答這個問題，只是反問道：「他惹了什麼麻煩？」

我道：「現在還不知道，但總之是極嚴重的麻煩。」

我自然無法三言兩語，可以將發生在班納身上的事解釋得很明白，而我們又急於找到班納，是以只好那樣說。老太太嘆了一聲：「班納在小時候，如果有了麻煩，為了避免他的父親的責罵，他會躲到前面山中的一個廢煤礦坑中去。」

我和佛德烈互望了一眼，向前奔去，老太太還在我們的身後叫道：「可是，那廢礦坑中有毒氣，是危險區！」

我們聽到了老太太的呼叫聲，但是我們並沒有停下來，仍然向前奔著。

老太太既然說班納有可能到那廢坑去，那麼，我們除非不追班納，否則，一定先要到那廢礦坑去找一找。

我和佛德烈在小路上奔著，奔出了一哩左右，我們都已喘著氣，但是，我們總算已來到山腳下，有兩條路可以通向山中。

當我們在岔路口停了停之際，立時發現了通向左面的一條山路上，野草有著剛才被踐踏過的痕跡，那極有可能就是班納留下來的痕跡。

我們轉向左，走了不遠，看到了一塊早已生了鏽的鐵牌，豎在路邊。鐵牌上還有些模糊的字跡，寫著「強生煤礦」等字樣。

我們知道走對了路，繼續向前走著，又走出五、六十碼，看到了兩塊白底紅字的木牌豎著，在兩塊木牌之間，是攔著的鐵絲網。

在那兩塊木牌之上，寫著老大的「警告」字樣，然後是警告的內容，大意是說，強生煤礦的舊礦坑，廢棄已久，不但支柱腐朽，隨時有倒塌的可能，而且，煤礦之中，還儲存有天然煤氣，一不小心，就會引起燃燒和爆炸，千萬不可進入礦坑之中。

我和佛德烈讀完了警告，互望了一眼，一時之間，我們的心情都沉重得一句話也不想說。因為我們早就看到，兩塊告示牌之間的鐵絲網，倒了一片，在鐵絲上，還鉤著不少布條，那分明是有一個人直衝過鐵絲網時，所留下來的，而且，我們可以肯定，衝過鐵絲網的，除了班納之外，不會有第二個人了！

佛德烈先開口，他吸了一口氣：「怎麼辦？」

我苦笑著：「不論怎樣，我們都要找到他！」

佛德烈點著頭，我們兩人，一起向前走去，那是一條曲朽的、雜草叢生的小徑，這條小徑，本來可能是一條大路，但是由於久未有人走，灌木和雜草，蔓延了開來，大路又變成小徑了。

我們這時，並不是奔走，而只是一步一步，向前走著，而且腳步還是十分沉重。

不久，我們就看到了一個礦洞，在礦洞的口子上，原來是木釘封著的，但這時木板已被撞斷，從斷口的顏色看來，那是才發生的事。

我首先走了進去，礦坑中一片黑暗，什麼也看不到，佛德烈也走了進來，大聲叫道：「班納。」

我想阻止他大聲叫喝，可是已經來不及了，佛德烈其實也應該明白，在一個廢棄了多年的礦坑之中，大聲叫嚷，是一件十分危險的事。

果然，當他的聲音，引起空洞連續的回聲之後，我聽到礦坑的深處。傳來了一陣「刷刷」的聲音，和石塊跌下來的「砰砰」聲。

在舊礦坑中大聲呼叫，回聲震盪，會使腐朽的木柱斷折，甚至會造成整個廢礦塌下來的嚴重後果！

幸而這一次，後果還不算嚴重，我忙向佛德烈作了一個手勢，示意他別再出聲，佛德烈低聲道：「對不起，我想令班納知道有人來了。」

我點頭道：「那是好主意，但是我們可以先走進去一些，然後再說話。我相信就是我們的聲音低一些，他也一樣可以聽到的。」

我和佛德烈向前走去，我們只不過走進了十來碼，礦坑口的光線，已經射不進來了，而我們是匆忙來到的，又未曾帶什麼手電筒，而在舊煤礦中，如果點燃打火機或是火柴，那無疑是自殺。所以，我們只好在黑暗之中摸索前進，又走了十碼，佛德烈低聲道：「班納，我們已知道你在裏面，你放心，我們絕沒有惡意，只不過關心你！」

我也壓低了聲音：「你還記得我麼？我就是帶那塊石頭來的人。」

我和佛德烈兩人，輪流說著，我們講的，全是安慰班納，叫他不要心慌的話，同時，一面說，一面我們仍然向前走著。

我數著走向前去的步數，知道我們又走進了七、八碼左右，那時，我們至少已不斷講了五分鐘的話，可是礦坑之內，除了我和佛德烈的聲音之外，沒有任何別的聲音。

我們停止再向前去，也不再說話，過了片刻，佛德烈才苦笑著：「看來他不想理睬我們。」

我也嘆了一口氣：「其實，我們是來幫助他的，他應該明白，我們真是來幫助他的。」

當我的話說完之後，我和佛德烈兩人，都不由自主，一起嘆息起來。

就在我們的嘆息聲中，在前面，礦坑的更深處，有一個聽來十分疲乏的聲音，傳了過來，那是班納的聲音，我一聽就認得出來。

班納像是一個大病初癒的人一樣，聲音是斷續而急促的，他道：「別再向前來，看在上帝的份上，你們別再向前來，由得我一個人在這裏！」

佛德烈忙道：「班納，你有什麼麻煩，我可以幫你解決的，你別拒絕幫助，我是國防部的佛德烈少將。」

佛德烈的話才一出口，就聽得班納發出一下吼叫聲來，只聽得他叫道：「出去！」

那一下子吼叫聲，引起了極其嚴重的後果，我們立時聽到了「轟」的一聲響。在我們的頂上，碎石塊像是冰雹一樣地向下落來，我忙道：「快伏下！」

我雙手抱著頭，滾向旁邊，雖然這樣，我的身上，仍被不少石塊擊中，幸而坑頂不是太高，石塊擊在我的身子，儘管疼痛，也不至於令我受傷。

我滾到了石壁之下，仍然伏在地上，四周圍一片漆黑，我不知道佛德烈究竟怎麼樣了，而隆隆的聲音，仍然不斷傳來，一直繼續了四、五分鐘，才停了下來，我忙道：「佛德烈，你沒事麼？」

佛德烈的聲音，在我的身旁七、八碼處傳來：「還好，不過我想，頭被石頭打破了。」

就在我們交談之際，我們聽得班納的聲音，自前面傳了過來，他發出十分怪異的笑聲：「現在好了，你們再也找不到我了！」

我忙跳了起來，向前奔了幾步，我也只能向前奔出幾步，因為就在我們的前面，大大小小的石塊，自坑頂上落了下來，已將前面的通道完全堵住了！佛德烈也已來到我的身邊，他也知道通道已經堵塞，他忙道：「我們快退出去，叫人掘開這裏。」

他的話才一出口，就聽得班納的聲音，自石塊的另一邊傳了過來：「你們一去叫人來，我就點火，我知道煤氣從什麼地方漏出來，我可以引滿煤氣，然後點火，使整個礦坑都發生爆炸。」

我和佛德烈都呆住了不出聲。

班納在繼續說著，他道：「如果你們願意和我談話，我想，我或者可以和你們談幾分鐘。或者更久，那要看我究竟能支持多久了！」

我忙道：「你究竟遭到了什麼麻煩？你說你只能支持幾分鐘，那是什麼意思？」

班納的笑聲傳來，他的笑聲聽來極其苦澀，他道：「它們全進入了我的體內，我知道它們在想什麼，它們要消滅我的思想，指揮我的行動，它們要我投降。」

他講到這裏，忽然急速地喘起氣來，又道：「我並沒有投降，而且，我也知道它們怕的是什麼，它們怕高溫，八百度的高溫就可以消滅它們了，而且普通的火焰，就可以達到這個溫度。」

我和佛德烈兩人，都明白班納那樣說是什麼意思，同時明白，早許多年，在南京的那位高僧，為什麼會想出引火自焚的辦法來。

班納這時的遭遇，自然和那位高僧一樣，雨花台石的千萬細絲，已進入他的身體，那些細絲是有思想的，而當細絲進入班納體內之後，班納知道它們在想些什麼。

我自然不知道這一切如何發生的，我只是想到了這一點，或者說，我感到了這一點，至於有關這一點的詳情如何，我心中實在是一片茫然。

我忙道：「班納，你別幹傻事，我們會救你的。」

班納又怪異地笑了起來：「救我？你為什麼要救我，為什麼？」

我沉著地道：「那塊石頭是我帶來的，事情因我而起，我自然要盡我的一切可能來救你。」

在我的話之後，班納又沉默了半晌，才聽到了一下他的嘆息聲：「那怪不得你，是我自己不好，我經不起它們的誘惑，一直到現在，我才知道那是它們的誘惑，不過像所有上了當的人一樣，當我知道之後，已經遲了，實在太遲了。」

佛德烈問道：「班納，這一切如何開始的？」

在佛德烈的問題之後，又有半分鐘的沉默，然後才是班納帶著極度痛苦的聲音：「在那位先生走了之後，我拿著那塊石頭，仔細端詳著，就在那時候，我忽然像是聽得有人在對我說話，事實上，我根本沒有聽到任何聲音，那只是我想到的，那時我以為是我自己想到的，後來，我明白了，那不是我自己的思想，是它們的思想。它們的思想，滲入了我的思想之中，使我想到了這些！」

佛德烈忙道：「你說是——」

他只說了三個字，我便連忙道：「別打斷他的話頭，讓他說下去。」

我知道佛德烈為什麼要打斷班納的話，因為班納的話，叫人不易明白，我也不是十分明白，例如班納說：「它們的思想滲進了我的思想之中」，那實在是不可思議，難以完全瞭解的事。

但是我也知道，我們現在所面對的事，是完全超乎我們的知識範疇的事，我們現在不可能要求班納解釋得清清楚楚，因為就算班納自己，只怕也不明白究竟發生了什麼事，他還能那樣說話，已經是很不容易的事了。

因為這時，他的思想正不斷地受著干擾，「它們」的思想，正在竭力想控制他的思想。

所以，我們必須給班納更多的時間，趁他還能講自己的話時，去講一切事情的經過。就是基於這原因，是以我才制止佛德烈發問的。

佛德烈自然也明白我的意思，是以他立時不出聲，我們兩人，都聽到班納在石塊後面發出來的濃重的喘息聲，他在繼續道：「當時，我想到的只是，如果我將這塊石頭帶走，使石頭中的細絲全部離開石頭，那麼，我就可以成為世界上最特別的人，一種超人。我幾乎沒有多考慮，就決定了行動。」

班納講到這裏，又是一陣濃重的喘息聲，從那些喘息聲聽來，他像是正在和什麼極大的力量掙扎一樣。

班納喘息了一分鐘之久，才又道：「我帶著那塊石頭離開，而當我的手緊握著那塊石頭之際，我就充滿了稀奇古怪的想法，我回到了家中，更像是有人在我的耳際告訴我，只要用火烘烤那一小塊紅色的斑點，就可以有難以形容的奇蹟出現，我那樣做了。」

他停了片刻，在那片刻間，他所發出的，已不再是喘息聲，而是一種難以形容的呻吟聲，看來，他對於用語言來表達他自己的思想這一點，已愈來愈困難了！

我和佛德烈兩人，不由自主齊聲叫道：「說下去，班納，你一定要說下去！」

研納尖聲叫了起來：「別打擾我，我一定要說，我一定要說！」

事實上，礦坑中只有我們三個人，而我和佛德烈，正是堅持要他說下去的人，絕不可能再有第四個，在干擾著他，不讓他說。

然而，我和佛德烈都明白，雨花台石中的那些「妖孽」，正在干擾他，不讓他將這時的情形說出來，因為一說出來，便會對「它們」不利。

斑納的喘息聲愈來愈急促，他斷斷續續地道：「那些細絲全洩了出來，侵入了我的皮膚，迅速消失，在我還未曾來得及看清它們之前，它們已經侵入來了，我像是聽到成千上萬的人在歡呼，像是一支上萬人的軍隊，湧進了一座被他們攻克的城市一樣，我聽到它們有的人在叫著：這裏可以適合我們居住，我也聽得有人在叫：這裏比我們逃難住的臨時地方好得多了。我更聽得它們在叫：這是一個活動的居所，我們可以利用他來做任何事！」

班納講到這裏，突然大聲叫了起來：「不，我不會照你們的意思去做。絕不會！」

那種情形，實在是詭異到了極點，我和佛德烈兩人，都不由自主，感到了一股寒意。

班納又濃重地喘著氣：「我又感到，我是來自一個遙遠的、無法想像的地方。我是那個地方的生物。因為那地方發生了災禍，所有的人臨時擠進逃難的工具，逃走了，而又被困在那工具之中；雖然是逃難，但還是不斷地在殘殺。它們有兩種，它們水火不相融，不斷地殘殺。我感到我不會死，我的身體可以化生，除非是在高溫之下，我才會被消滅。而當我在那樣想的時候，我同時感到自己仍然是一個地球人，一個被俘虜的地球人，我瘋了一樣衝出來——」

班納的話，談到這裏，突然停頓。

曠坑中靜了極短時間，接著，是一陣痛苦至極的呻吟聲，在呻吟聲中，夾雜著幾句話，那幾句話，雖然仍是班納的聲音，但聽來已經完全不是班納的話，他說道：「好了，這裏地下那麼大，我們可以暫時停止爭鬥了，我們還可以找更多的棲身之所，你們看看，這是一個極大的星球，比我們原來的星球大得多。」

而接著，班納又發出一陣又一陣歡呼聲來。

我和佛德烈兩人，都呆住了，一時之間，不知該如何才好。

而在歡呼聲之後，我們忽然又聽到了班納痛苦至極的叫聲：「出去，你們快出去，我要毀滅它們，不會讓它們蔓延整個地球！」

聽了班納那樣的呼叫之後，我和佛德烈兩人也不自由主，喘息起來，我忙道：「我們快退出去，他要學那位高僧一樣，毀滅自己。」

佛德烈忙道：「那怎麼行，我們得設法救他。」

我苦笑道：「我們救不了他，沒有人可以有法子救他，我們快走吧。」

佛德烈還不肯定，我拉著他向外便奔，當我們向外奔出的時候，只聽得班納在石塊之後，發出了種種古怪的聲音，突然之間，班納的古怪聲音停止了，他在叫我們：「你們別走，你們設法將我救出來，保證你們仍然可以有自己的思想，自己的感覺，自己的快樂，而有我們在你們的身體之內，你們可以有無窮的力量和智慧，你們可以成為最強的強人！」

我和佛德烈兩人，停了一停，在那一剎那間，我們只感到自己像是浸在冰水中一樣！

那顯然不是班納對我們說的話，而是它們已控制了班納，在對我們講話了，而且，它們顯然已經從班納的思想中，獲得了資料，知道了地球上的一切！

要是班納已經完全被控制，那麼，我們不是逃走便算，我們還一定要出手毀滅班納才對！

而也就在那時，班納忽然又叫了起來，他的叫聲，可以聽得出是一個人，在盡了最大的努力之後，才能叫出來的，他叫道：「你們快走，這裏就要爆炸了。」

我和佛德烈兩人一聽得班納那樣叫，拔足便奔，我們還未奔到礦坑口，已經聽到礦坑之中，傳來了轟的一聲巨響，石塊一起跌了下來。

我們冒著疾跌下來的石塊，拚命向前奔走，濃煙在我們的後面湧過來，我們簡直是被濃煙湧出來的，我們奔出了礦坑上，在地上打了幾個滾，才站了起來。

在礦坑中，濃煙不斷冒出，爆炸聲也不斷傳來，不到幾分鐘，礦坑的入口處，已經被亂石完全封閉了，而沉悶的爆炸聲，還在不斷傳出來。

我和佛德烈兩人呆立著，一時之間，不知該說什麼才好，在那樣的爆炸之中，班納當然死了，而那些侵入他體內的「妖孽」，自然也被他消滅了！

我們呆立了許久，一聲也不出，而且，我們兩人，都不由自主地，將身子站得筆直，我們的內心之中，都感到自己是站在一個拯救了人類的英雄的墳墓之前。

那樣的雨花台石，一共有兩塊，當第一塊破裂的時候，那些「妖孽」侵進了一位高僧的體內，那位高僧自然也立時「被俘」，但是那位高僧並沒有屈服，他引火焚毀了自己，消滅了不知來自何處的生物。第二塊雨花台石中的生物，侵入了一位黑人的體內，它們也一樣遭到了失敗，這兩個地球人，都表現得如此出色，保衛了地球，同時也獻出了他們的生命！

這是何等英勇的行動，怎不令人敬佩？如果這樣的事，臨到了我的身上，我是不是能那樣做，真連我自己也不敢保證。

我這時，也明白智空和尚何以會有自我犧牲的想法。那極可能是那塊瘀紅色的斑點出現之後，那些生物的影響，已可以傳到碰到那塊石頭的人，所以智空和尚才會有那樣的想法。

我自然無法知道這些生物來自什麼地方，但是我總算知道了一點，那就是，地球上的人類，雖然表現了種種的醜惡，但是地球人也有著高貴的品質。

而這種高貴的品質，先後在那位我連姓名也不知道的高僧身上，和這位黑人班納的身上，表露無遺。

地球人還是有希望的，我們或者不至於要逃難離開地球，或者也不至於在逃難的工具之中，再互相殘殺。

但願如此！

〈完〉

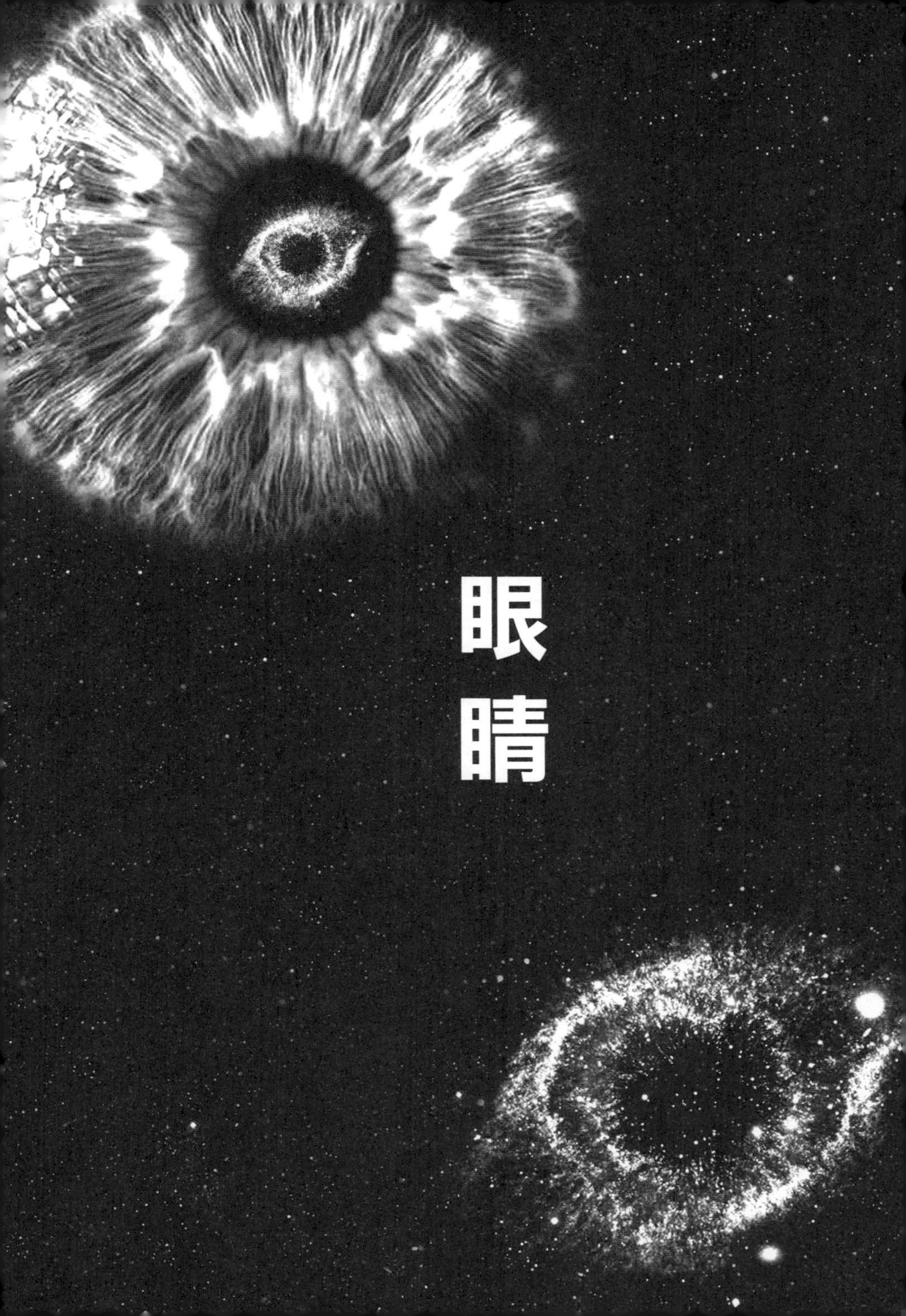

眼睛

序言

「眼睛」是衛斯理「天外歸來」之後的第二個故事，詭秘莫名，在所有衛斯理的幻想故事之中，具有一種令人心驚的特色。故事設想地球人曾在若干年前，遭受過一次外星人的侵襲。外星人邪惡莫名，地球人在毫無抵抗的情形下，成為外星人的移居體，開始了地球人的邪惡文明。

整個故事的調子，對人性失望——這是衛斯理幻想故事的一貫主旨，人實在太罪惡，罪惡到了極可怕的程度。雖然把罪惡的想法化為罪惡的行動，只是少數人，可是大多數人都一直沒有什麼方法對付少數的犯罪者，為什麼呢？是不是大多數沒有犯罪的人都一樣有犯罪的思想？

「我是在罪孽裏生的，在我母親懷胎的時候，就有了罪。」——那是徹底認識人類罪惡本性的詩句，出自以色列人第二個王，大衛之手，在公元前一千多年前，就寫下來，人早已知道，卻無意改正！

邪惡，只有在徹底認識自身的罪之後，才會被消除。

倪匡

第一部：平凡礦工殺人如麻

我將這件以下要記述的事件，稱之為「眼睛」。

「眼睛」這事件，和煤礦有關。煤礦，是生產煤的地方。在亞熱帶都市中生活的人，對煤這樣東西，印象不可能太深刻，甚至可能連看也沒有看過。但撇開煤是工業上的主要能源這一點不談，在人類的日常生活中，煤也佔有極重要的地位。

煤，大抵可以分為泥煤、煙煤和無煙煤三類。煤，據說是若干年前——幾百萬年，甚至幾千萬年——的植物，大批的植物林，因為地殼的變動，而被埋到了地底，經過長久的重壓而形成的。煤之中，以無煙煤的形成年代最久遠，也以無煙煤的形狀、外觀最為美麗。在嚴寒的天氣中，看到一大塊一大塊閃光烏亮、光滑晶瑩的無煙煤煤塊，那感覺就像是飢餓的人看到了香噴噴的白飯一樣。

無煙煤在燃燒之中所發出的火燄，溫度極高，火燄是悅目的青白色。無煙煤大都蘊藏在較深的地下，礦工為了採無煙煤，往往要在幾百公尺深的礦穴下工作。有人形容大海變幻莫測，甚麼事都可以發生，但深達幾百公尺的煤礦，比大海還要更不可測，更加甚麼事都可以發生，千奇百怪，無奇不有，這些在礦坑中發生的怪事，以後會陸續穿插在我的敘述之中。

無煙煤的煤礦中，還有一種十分奇特的副產品，叫作「煤精」。煤精是棕紅色的透明體，有時很大，可以重達數十公斤，有時很小，只有手指或拳頭大小。這種色澤美麗的煤精，是工藝品的好材料，相當名貴。煤精，據說是樹木的脂，積年累月形成的，和琥珀的形成過程相同。

每一塊煤，每一塊煤精，都有著數百萬年，甚至數千萬年的歷史。如果它們有生命，它們肯定可以告訴我們數百萬年乃至數千萬年前地球上的情形。可惜它們沒有生命。在煤之中，唯一有生命的只是一種十分奇特的細菌，科學家至今不明白這種奇特的細菌，是如何在煤中間生活、繁殖的，年代是那麼久遠，久遠得幾乎是完全不可能追究了，實在太久了！

講了這很多有關媒的事，那決不是「題外話」，而是和我稱之為「眼睛」事件，有莫大的關係的。

眼睛

閒話表過，言歸正傳。

我自從「回來」之後，對人生的認識進了一大步，所以幾乎不做任何事，每天和白素一起，在一個十分幽靜的小湖邊垂釣，一面看著垂柳的柳枝在水面拂起的水圈，一面思索著秘奧而不可思議的種種問題。

這樣的生活，大約持續了兩個星期。那一天傍晚，我和白素回家，魚簍中有著十來尾梭魚，替我們開門的，照例是我們老蔡。一切全和平日沒有兩樣，但是當門一打開，我看到老蔡的神情之際，我就覺得有甚麼不尋常的事發生。至少，有甚麼不尋常的事，在老蔡的身上發生了！

老蔡的神情，顯得十分驚惶，他為我們打開了門，後退了一步，當我經過他身邊的時候，甚至可以發覺他身子在微微發抖！

白素顯然也發覺了這一點，因為她比我先問老蔡：「老蔡，甚麼事？」

老蔡的語音中，帶著哭音：「你們要救救我！救救我！」

他雖然說得有點語無倫次，可是他真正遭到了麻煩，應該毫無疑問。

為了不使他繼續處在這樣惶急的情緒之中，我立時道：「放心，不論有甚麼事，我一定盡力幫助你！」

我在這樣說的時候，對於老蔡遭遇到的是甚麼麻煩，實在一點概念也沒有。我只是想，老蔡幾乎與世無爭，不論他有甚麼麻煩，都不會是甚麼大不了的事，所以我才說得如此肯定。

老蔡一聽得我這樣說，長長地吁了一口氣，神情已不像剛才那樣惶急，看來他對我很有信心，認為只要我肯出力，沒有甚麼困難是不可以解決的。

我拍著他的肩：「來，到書房來！」

我向前走，老蔡跟在我後面，我們上了樓，進了書房，白素則提著釣來的魚，進了廚房。

一進書房，我還沒有坐下來，老蔡就用他發抖的手，取出了一封信來，當他還想用發抖的手指，去從信封中取出信紙來之際，我已伸手接過了信來。一則由於我心急，二則由於我一看到了那封信的信封，心中就覺得十分奇怪。那信封相當大，是政府公函用的信封，而且在信封上，印有一行法文，而郵票的顏色十分豔麗，是一個非洲國家的郵票。

非洲獨立國家之中，有不少以前是法國的殖民地，沿用法文，並不算是甚麼奇怪的事，奇怪的是，老蔡何以會有非洲的來信，而且，他的一切惶急、煩惱，又顯然全是從這封信而起的。

我接過了信，向老蔡望了一眼，老蔡的手指仍然發著抖，向信指了一指，示意我取信出來看。我打開信封，將信抽了出來。一共有兩張信紙，一張是潔白的，用打字機打出來的，用的也是法文，信很簡短——

基於閣下是蔡根富的唯一親人，所以我通知你，蔡根富由於犯嚴重的謀殺罪而被判死刑，死刑將在六月一日執行。

下面的署名是一個政府部門的負責人。

我先看法文信，信中「蔡根富」的名字是譯音，我還全然不知道那是甚麼人，我只是極其奇怪，何以一個遙遠的非洲國度之中，一個將要行刑的死囚，會和老蔡發生關係。而且我也不相信老蔡看得懂法文，所以我又向老蔡望了一眼。

老蔡的聲音有點發顫：「我不知道那洋文寫些甚麼，你看另外一封。」

我取起了另外一張紙來，而上面用鉛筆，寫著中文字，歪歪斜斜，一望而知是一個識字不多的人所寫的，在字跡上，也可以看出，寫那字的人，正面臨著嚴重的難關而在作最後的掙扎。

信是寫給老蔡的。

「四叔，我是冤枉的，我沒有殺人，他們要殺我，一定要救救我。根富。」

信比那封公文更短，可是卻洋溢著一個臨危的人求救的呼聲。

我吸了一口氣：「這個……根富……」

老蔡顯得又悲傷又失望，道：「你怎麼不記得他了？根富，就是根富啊！小時候，他來看我，你和他一起到河裏去摸過泥鰍！」

我苦笑了一下，到河裏去摸泥鰍，那該是多少年之前的事了！要我記起這樣一個兒時曾一度遊戲過的伴侶，當然是不可能的事。

我只好道：「根富，他是你的——」

老蔡急急地道：「他是我的姪子！是我唯一的親人！他出洋的時候，曾向我告別，你也見過他一次面！」

老蔡講到這裏，我「啊」的一聲，叫了起來。我想起來了！十多年前，老蔡曾帶了一個年輕人來見我，說是他的姪子，要出洋去。當時，我正忙著在處理一件十分怪異的事，要到墨西哥去，只是隨口問了幾句，所以沒有留下甚麼印象。

現在想起來，那個年輕人——根富，當時是一副老實模樣的鄉下人，剪著平頂頭，被老蔡推一下，才肯講一句話。雖然說人是會變的，但是這樣的一個老實人，竟然會犯了「嚴重的謀殺罪」，這無論如何，有點不可思議！

我覺得很慚愧，因為我從來也沒有怎麼關心過老蔡，關於他的這個姪子，我也一直沒有和他談起過。我看了看日曆，是五月十日，也就是說，離蔡根富的死刑執行，還有二十一天。二十一天，可以做很多事情！

老蔡看到我沉吟不語，神情又變得惶急起來，我先安慰了他幾句，才道：

「根富平時沒有甚麼信給你？」

老蔡道：「很少，他沒有唸過甚麼書的，平時在煤礦又很忙——」

我打斷了老蔡的話頭：「他在煤礦工作？」

老蔡道：「是的，聽說已經升做工頭了，管一百多個礦工，這些，我全是聽一個做水手的鄉親說的，今天，忽然收到了這樣一封信。少爺，那洋文信說些甚麼？」

我把那封法文公函的內容告訴了老蔡，老蔡一聽之下，搖搖欲墜，幾乎昏了過去。我連忙抓住了他的手臂。這時候，白素也走了進來，我將那兩封信給她看。白素問了老蔡幾句，向我道：「看來是根富在那邊殺了人，所以被判了死刑！」

老蔡忙道：「不會的，根富決不會殺人，決不會！」

白素皺著眉：「那國家相當落後，只怕連完善的司法制度都沒有，根富可能是冤枉的，我看——」

白素說到這裏，向我望了過來，不等她開口，我也知道她想做甚麼：她要我到那邊去走一遭！

可是我卻實在不想遠行，而且，我對蔡根富的這件案子，一點也不了解，至少我先要了解情形。科學如此進步，要了解情形，不必遠行，可以通過長途電話解決。

我再細看了看那封公函上的署名，那位先生的名字很長，我只取他最後的一個姓，他姓奧干古達。這位奧干古達先生，我猜，一定是非洲人，他的官銜則是「司法部對外聯絡處處長」。這是一個相當古怪的官職，我不敢肯定別的國家中是否也有這樣的官職，不過在新興國家之中，有些稀奇古怪的官職，也不足為怪。

我道：「我可以先和這位先生聯絡一下，弄清楚了情形，再決定是不是去！」

老蔡一聽得我這樣說，發起急來：「你非去不可，不去，怎麼救人？」

我呆了一呆：「老蔡，你不是要我去劫法場吧？」

老蔡的神情，惶急而堅決，盯著我，說道：「你答應過我的，就算劫法場，你也一定要把根富帶回來給我，你答應過的！」

我不禁吞了一下口水，感到十分為難，老蔡在驚惶悲愴的情緒之下，看來已經不怎麼講理了！

老蔡的要求，我當然盡可能去做，可是那國家，正如白素所說，司法制度未必完善，就算根富真的沒有殺人，事情也不是我個人的力量所能扭轉，而且，如果蔡根富殺了人呢？

我盡量使自己的聲音聽來鎮定：「老蔡——」

可是老蔡不等我講完，就大聲道：「不必再說了，你救了他，就是救了我！」

我覺得，在這樣情形下，再說下去，只有更糟，我只好道：「好的，我去救他，你放心，我一定會盡我一切力量去救他！」

老蔡又望了我一會兒，他從來也沒有用這樣的目光盯過我，看他的神情，像是在審判我所說的是不是真心話一樣！

過了足有一分鐘之久，他才吁了一口氣：「那麼我們叔姪兩人，就交給你了！」

他講了這句話之後，轉身向外走去，到了門口，居然轉過身來，問道：「今天釣回來的魚，是煎是蒸？」

我揮了揮手：「隨便你吧！」

老蔡走了出去，我和白素互望了一眼，白素笑道：「這一回要看衛斯理大劫非洲法場了！」

我皺著眉：「別開玩笑了！我先得和這位奧干古達先生聯絡一下，還有，這個國家在這裏，好像有一個商務辦事處，你替我去辦一下入境手續。」

白素答應著，我拿起了電話來，告訴接線生，我要和非洲通長途電話，等了大約四十分鐘，電話接通了，對方是那個國家的司法部。當我提到要和「對外聯絡處處長奧干古達先生」通話之後，又等了大約半小時，才聽到了一個操極其純正法語口音的男人聲音道：「我是奧干古達，你是從哪裏打來的電話？真想不到在那麼遙遠的地方，也會有人打電話來給我！我能為你做甚麼？」

這位先生一定十分健談，因為在開始的一分鐘之內，他根本不給予我插口的機會。

我用最簡短的語言，說明了我的身分，和打電話給他的目的。他呆了片刻，才道：「對，這件案子極複雜，絕對不適宜在電話中討論，如果你能到我們的國家來，我可以和你詳細討論這件事。」

我道：「那麼，至少你可以告訴我，蔡根富是在甚麼情形之下殺人的？」

奧干古達苦笑了一下：「那只有他自己才知道，和他在一起的人全死了！」

我呆了一呆：「甚麼意思，被害者不止一個人？」

他叫了起來：「一個？一共是二十三個，有七個法國礦務工程師、十四個我國的礦工，還有兩個，是我國礦務局的高級官員！」

我也叫了起來：「那麼，兇器是甚麼？機關槍？手榴彈？還是坦克？」

他道：「真的，事情很難和你講明白，除非你來，事實上，我也有很多疑點，歡迎你來和我一起研究，你說，我可以在國際刑警總部，得到你的資料？」

我道：「是的，你可以去查詢，既然你這樣說，我會來。」

奧干古達道：「我將會在機場迎接你！」

我們的通話，到此為止。

當我放下了電話之後，思緒十分混亂。因為原來的一些設想，全被奧干古達的話所推翻了！

我本來想，根富的「殺人」，至多不過是毆鬥殺人，或者因為所在地的司法制度不完善，或者因為種族歧視等等原因，所以被判了死刑。如果情形是那樣的話，根富在那邊人地生疏，如果有我去為他出頭的話，情形可能會有所改善。

可是，如今，我知道根富被控的罪名是謀殺了二十三個人！那真是極嚴重的犯罪！我真懷疑如果根富是被證實殺了那麼多人的話，我去有甚麼用。

我本來還有點不情願到非洲去，現在就算有人阻止我，不讓我去，我也非去不可！因為事情令人好奇：蔡根富，一個平凡的煤礦管工，為甚麼會忽然狂性大發，殺了那麼多人？

不論我如何設想，我都無法想出其中的原因來。在電話中，奧干古達好像不願意多說，其中是不是另外還有隱秘呢？不過從剛才簡短的談話所得的印象，奧干古達——這個非洲國家的官員，講理而又十分理智。

我本來想將事情對老蔡說一說，後來一想，老蔡決計不會相信他的姪子會成了「殺人王」，說也是白說。

當晚，我和白素討論了許久，我和她作了種種假設，都不得要領。最後，還是白素提醒我：這件事，雖然發生在非洲，但死者如此之多，其中又有白種人在內，發生時，一定是極其轟動的新聞，何不去找一找當時報紙的資料，可以先知道一下事情的經過？

白素的話提醒了我，夜已深了，當晚只好懷著一肚子的疑惑睡覺。第二天一早，就起了身，到了一家我所熟悉而又保存著最完善資料的報館之中，找到了資料室主任小史。

我一提起那件事，小史就道：「煤礦謀殺案！我們有完善的資料。當時你在甚麼地方？怎麼對於這樣轟動一時的新聞，你看來像是一無所知？」

我攤了攤手，沒有回答小史的問題，因為我實在無法向他說明白當時我是在甚麼「地方」！我只是問道：「那是甚麼時候的事情？」

小史一面翻資料的目錄，一面道：「半年之前，兇手是一個中國人，譯音叫徐金富。」

我道：「不是叫徐金富，叫蔡根富，你們譯錯了！」

小史用十分奇特的神情望著我：「你怎麼知道，你認識他？」

我揮著手：「快將全部資料給我，我沒有時間向你多作解釋！」

小史瞪了我一眼，按掣叫了一個女職員進來，將一張卡交給了她：「將第一四九號資料全部給這位先生，記得別向他多問甚麼，他今天吃了火藥！」

我只好苦笑，反正我的目的是要得到資料，而我如今已經達到目的了。

我得到的資料十分多，厚厚一疊，大多數是法國報紙對這件事的記載，還有本地報紙翻譯的外國電訊，和一本事情發生的國度出版的新聞雜誌，對整件事情的詳細報導，其中，蔡根富的照片，大大小小，不計其數。

我在報館，只將資料隨手翻了翻，就捧著它們，回到了家中。才一進門，老蔡便道：「行李準備好了，你準備甚麼時候走？」

我指著那一大疊資料：「老蔡，你從來不看報紙的麼？」

老蔡搖了搖頭。我道：「如果你看報紙的話，你在半年前就可以知道，根富的照片，曾經刊在全世界所有的報紙之上！」

老蔡顯然不知道我這樣說是甚麼意思，反倒睜大了眼：「真的？讓我看看！」

我嘆了一口氣，打開了資料，讓老蔡看。老蔡一看到根富的照片，就悲從中來，眼眶潤濕，道：「根富這孩子，怎麼瘦成那樣！」

在照片上看來——幾乎所有照片，全是他被捕之後，由記者所拍攝的，我已經注意到，在照片上看來，根富的臉上，有一種極度茫然的神情。大多數照片中的他，都抬著頭，直視向前方，看他的神情，像是根本不知道他身在何處，看著甚麼！

老蔡貪婪地看著根富的照片，過了好一會兒，才指著報紙：「說些甚麼？」

我本來不想說的，但是在這樣的情形下，我卻不能不說了，我道：「報上說，根富殺了人，殺了二十三個人！」

老蔡一聽，臉色立時漲得比熟透了的柿子還要紅，罵出了一連串我久違了的家鄉粗話，指著那些報紙道：「洋人的報紙，全是胡說八道！」

我不想向老蔡多解釋，只是道：「我會盡快趕去，我先要研究一下資料！」

老蔡道：「只有二十天了！」

我道：「你放心，有救的話，一天也有救；沒有救的話，再多——」

不等我說完，老蔡已經大聲叫起來：「一定要救他，他不會殺人！」

我沒有再說甚麼，逕自上了樓，進了書房，關起門來，研讀資料。

我對於剪報，草草看過就算，對於那份雜誌的報導，卻看得十分詳細。事實上，這份雜誌對整件事件的報導，也極其詳盡。它的標題是：「維奇奇煤礦謀殺事件始末」。維奇奇煤礦，就是蔡根富工作的那個煤礦，是該國一個相當有規模的國營煤礦，以生產質地優良的無煙煤而著名。

這個煤礦，在法國殖民時代就開始開採，該國獨立之後，法國的技術人員並沒有撤退，繼續在煤礦服務。文章之中有許多圖片，最大的兩幅圖片，一幅是蔡根富的照片，另一幅，是謀殺案發生的地點，那是一個三百七十公尺深的礦坑。另外還有一幅維奇奇煤礦第九號礦坑的橫剖面圖。

和所有的煤礦相同，維奇奇煤礦也是愈開採愈深入地下，第七號礦坑已經深入地底三百四十公尺，是該礦新闢出來的一個礦坑。從橫剖面圖來看，升降機只能到第八層礦坑，再要下一層，是由一個斜道下去的，開採出來的煤，也由斜道由電動斗車拉上去，然後再經由多條曲折的運輸帶，輸送到地面去。

我對於煤礦內部，不算得很熟悉。在此以前，我只有三次機會，進入煤礦之中，那是中國東北的撫順煤礦。這個維奇奇煤礦的採煤技術，顯然十分先進。它已經摒棄了風鎬採煤，而改用了最先進的水力採煤法——就是利用激射的水柱，將煤採下來的一種最新方法。

蔡根富在維奇奇煤礦中的工作職位是「一四四採煤小組組長」，這個採煤小組，一共有十四個礦工，這十四個礦工的照片，也全登在雜誌上，他們全是死者。看來全是身體十分健壯的黑人。

以我的估計，蔡根富若是沒有超人的力量，或是驚人的殺人利器的話，單對單，他絕打不過其中任何一個黑人礦工。

另外兩個礦務局的高級官員，也是黑人；那七個礦務工程師，全是白人，其中有兩個相當年輕英俊，看來有點像阿倫狄龍。

我先約略地介紹一下大致的情形，是因為這篇報導相當長，我準備先擇要翻譯出來，因為這是我最初對這件事所知道的一切。

第二部：維奇奇煤礦兇殺案始末

而從整篇報導看來，毫無疑問，蔡根富正是殺害那些人的兇手，雖然報導者最後也提出了幾個疑點，但如果報導中所說的全是事實，我要救蔡根富，真是非來個大劫法場不可了。

以下，是這篇報導的摘要：

十二月四日，和往常一樣，維奇奇煤礦的一千六百多名日班工人，開始了他們的工作。這一千六百多名礦工，都會在地底工作，深度自一百公尺到三百七十公尺不等。最深的，需要深入地底三百七十公尺，那就是一四四採煤小組。

一四四採煤小組的組長是蔡根富，一個華人移民，在本國居住已有十二年，參加維奇奇煤礦工作，已有九年。起初是雜工，後來變為普通工人，一向表現沉默、勤勞，由普通工人而成為正式礦工，在兩年前，被任為一個採煤小組的組長。這個採煤小組的十四名工人是……（以下是十四名冗長聱牙的非洲人名字，從略）。當蔡根富在地面，會齊了準時上班的十四名工人之後，他們像往常一樣，乘搭煤礦的交通工具，來到通向地心的入口處。一路上，有不少人看到他們，事後，任何人都說，蔡根富的表現，和平時完全一樣，一點也沒有異樣的情形。

上午九時欠兩分，一四四小組全體人員，在入口處打了卡，乘搭升降機下降到礦坑，和他們同一升降機的是另一組採礦工人，其中一位工人，曾和蔡根富交談，想看看他所帶的飯盒是甚麼食物。蔡根富讓他看了，是中國式的炒飯。

升降機落到三百四十公尺，那一組工人和一四四組一起離開，一四四組的礦坑在最深處，所以還要經過一個斜度相當高的斜道向下去，這條斜道，有的地方十分狹窄，通過的人，只能一個接一個地走過去。另一組的工人曾說，他聽到一四四組走進斜道之時，還聽得他們互相之間在說笑（這條斜道，和位置的示意，都有圖刊出）。

從那一刻起，一四四小組就和所有的人隔離了，在三百七十公尺深的地底，從事他們日常的工作。在某種意義而言，他們可以說與世隔絕。

九時十分，煤礦的總控制室中，編號一四四的一盞綠燈亮起，表示一四四小組的日常工作，已經正常地開始，控制室的一個控制員（又是一個長得難讀的非洲名字）——曾和負責的組長蔡根富通話，蔡根富表示，一切正常，保持聯絡。

在九時十分到十時二十三分之間，在三百七十公尺深的礦坑之中，究竟發生了一些甚麼事，完全沒有人知道。或者說，只有蔡根富和那十四位工人才知道。但是十四個工人全死了，而蔡根富，如眾所周知，他在事後，連一句話也未曾說過。

十時二十三分，總控制室突然接到了一四四的電話，控制員接聽電話，電話是蔡根富打來的。

蔡根富的聲音極其急促，電話錄音的全部對話如下：

蔡：天，看老天份上，快請道格工程師！

控制員：道格工程師在巡視第三號礦道，你那邊發生了甚麼事，快報告！

蔡：（聲音更急促）道格工程師，請他快來，盡快來，我對他說的事……請他快來！

控制員：你那邊究竟發生了甚麼事？

蔡：（大叫）請道格工程師！

控制員：我立即通知他，是不是還要甚麼人幫助？

蔡根富沒有再回答，可是，他顯然沒有將電話掛上，因為控制員在立即通知道格工程師之際，聽到了在坑道中傳來的幾下慘叫聲。

控制員知道在一四四坑道中，一定有甚麼不尋常的事情發生，因為即使是沒有經驗的人，也可以聽得出，這種慘叫聲，只有一個人在生命發生極度危險之際，才會發出來。

控制員想和蔡根富聯絡，但是卻沒有回答，只是在電話中聽到蔡根富在不斷地重複地叫著同一句話。而這句話，事後經語言專家鑑定，那是中國長江以北的語言。

蔡根富在不斷叫著的話是：打死你，打死你們！

在蔡根富叫嚷之際，有尖銳的射水聲，也有不斷的慘叫聲。控制員已經聯絡上了道格工程師，同時，也感到事情的嚴重性，所以通知了警衛部門。

道格工程師在接到通知時，正和六個工程師，陪同兩位礦務局高級官員，在第三號礦道。當他接到了通知之後，他說了一句至今沒有人知道是甚麼意思的話，他道：「那個中國人，又在異想天開，胡說八道了！」

另一個工程師問道：「甚麼異想天開？」

請注意，這兩句對白，道格工程師的第一句話和另一個工程師的問話，他們是用當地土語說的，所以在場的其餘工人，全聽得很明白，事後的訪問，所有人都聽得他們這樣說。

可是，道格工程師在回答另一個工程師的問題時，卻用了法語，他才說了幾句，聽得懂法語的——包括七個工程師和兩個礦務局的官員，都嘻哈大笑起來。至於道格工程師說了些甚麼，由於在場的其餘工人知識水準低，不懂法文，都未曾聽懂。

其中，只有一個略諳法文的工人，聽到道格工程師的話中，提到了「眼睛」一詞。

道格工程師在講完了之後，就和那幾個工程師，以及兩位礦務局的官員，一起離開，到一四四小組的礦坑去。

這時，警衛部門，也已經接到了通知，派出四個人，由值班的警衛隊長帶領。附帶要說明的是，維奇奇煤礦的警衛部隊，是由國家精銳部隊擔任的，他們之中，每一個人，都受過嚴格的軍事訓練，是出色的軍人，行動快捷，勇敢大膽。可是儘管如此，他們還是比道格工程師他們遲到了三分鐘，而當他們趕到，看到礦坑中的慘象之際，四個人之中，有兩個被當場慘狀，嚇得昏了過去。

在警衛部隊還未曾趕到之前，總控制室偶然可以在未曾掛上的電話之中，聽到礦坑中發出來的聲音。

他們先聽到，慘叫聲停止了，射水聲也停止了，只剩下濃重的喘氣聲。事後，許多接近蔡根富的人辨認過錄音帶中的那種喘息聲，都認為那是蔡根富所發出來的。

本來，根據喘息聲來辨認是誰發出來，很不科學，但是在喘息聲中，還夾雜著幾個簡單音節的語言，這幾個簡單的音節，可以肯定是蔡根富所發出來的，可是語言專家也無法認出他是在講些甚麼。

到這時為止，也就是說，在道格工程師他們一行多人，還未曾到達之前，除了蔡根富一人之外，聽不到其餘人的聲音。可以假定的情形是：除蔡根富一人之外，其餘的人全部死了。而在七分鐘之後，總控制室在未掛斷的電話之中又聽到聲音，證明這個推測，因為那時，道格工程師和他所帶領的其餘人等，一到達了一四四小組的礦坑之後，總控制室就聽到了一連串的驚呼聲，接著，便是道格工程師驚叫：「蔡，你發瘋了，你……這些人全是你殺——」

可憐的道格工程師，他的話並沒有說完，就被一下慘叫聲所代替，隨著道格工程師的慘叫聲，又是一連串的慘叫聲，其中有一位礦務局的官員高叫：「別殺我！別殺我！」可是他只叫了兩下，就沒有了聲息。

這時，整個總控制室都緊張起來，告急電話，不斷打到警衛室，而且，緊急的紅色燈號亮起，下降用的升降機立時被封閉，不准任何人使用——警衛人員除外，而且，最底層的礦坑，在緊急令下封閉，連接近一四四小組礦坑的其他坑道中，工作的工人和工程師，也奉命疏散。

總控制室的人員，還想在未掛斷的電話中聽到甚麼，但是卻再也沒有聲音傳出來。

在一四四小組的礦道中所發生的事，究竟經過情形怎麼樣，雖然有許多「耳聞者」，而且所傳出的聲音，有錄音帶記錄了下來，可供無數次重播研究，但是，唯一的目擊者，卻只有蔡根富一人，其餘的人——包括一四四小組的礦工，和道格工程師那一干人，全死了。

估計在道格工程師等人遇難後的一分鐘，首批警衛人員——值班隊長和三名警衛員，便到了現場。兩名久經訓練的警衛人員，一看到現場的情形，就昏了過去。即使是警衛隊長，事後也要服食鎮靜劑，才能維持正常。

警衛隊長當時就作出了一個十分明智的決定：立即封鎖現場，不讓任何人進入。

清理慘案現場的工作，就由他們四人進行，也就是說，除了他們四人之外，只有蔡根富，看到過現場的情形。警衛隊長的這個決定，經過礦務局、內政部和警察總監的批准，因為現場的情形，實在太恐怖了，絕對不適宜任何人看到，看到的人，一定畢生難忘，會在心中留下極其深刻的印象，而影響其日後的生活。他們四個人，不幸已經看到了現場的情形，所以就由他們四個人負責到底。

警衛隊長的決定極其勇敢和負責，在案子發生後的一個星期，三個警衛員都不可遏制地酗酒，以致要被送入精神病中心治療。隊長本身，由於接連幾天的不能進入睡眠狀態，精神變得極度頹唐。

當本刊記者訪問隊長時，隊長神情憔悴，雙眼佈滿紅絲，正接受醫生的治療。

本刊記者請他敘述現場的情形，被在場的醫生所制止。但是，蔡根富要受審，在法庭上，隊長一定要出庭供述他所看到的情形。可是事情出乎意料之外，本案開審之際，法庭批准了警衛隊長和那三位隊員不出庭的要求。法庭並且宣佈，他們的供詞不重要。蔡根富殺人證據確鑿，而且不進行自辯。所以，罪名毫無疑問成立。

本刊記者千方百計，想和隊長以及那三位隊員接觸，但內政部和軍方，都已將他們送到了所謂「安全地點」，不准任何人再與他們接觸。

整件慘案的經過，神秘莫測，疑點重重。為甚麼一個一直正常的人，忽然之間，成了兇手？為甚麼蔡根富只是請道格工程師去，而道格工程師一說之下，會有那麼多人跟著去——在職務上，他們是完全不必要到一四四小組的礦坑去，當然是由於道格工程師的話，引起了他們的好奇心，那麼，道格工程師又講了些甚麼？

一切問題，本來只要問蔡根富就可以解決，可是他偏偏不開口，一個字也不說，案發之後，他沒有說過一句話！

蔡根富的不發一言，使得最精明的審問人員也束手無策。司法部一位傑出的官員——奧干古達先生，曾經在監獄中和蔡根富同處七日，希望可以聽到他講點甚麼和案情有關的，可是也失敗了。

奧干古達只聽到蔡根富用簡單的音節，喃喃自語著同一句話。這句話，就是總控制室的工作人員聽到過他和沉重的喘息聲所一起發出來的。語言專家經過再三研究，無法明白他這句話的意義。

這件案子，轟動全國，蔡根富被定了罪、被判死刑之後，忽然寫了一封短信，交給了監獄官員，信用中文寫，經過專家翻譯，信的內容，是聲稱他自己沒有罪。信將會由司法部寄給他唯一的親人——他的叔叔。

蔡根富自稱清白，這使整件案子更增神秘色彩，高層人員可能知道若干秘密，例如現場的情形究竟如何之類，但肯定不會公佈，普通人可能永遠不能明白真相。而且，內政部曾勸諭所有報章，不要過分渲染其事，本刊的這篇報導，有違內政部的諭示，我們希望，它不但能和外國讀者見面，也能和本國的讀者見面，任何人，都有權知道事實的真相！

在我翻譯完了這篇報導之後，我對這篇報導已經看了十七遍。我注意到，這篇報導的執筆人，用的字眼，都十分小心，盡可能做到客觀，幾乎沒有一點主觀的意見、沒有主觀的想像和像是創作小說的描述。

這是一篇極好的報導，使得讀到這篇報導的人，沒有理由不相信他所說的。我也留意到報導的執筆人是比拉爾——那是一位法國籍的記者。這位比拉爾先生，是一個十分有趣的人，日後我和他接觸多了，才知道他的學問廣博，處事客觀，是一個典型的君子。

當我研讀完了這篇報導之後，我心中的疑問更多，主要的疑問，和報導最後一段所提出的問題相同：為甚麼在一切全都正常的情形之下，一個生活正常、工作勤奮的人，會突然之間，兇性大發，殺了那麼多人？又為甚麼，在他被捕之後，一句話也沒有說過？

我比寫這篇報導的比拉爾更懷疑的是，因為我深知根富這一類人的性格。在比拉爾看來，根富是一個中國人，是神秘的東方人，多少帶有一點高深莫測的意味。但是對我來說，我卻知道，像根富這一類型的人，最安分守己，最戰戰兢兢，最不敢惹事生非。

一個這樣的人，忽然之間成了大屠殺的兇手，要說這其中並沒有甚麼特別的原因，只是「兇性大發」，那殺我頭也不會相信！

然則，在三百七十公尺深的礦坑之中，究竟發生了甚麼事情呢？是地底的空氣，令人發狂？如果是這個原因，為甚麼其他的人不發狂，只是蔡根富一個人發狂？這個假定，當然不成立。

我有一個印象，是從那篇報導中得來的，這個印象就是：在礦坑中，一定有一些不尋常的事發生過，而且，發生了不止一次。因為在道格工程師一聽到蔡根富在找他的時候，曾說了一句話，道：「這中國人又異想天開了。」

他在「異想天開」之上，加了一個「又」字，可見得根富曾經將一件他所不了解的事，向道格工程師提起過，而道格工程師認為那是「異想天開」。

在兇案發生之前，根富那麼緊急，要找道格工程師，一定是這件他不了解、被道格工程師認為是「異想天開」的事又發生了！

那麼，這件究竟是甚麼事呢？如果不是其餘那些工人聽不懂法文的話，那麼這件是甚麼事，一定早已為人所知，因為道格工程師曾對其餘的工程師和礦務局的官員說過，大家聽了之後的反應，全是嘻嘻哈哈，這一番話，只有一個略懂法語的人，聽懂了其中「眼睛」一詞！

我覺得，事情既然是這樣可疑，而蔡根富又被定了死刑，他不願意對任何人說話，又是不是願意對一個兒時的遊伴，說出其中的真相呢？

我非到那個國家去不可了！如果我不去的話，只坐在家裏想，決計想不出所以然來。

當我決定了要動身之後，心境反倒平靜了許多，我又試圖在電話中和奧干古達先生接觸，但是卻找不到他，我只好拍了一封電報給他，說明我為了蔡根富的一案，就快動身前來。

等到我辦好手續，上飛機的時候，又已過了兩天。在這兩天之中，我聽得老蔡說了不知道多少遍：「還有十九天了」、「只有十八天了」。我只好安慰他說，不論情形多麼壞，我一到，就找最好的律師，申請將刑期延遲，一定沒有問題。

老蔡破例來送我上機，我保證一到就打電話回來。老蔡這才紅著一雙眼，放開了我的手。我心中不禁苦澀，我此去，能將蔡根富救出來的希望，微乎其微，如果我失敗了，我真不能想像老蔡會傷心到甚麼程度。而老蔡跟了我那麼多年，他是看著我長大的，我實在不想他晚年有嚴重的打擊。

要到那個國家去，需要轉機，我是在南非的約翰尼斯堡轉機的，在機場停留期間，我又打了一封電報給奧干古達，告訴他我確切到達的日期。

我並不是第一次出遠門的人，也不一定要人接機。問題是在於這件事，愈快有眉目愈好，所以我希望一到，就能夠和奧干古達見面。等我又上了飛機，經過了若干小時的飛行，飛機在目的地上空盤旋之際，我發現下面的城市，並不像想像中的那麼落後。

從上空看下去，有高大的現代化建築物，也有寬闊的馬路。而當飛機降落之後，更是跑道寬直，機場設備良好。

我才下機，就有一個機場工作人員向我走過來：「衛斯理先生？請跟我來，奧干古達先生在貴賓室等你！」

這位奧干古達先生竟然如此之負責，這倒很出於我意料之外，也使我的精神為之一振，因為至少一開始，事情相當順利。

我跟著那位機場工作人員來到了貴賓室，看到了一個服飾極其整齊，身形比我還高半個頭，一副精神奕奕，可以接受任何挑戰模樣，三十左右，頭髮鬈曲，膚色黑如焦炭的非洲男子。那非洲男子一見了我，就急步走了過來，雙手用力握住了我的手，搖著。

他握手的氣力是如此之大，雖然表示了他歡迎的熱誠，但是要不是我，換了第二個，我真懷疑會不會吃得消！他一面搖著我的手，一面道：「太好了！衛斯理先生，我是……奧干古達！」他流利地說著自己的名字。可是我卻只記得奧干古達四個字。

我也連連搖著他的手：「我想不到你年紀那麼輕，而且風度那麼好！」

奧干古達呵呵笑著：「你以為會碰到一個鼻子上穿著金圈子，圍著獸皮裙，拿著獸骨矛的土人？」

他說話十分直率，我也跟著他笑著：「很難說，也許你是用刀叉吃人肉的那一類人！」

奧干古達一點也沒有黑人常有的那種自卑感，聽得我這樣說，後退一步，盯著我：「我還沒有吃過中國人，我懷疑你哪一個部位的肉最嫩！」

我們一起笑著，幾乎見面不到三分鐘，就熟絡得和老朋友一樣。他帶著我離開了機場，登上了一輛車子。他的職位可能相當高，他的司機穿著筆挺的制服。

來到了車前，奧干古達道：「我希望你先去見一個人，他對於整件事情，花了幾個月的時間來研究，而且在繼續研究之中。我接到了你的電話之後，已經從國際警方方面，得到了你的資料。這位朋友聽到你要來，也極其高興，他認為你來了，對整件事情的疑點，可以有突破性的進展！」

我耐著性子，等他講完，才道：「我除了見蔡根富之外，暫時沒有興趣見任何人！」

奧干古達現出了一絲為難的神情來。他正竭力要裝成若無其事的樣子，可是我卻看得出他一定想對我掩飾甚麼。所以我進一步又道：「我來，目的就是為了要見蔡根富，我一定要先見他！」

奧干古達顯然不願意直接回答我這個問題，他打開了車門：「請上車！」

我並不上車，只是按住了他的手，直視著他：「等一等，你在玩甚麼花樣？是不是你們國家的法律，不讓人接近已定罪的犯人，如果是這樣，為甚麼又批准我來？如果你們阻止我和蔡根富會面，我會立即向聯合國人權委員會投訴！」

奧干古達有點啼笑皆非，連聲道：「別衝動！別衝動！」他將聲音壓低，現出十分苦澀的神情來：「蔡根富不見了！」

我一聽得他這樣說法，真是整個人跳了起來，大聲叫道：「甚麼？蔡根富不見了？」我的大叫聲，引得好幾個人，全向我望了過來，奧干古達在剎那之間，有點手忙腳亂，又想按住我的口，又想拉我進車。

我雙手一翻，將他的兩隻手全抓住。奧干古達現出哀求的神色來：「求求你別那麼大聲好不好？這件事，我們還保持著高度的秘密，要是一宣揚出去，全國的記者都要湧到我的辦公室來了！」

我吸了一口氣：「你說蔡根富不見了，是甚麼意思？難道他還能從警衛森嚴的監獄之中逃出來？」

奧干古達雙手互握著，一臉懇求的神色：「上車再說，好不好？」

我心中充滿了疑惑，本來，我是很相信他的，現在，我也不覺得他在騙我，但是我總想到事情十分突兀：蔡根富不見了！

不過在如今這樣的情形下，就算我不肯上車。在機場外也問不出甚麼名堂來，所以當他這樣說的時候，我只有一肚子不情願地上了車。奧干古達如釋重負地鬆了一口氣，也上了車，坐在我的身邊。

他一上車，就向司機吩咐了一句話，講的是當地的土語。我在來之前，曾對這個國家的土語，臨時作了一番研究，當然不能精通，但是簡單的詞句，還是聽得懂的。我聽得他吩咐司機：「到我家去！」

我立時向他望了一眼：「為甚麼到你家去？我以為是到你的辦公室去！」

奧干古達一聽得我這樣問他，雙眼睜得極大，顯然是我聽得懂他吩咐司機的話，很令他吃驚。他望了我半天，才道：「國際警方對你的介紹，只怕還不及你真正本領的十分之一！」

我笑道：「少對我送高帽子了！為甚麼要到你家去？」

奧干古達道：「蔡根富這件案子，表面上已經結束，法庭判了罪。但是，有幾個人，包括我在內，認為整件事情的過程，不可思議，實在有繼續研究的必要。經過總統的親自批准，成立了一個小組。反正我是單身漢，也有寬敞的住所，所以這個小組，就在我家中進行工作。」

第三部：參加調查探索疑點

奧干古達的這番話，不禁令得我肅然起敬！

我一直認為，非洲的新興國家，大都在政治上十分落後。當然，其中有十分落後的，但是卻也有相當進步的。

像奧干古達的這個國家，總統就能批准奧干古達的要求，對有疑點的事情，作進一步研究！

我用十分誠摯的聲音說道：「真出乎我的意料，小組的成員是——」

奧干古達道：「我不想人多，總共只有兩個人，一個是我，還有一個，就是我想帶你去見的記者——比拉爾先生！」

我「啊」的一聲：「是他！」

比拉爾就是寫那篇報導的那位記者，他本來就是我想要見的人之一。奧干古達要我去見他，我當然不反對。奧干古達又道：「我希望從現在起，這個小組成員，變成三個人！」

我立時道：「當然，這是毫無疑問的事，我就是為這個而來的，但是，我首先要知道蔡根富是怎麼『不見』的！」

奧干古達苦笑了一下：「前天，蔡根富在獄中，意圖自殺，用拗斷的飯匙刺破了自己的咽喉——」

我吃了一驚，蔡根富如果自殺，事情就麻煩了！我不能將他帶回去，真不知如何見老蔡才好！所以，我緊張得不由自主，欠了欠身子。

奧干古達繼續道：「當時被守衛發覺，可是他已受了傷。守衛帶他到醫療室去治療，醫療室的守衛很鬆，守衛一個不小心，蔡根富跳窗逃走的！」

我不由自主，用拳在車子前座的背上，重重擊了一下：「你們太不小心了！難道沒有人追他？」

奧干古達道：「當然有，可是沒有追上。我們已密令全體警察注意他的下落，也監視了所有中國人的家庭和中國人常出沒的地方——」

我揮手，打斷了他的話頭：「在監獄裏，他已經企圖自殺，你難道沒有考慮到他逃走的目的，也是為了去尋死？」

奧干古達嘆了一聲，他並沒有直接回答我的問題，只是道：「在監獄以外，要自殺實在太容易了！」

我一聽得他這樣講，不禁一陣心涼，半晌說不出話來。本來，我要是能和蔡根富見面，事情可能變得相當簡單，但現在……

我思緒十分亂，簡直沒有法子繼續想下去。奧干古達安慰我：「別悲觀，到現在為止，我們也還未曾發現他的屍體！」

我苦笑道：「他要是死在甚麼荒山野嶺之中，屍體永遠不能發現！」

我的話剛說完，汽車中的電話，響了起來，奧干古達拿起電話來，聽了幾句，神情變得又緊張又興奮：「快調動人馬，包圍那個區域，隨時向我報告！」

他放下了電話：「一家超級市場，發現被人偷走了一批食物，職員說偷食物的是一個中國人，可能就是蔡根富！」

我瞪大眼睛：「蔡根富偷了一批食物？他準備幹甚麼？去遠足？」

奧干古達搖著頭：「總之，我們正在盡一切可能找尋他，不放過任何可能！」

我道：「當然，在盡了一切努力之後，你們可能成功地找到他的屍體！」

奧干古達對我的譏諷感到相當苦惱，他沒有再說甚麼，而這時，車子已經駛進了一個相當幽靜的高尚住宅區，道旁全是式樣新穎的花園洋房，車行其中，絕不使人感到是在非洲，反倒是想到在美國的比華利山！

車子在一幢大花園洋房前停下，鐵門自動打開，這種豪華的設備，使我忍不住又諷刺了奧干古達一句：「想不到貴國的國民生活水準如此之高！」

奧干古達瞪了我一眼：「我不是普通的國民，我是國家的高級官員！我和如今住在泥土屋中的人一樣，小時候大家過著同樣的日子，但是，我肯努力向學，今天的地位，是我應該得到的！」

我沒有在這個問題上和他多爭論下去，奧干古達顯然傑出，和大多數黑人不同，這一點是毫無疑問的事！

車在建築物前停下，我們下了車，進了客廳。才一進客廳，我就嚇了一大跳。在我想像之中，這幢建築物的外表是如此華麗，它的主人的服飾又是如此整潔，屋內的佈置，一定也是極其考究！

可是我才跨進了玻璃門，真不知道該如何形容才好。我見到的，只是一片凌亂！除了「凌亂」兩個字之外，我實在想不出再用甚麼字眼來形容這個至少有一千平方英呎的面積的大客廳。

在客廳中所有的陳設之上，全堆滿了各種各樣的雜物。其中最多的是書籍和紙張，還有許多莫名其妙的東西，諸如各種工具，一個相當大的煤礦坑道模型，正中央，靠著一具鋼琴和一具相當龐大，我叫不出名堂來的機器，有一根相當長的管子，形狀如同救火員用的水喉。

由於這許多工具，原來象牙色的長毛地毯上，便全是東一塊西一塊的油污。我進來的時候，看到有一個人，正伏在地上，耳上套著耳筒，正全神貫注地在聽著一卷錄音帶。這個人的外形，和凌亂的客廳，十分配合。他赤著雙足，穿著一條短褲，上身赤膊，頭髮披肩，滿面虬髯，我只能說他是一個白種人，至於他的面貌，要是他不將長髮和長鬚作一番徹底整理的話，絕對無法辨認得出來。

那人一看到我們，直跳了起來，當他跳起來的時候，他又忘記了先取下耳筒來，以致令得那具錄音機被扯得翻了一個身，他也不去翻轉它來，只是向著我大叫道：「你就是衛斯理？」

我道：「是的，我就是衛斯理，請問知道我名字的猩猩先生是甚麼人？」

那人笑了起來，隨便用手理了理頭髮，伸出手來：「比拉爾！」

我早料到他就是比拉爾，我也知道，一般來說，記者的生活比較隨便，但是我卻也想不到比拉爾竟會隨便到了這一地步！

我和他用力握著手，奧干古達在一邊道：「這裏的一切，全是我們小組工作進行必須的工具和資料！」

我直視著比拉爾：「我讀過了你的報導，精彩得很，自那篇報導之後，可有甚麼新的發現？」

比拉爾搖著頭，我道：「你和高級官員的關係那麼好，工作小組又是總統親自批准的，你至少應該會見了那位到過現場的警衛隊長，知道了現場的情形！」

我一來到，比拉爾對我竭誠歡迎，氣氛本來是十分熱烈的，可是我這句話一出口，兩人陡地靜了下來，一聲不出。我等了片刻，還不見他們開口，冷笑道：「怎麼，我以為我已經是小組的成員了？」

比拉爾向我作了一個手勢：「過來！」

比拉爾向著鋼琴旁，我一來就注意到，但是卻不知道是甚麼機械裝置的機器旁走去，我跟在他的旁邊。比拉爾也不怕機器上的油污和煤屑，將手按在上面，道：「照你的想像，一個死了二十多人的現場，應該是怎麼樣的？」

我攤了攤手，道：「我根本無法想像，我也不認為一個人可以在剎那之間，殺死二十多個比他強壯的人，除非他有殺人利器在手！」

比拉爾呆了半晌，這時，奧干古達也走了過來，比拉爾才指了指那具機器：「這就是兇器，蔡根富用來殺人的兇器！」

比拉爾的話，可以說極度地出乎我的意料之外，我失聲道：「這是兇器？這是甚麼機器？」

比拉爾道：「這是煤礦中使用的水力採煤機。」

比拉爾只說出了這具機器的名稱，我已不禁「啊」的一聲，叫了起來，同時，我心中也已經隱隱約約，對慘案現場，有了一定的概念。我沒有再出甚麼聲，而比拉爾則繼續說著。

比拉爾道：「這具水力採煤機是一種最新的採煤裝置——」他說到這裏，拿起了那個鋼製的喉管來，喉管的直徑，大約是兩吋，他繼續道：「在這個喉管中所射出來的水柱，速度是每小時九十千米，它的衝力是每平方公分八百公斤，這一切，全是水力採煤機高壓操作能力所造成的！」

比拉爾一面說，我一面傻瓜也似地點頭，同時，不由自主，有點發抖，皮膚上也起著疙瘩。

比拉爾繼續道：「每平方公分八百公斤的衝力，足以將煤層切開，採下億萬年前因為重壓而積聚而成的煤塊，或者，我再說得更具體一些，這樣的力量，足可以洞穿一塊三寸厚的木板，或者——」

我突然起了一陣想嘔吐的感覺，連忙作了一個手勢，不讓比拉爾再說下去：「別說了，我明白了！」

比拉爾也不由自主嚥了一口口水，很同情地望著我，說道：「這是難怪你的，每一次，我一想起蔡根富用這水力採煤機射出的水柱，射向活生生人的身體之際——」

他說到這裏，停了下來，我們三人，不由自主地互望著，我甚至看到奧干古達黑得發亮的臉上，也現出了一陣異樣的白色。

那是由於我們三人，都想到了每平方公分八百公斤的力量，衝擊人的血肉之軀所造成的後果之故！

沉默了好一會兒，我才道：「那些死者——」

奧干古達忙接口道：「他們合葬在一起！」

比拉爾補充了一句：「因為他們根本分不出誰是誰來了！」

我又不由自主打了一個冷顫，「他們根本分不出誰是誰來了」，這應該是最文雅的說法了！事實情形怎樣，我雖然沒有看到，但是想也可以想得出來，蔡根富突然擰轉了水力採煤機發射的方向，不是射向煤層，而是射向人！射出去的水，可以輕而易舉地射穿人的身體，射得人的頭顱四下炸裂，可以輕而易舉地切斷人的肢體，也可以將人的任何一部分骨頭，射成粉碎！

蔡根富用的是這樣的武器，那難怪十四個強壯的黑人煤礦工人，會毫無抵抗的餘地，而總控制室中聽到的呼叫聲，也如此之淒厲！

我不由自主，後退了幾步，礦坑中那種血肉橫飛的情景，雖然我未曾親眼目睹，但只要略想一想，也足以令我雙腿有發軟的感覺。我絕對同情那位警衛隊長和三位警衛員，他們居然還有勇氣清理現場，那實在不愧為經過嚴格訓練的鬥士！

當我坐下來之後，比拉爾也離開了那具水力採煤機，而且用一幅布，將之遮了起來。

他望著我：「蔡根富用水力採煤機作兇器，這一點，我在那篇報導中，並沒有寫出來，因為……這實在太駭人聽聞！而且，也從未曾公佈過，因為同樣的水力採煤機，在維奇奇煤礦中，有好幾百具，如果一公佈出去，難保沒有使用者一時情緒衝動——」

比拉爾作了一個手勢，我明白他的意思，新聞工作者都知道，刺激性新聞有傳染性，這種情形如果在公眾中傳染開來，那麼很可能，維奇奇煤礦，會變成維奇奇屠場！我點了點頭，表示明白他的意思，奧干古達道：「我和比拉爾，曾經和現場目睹的四個人交談過。」

比拉爾道：「他們之中的兩個，受刺激極深，無論如何不願意再提起這件事來。警衛隊長和另一個，大致描述了當時的情形，其實，不用他們說，當知道了蔡根富是利用水力採煤機來殺人之後，任何知道這種水力採煤機性能的人，都可以想像得出現場的可怖情景來！」

我又感到了一股寒意，點了點頭，表示同意。

比拉爾道：「而事後，蔡根富一句話也沒有說過，不，應該說，他只是重複著，甚至不斷地說一句話，那句話，有四個音節，我們請了不少語言學家，其中有中國語言學家，來辨認這句話的意義，但是卻無法知道這四個音節，代表了甚麼！」

我忙道：「中國的方言十分複雜，我湊巧和蔡根富是同一地方的人，那四個音節是——」

比拉爾道：「你聽著，這句話是：LA — QNA — MA — MA！」

我呆了一呆，將比拉爾告訴我這四個音節，照樣翻來覆去，在心中唸了幾遍，可是我卻也無法說出那是甚麼意思來。

我並沒有開口，但一定是我那種莫名其妙的神情，告訴了他們我也不明白這句話的意思。所以比拉爾立時現出了很失望的神情來。

奧干古達道：「我看我們要一步步來，有很多事情，衛先生只是從報導中得到了解，並沒有親身體驗過——」

比拉爾搖了搖手：「不錯，你準備如何開始？」

我的思緒也十分混亂，我應該從哪裏開始呢？要弄清楚整件事的真相，最直截了當的辦法，自然是和蔡根富交談，可是蔡根富卻不知所蹤了！

無法用最直接的方法進行，那就只有用間接的方法。我應該去看看蔡根富的住所。也應該到慘案發生的礦坑去看個究竟，更應該聽聽事情發生的經過時，被紀錄下來的錄音帶。

我決定先聽聽錄音帶，我把我的意思說了出來，比拉爾和奧干古達都表示同意。比拉爾的工作十分有條理，別看他工作的場所如此混亂，所有的錄音帶都編了號碼，依照時間先後為序。

我將錄音機搬上了桌，套上了耳筒，用心聽起來。錄音帶中蔡根富的聲音，講的是相當生硬的法語，從他打電話到總控制室，要道格工程師立刻前去開始，一直到那十四個工人的慘叫聲。然後是道格工程師來到之前那片刻間——在那時候，只有喘息聲和那四個簡單音節的那句話，毫無疑問那是蔡根富發出來的。

剛才，當比拉爾用拼音拼出這四個音節給我聽的時候，我全然不知道他在講些甚麼。可是這時，一聽得蔡根富講出來，情形便完全不同了！我一聽就聽出了蔡根富在講些甚麼！

我也立時取下了耳筒來，望向奧干古達和比拉爾兩人，他們也知道我一定發現了甚麼，一起俯身過來。我吸了一口氣：「那句話，蔡根富不斷重複地講的那句四個音節的話——」

比拉爾急不及待地道：「是啊，那是甚麼意思？」

我不禁苦笑了一下，難怪連語言學家也不知道這句話是甚麼意思，這時，我也不知道如何將這句話的意思，轉述給一個非洲人、一個法國人聽。

事實上，如果不是中國江蘇省北部地區土生土長的人，要向他解釋這四個字的意思，也不是容易的事。

我一聽到蔡根富重複地講著那句話，就聽得出，他正在用家鄉的土話，講著一句基本上是沒有甚麼特殊意義的感嘆詞，在中國江蘇省北部，連三歲小孩也會衝口而出的：「辣塊媽媽！」

這「辣塊媽媽」中的「辣塊」兩個字，在蘇北的語言中，是「哪裏」的意思，但是和「媽媽」湊在一起，卻又意義不明，大抵這是一句罵人的話，而中國所有罵人的話，又都喜歡和人家的母親扯上關係，所以才有這樣的一句話。可是這句話又演變成了一種感嘆詞、驚嘆詞，可以應用在許多地方。

例如，在看到了一件前所未見的事情，引起驚嘆時，可以使用。又例如，在完成了一件繁重的工作之後，感到心情輕鬆時，可以使用。再例如，在對付麻煩的事情時，也可以使用。這情形，有點像中國北方話中的「好傢伙」、「他媽的」，實實在在，是沒有甚麼特別意義的。

看，我在這裏解釋這句話，已經花去了不少篇幅，可以想像當時，我向一個非洲人、一個法國人，他們對中國語言是毫無認識的，而我要使他們明白，那是何等困難的事！我足足花了半小時的時間，辣塊媽媽，總算他們兩個人的領悟力強，明白了！

他們雖然明白了，可是他們的神情，卻還相當疑惑，比拉爾道：「你肯定這句話，沒有別的意義了？」

我有點生氣：「當然我肯定，我從小就使用這種語言！」

比拉爾道：「那麼，蔡根富不斷重複著這個感嘆詞，是甚麼意思呢？」

我心中已經思索這個問題，所以比拉爾一問，我立時就道：「有幾個可能，第一，他當時正因為自己完成了一件甚麼事，而感到高興和心情輕鬆。」

奧干古達苦笑道：「他當時殺了許多人，如果是這樣的話，那麼他一定是有史以來最冷血的殺人犯！」

我道：「我只是根據這句話的習慣使用法來分析！」

奧干古達道：「第二呢？」

我道：「第二，他當時可能是在一種極度的驚愕或興奮的狀態之中，以致他根本說不出旁的話來，自然而然，不斷地重複著他自小便使用的語言之中，一句最常用到的話！」

他們兩人都點著頭，我又道：「第三，他當時可能有一種極度的仇恨情緒，而當他那種仇恨情緒得到了發洩之後，他不由自主地說著這一句話。」

比拉爾道：「我不明白你第三點的意思。」

我想了一想：「我可以舉一個實例，使你明白。在我童年，家裏的管教相當嚴，我的祖父，是一個自律極嚴的正人君子，他決不許子弟講任何不合禮貌的話。『辣塊媽媽』這句話，不符合上流社會的人使用，所以我們家中的人，都不准說這句話。可是有一次，蝗蟲為災，祖父帶著我去看放火燒田，將快可收成的莊稼，和遍天漫野的蝗蟲，一起燒光，當大火熊熊，燒得成千上萬的蝗蟲，發出一陣陣焦味之際，在我身邊的祖父，竟也脫口而出，一連說了好幾遍這句話！」

比拉爾和奧干古達兩人互望了一眼，又深深吸了一口氣，齊聲道：「我們明白了！」

我攤了攤手：「可是疑問又來了，蔡根富為甚麼懷恨那些人？」

比拉爾苦笑道：「不知道！」我也苦笑了一下，又繼續聽錄音帶，錄音帶中的一切，在比拉爾的那篇報導之中都說得十分詳細，我不必再重複一次了。

聽錄音帶，是我加入這個小組之後的第一件工作。花了大約三小時。唯一的收獲，就是我解釋了語言學家所不懂的那句話。可是對整件事情，一點幫助也沒有，疑點依然無法得到任何解釋。奧干古達道：「你應該休息一下，你的房間在二樓，我已經替你準備好了！」

我搖頭道：「我不需要休息，我想立刻到蔡根富的住所去看看！」

比拉爾道：「那太容易了，蔡根富的住所，就在二樓，在我和你的房間之間！」

我呆了一呆，不論我的腦筋多麼靈活，一時之間我也無法明白比拉爾的話是甚麼意思。比拉爾彷彿很欣賞我的錯愕神情，笑了起來，道：「我知道蔡根富的住所十分重要，必須研究他住所中的一切，他本來住在煤礦的職工宿舍之中，我已將他的整個住所全搬到這裏來，以便隨時進行研究！」

我瞪著比拉爾：「你是一個大傻瓜，難道你不知道這樣做，會失去了可能是極其重要的線索麼？」

比拉爾立時漲紅了臉，看他的情形，像是準備和我進行長篇的辯論。但是奧干古達先開口：「我想你應該向比拉爾先生道歉，因為在搬遷之前，曾經拍攝了兩百多張照片，房間中的一切，甚至是塵埃，一切可以搬動的東西，都搬過來了，完全照原來的樣子放好，一切可以說等於沒有變動過。」

我搖著頭道：「我保留我的道歉，在搬移過程中，一定會損失甚麼，而損失的東西，就可能是我們所需要的！為甚麼一定要搬？」

比拉爾仍然漲紅著臉：「如果不將蔡根富的東西搬走，維奇奇煤礦的一千多職工，就拒絕再在宿舍中住下去，這就是主要的原因！」

我不想再在這個問題上再爭論下去，反正搬也搬了。我只是道：「好，我們上去看看再說！」

比拉爾也不再說甚麼，三步併作兩步，向二樓走去，我跟在他的後面。到了二樓，是一道走廊，走廊的兩旁都有房門，比拉爾在其中一扇房門前停了下來，推開作了個手勢，請我進去。我才跨進房門一步，就不禁呆了一呆。房間本來很大，可是，已經重新間隔過，間隔成一間大約十二平方公尺大小的房間，附屬著一個設備簡單的浴室和一個小廚房。

第四部：一塊像眼睛的煤精

這當然是依照職工宿舍的規格來建造的。可知比拉爾和奧干古達，真的花了不少心思。

我首先看到的，是牆上所貼的兩幅年畫，年畫已相當殘舊了，一幅是胖娃娃抱著一條大鯉魚，一幅是財神。這正是中國民間最普通的年畫。看它們殘舊的程度，可能是不知道多少年之前，蔡根富帶來的，一直珍而重之地保管到現在。

房間有一張床，床上的被子摺得很整齊，離床頭不遠處是一張書桌，書桌旁，是一只書架。書架上的書不多，我走過去約略看了看，幾乎全是「怎樣自修法文」這一類的書，都翻得很舊。而另有一部份，是有關煤礦技術的書，卻一望而知沒有怎麼翻閱過，可能是蔡根富的程度，還夠不上看這類書籍。

另外，還有幾本連環圖，和法國的成人畫報。

從書架上的書籍看來，蔡根富該十分正常而又勤懇。

在書桌上，有一架小型錄音機，機中的錄音帶，是法語學習用的，還有一些雜七雜八，很難一一說明，但都是很正常的東西。

另一邊牆上，是一只衣櫥，當我向衣櫥望去時，比拉爾就過去打開了衣櫥，櫥內是幾件普通的衣服。衣櫥旁的牆上是一個三十公分見方的鏡框，裏面是十幾張大小不同，攝影技術十分拙劣，而且已經發了黃的照片，我走近去看了看，其中有一張是蔡根富年輕時和老蔡合拍的照片。這些照片，也一點沒有特別之處。

我又走回去拉開書桌抽屜，抽屜中也沒有甚麼，只是在書桌左首的那個小櫥之中，放著一塊相當大的煤精。

煤精，我在一開始的時候，已經提到過，那是煤礦中的一種副產品，以無煙煤礦中較多，那是一種棕紅色的透明體，相當美麗，形狀不規則。

在煤礦工人的住所之中，有一兩塊煤精作為陳列飾物，極其尋常，不足為怪，因為他們在採煤的過程中，時有發現。雖然一般來說，煤礦當局都要求工人將煤精上繳，因為那是相當值錢的工藝品的原料。但如果工人留下一些自己玩賞，煤礦當局也不會責怪。

所以，當我看到那塊煤精的時候，我也並沒有加以特別的注意。反倒是比拉爾在我身後道：「你看看這塊煤精，它的形狀，好像很特別！」

我略俯了俯身子，順手將那塊煤精取了出來。

這是相當大的一塊煤精，大約有四十公分高，寬和深都在二十公分左右，呈長卵形，而在它的中間，有著一塊煤塊，那塊煤塊，呈相當圓的圓形，恰好位在正中。

煤精本來就是和煤一起形成的物質，它在被採出來之中，雜有煤塊，也不是甚麼稀罕的事。

我將這塊煤精捧在手裏，看了片刻，向比拉爾望了一眼：「我看不出這塊煤精有甚麼特別的地方！」

比拉爾道：「你將它放在桌面上，離開幾步看看！」

我不知道比拉爾這樣說是甚麼意思，只是照做，後退了幾步，看看那塊煤精，在我仍然沒有甚麼特別發現之際，比拉爾又提醒我：「你看它像甚麼？」

一經比拉爾提醒，我不禁「啊」的一聲，叫了起來。

那塊煤精呈長卵形，而兩頭略尖，正中間，又有圓形的一塊黑色的煤塊，看起來，活像是一隻眼睛！

比拉爾忙道：「你看起來，它像甚麼？」

我指著那塊煤精，說道：「任何人看起來，它都像是一隻眼睛！」

比拉爾和奧干古達互望了一眼，我覺得很奇訝：「不論它像甚麼，它只不過是一塊煤精，你們對這塊普通的煤精，有甚麼懷疑？」

奧干古達道：「不是對這塊煤精有甚麼懷疑，而是對蔡根富的行為，感到疑惑。」

我道：「一個礦工，留下了一塊形狀古怪的煤精，這是很普通的事！」

奧干古達道：「問題是在於蔡根富平時最憎厭工人的這種行為，他曾經向保安科報告過很多次工人私藏煤精的事件，令得保安科也為之討厭，事實上，煤礦當局，反倒是不在乎這種事的！」

我「哦」的一聲，這樣看來，多少有點不尋常了，蔡根富是一個忠厚的老實人，他一定是認為工人不應該私藏煤精，所以才經常舉報的，可是他為甚麼自己又偷偷藏起了一塊呢？是不是這塊煤精，有甚麼特別的地方？

比拉爾道：「你再仔細看看，可以看到這塊煤精，曾被人鑽過一個小孔！」

我又拿起了那塊煤精來，仔細看看，果然，它上面有一個小孔，直達中心的煤塊部分。這個小孔當然不是天然生成，是鑽出來的。

我說道：「這也是蔡根富做的？」

比拉爾道：「不能證實，我們在他的住所之中並沒有找到工具。但是他是一個管工，要弄到或借到一些工具，輕而易舉。」

我「嗯」的一聲，將那塊煤精又放回桌子上，再後退了幾步，愈看愈覺得那像是一隻眼睛。但即使是這樣，仍然是沒有意義的！我向比拉爾和奧干古達望去，在他們兩人的心中，顯然也有同感。

我又花了一小時左右，檢查蔡根富房間中其他的東西，可是連記下來的價值都沒有，蔡根富是一個太平凡普通的人，以致連他所擁有的一切，也平凡得完全不值得引起任何注意。

當然，那塊活像眼睛的煤精是例外。我在想，如果蔡根富有記日記的習慣，他或許會記下他發現這塊煤精，和為甚麼保留下來的原因。可是卻全然找不到甚麼日記或其他的文字。

就在這時候，我突然想起了一件事來，我道：「道格工程師的住所呢？」比拉爾像是早料到我會這樣問一樣，立時道：「道格工程師是住在高級工程人員的宿舍之中的，我也曾經作過詳細的檢查。」

我道：「發現甚麼？譬如說，他是不是有記日記的習慣，或者類似的——」

比拉爾搖頭道：「我的想法和你一樣，因為道格工程師在一聽到蔡根富找他之際，曾經說過『那中國人又異想天開了』這樣一句話，我也很想弄明白他說的異想天開是甚麼事，希望他有記載，可是沒有。」

奧干古達補充道：「道格工程師專門搜集內中夾有雜質的煤精，在他的住所中，這樣的煤精有上千塊之多，洋洋大觀。」

我立時道：「這裏沒有甚麼可看的了，我們上道格工程師的住所去！」

奧干古達道：「你一點未曾休息過，總該吃點東西！」

我搖頭道：「去了再說！」

比拉爾微笑著，奧干古達瞪了我們兩人一眼：「你們兩個人應該可以成為好朋友，一投入工作，就好像明天就是世界末日一樣！」

我苦笑道：「你以為我喜歡工作？我想盡快找到一點有用的線索！」

奧干古達道：「我不奉陪了，你可以和比拉爾一起去，他興趣不亞於你！」

我正色道：「我不單是為了興趣，這件事關乎二十幾個人的性命，現在又關係著另一個人的性命！」

奧干古達並不爭辯，只是攤了攤手，我又道：「今晚我休息，明天一早，請你安排我到一四四小組的煤礦坑去！」

奧干古達一愣：「有必要麼？」

我學著他的聲調：「有必要麼？我不知道查案子除了勘察現場之外，還有甚麼更重要的事！」

奧干古達作了一個不讓我再說下去的手勢：「好，好，我去安排，明天！」

我們三個一起下了樓，這時，我才注意到屋裏，還有一個僕人，是一個身形高大的黑人，當我們下樓時，他正用一只銀盤子，捧出了咖啡和點心來。我們三人胡亂吃了些，奧干古達仍然坐著他的大房車離去，我和比拉爾，由比拉爾駕著一輛車離開。

比拉爾一面駕車，一面道：「你看到了，奧干古達十分忙，本來只有我一個人在工作，現在好了，有你來幫我的忙。」

我嘆了一聲：「你或許不知道我來的目的！我是為了救蔡根富而來的！」

比拉爾呆了一呆，道：「救蔡根富？你救不了他！那些人，全是他殺死的，問題在於他為甚麼要殺那些人！」

我沒有說甚麼，心中苦笑了一下，我也承認，從任何角度來看，蔡根富的確是殺了很多人。而且他為甚麼要殺人，我還不知道，但總不能說他是自衛殺人吧？那也就是說，蔡根富的罪是肯定的了，我救不了他！想起了在家裏等我帶蔡根富回去的老蔡，我不禁感到頭痛。我倒有點慶幸蔡根富逃了出來。我希望奧干古達他們找不到他，而我反倒發現了他，那麼我就有辦法帶著蔡根富偷偷離開。可是，我是不是應該幫助一個證據確鑿，近乎瘋狂的殺人犯呢？

在我心情十分矛盾之際，車子已駛過了一列十分精緻的小洋房，我也看到了不少白人小孩在屋前的空地玩耍。車子在其中一幢小洋房前停了下來，那幢房子前，有兩個警察守著。車子一停下，兩個警察就走了過來，向比拉爾行禮，又以十分疑惑的眼光看著我。

比拉爾向他們道：「這位是衛先生，以後他無論甚麼時候要來，你們都應該幫助他！」

兩個警察一聽，立時又向我敬禮。比拉爾帶著我向前走去，經過了門前草地，比拉爾取出鑰匙來打開門，過了進廳，就是客廳。

道格工程師的客廳，佈置得十分奇特，有四只相當大的櫥，陳列著大大小小各種形狀的煤精，為數真不下千塊之多。

這些煤精，正如奧干古達所說，全是其中含有「雜質」的。所謂「雜質」，真是包羅萬有，有的是石頭，有的是煤塊，其中一格之中，陳列著的煤精，中間有完整的或不完整的昆蟲，這些全是億萬年前的生物，被奇妙地保存下來。

據我看，這裏的收藏是同類收藏中最豐富的了。我一面看，一面對比拉爾道：「蔡根富和道格工程師的感情相當好？」

比拉爾道：「是的，道格工程師為人隨和熱心，一直在教蔡根富法語。」

我道：「那麼，就有可能，蔡根富住所中的那塊煤精，是他要送給道格工程師的！」

比拉爾道：「也有可能，不過煤精中夾有煤塊，那是最普通的一種。」

我點頭道：「可是它的樣子不普通，它像眼睛！」

比拉爾在這時候，突然震動了一下，向我望來，而在此同時，我也想到了一件事！

我們兩人，異口同聲說道：「眼睛！」

「眼睛」本來是極普通的詞語，可是這時我們想到的，卻是道格工程師對另外幾個工程師和礦務局官員的幾句話中，唯一被在場的工人聽懂的，就是

「眼睛」兩個字！

道格工程師當時講述的事，是不是和「眼睛」有關？或者進一步，是不是和一塊像眼睛的煤精有關？而他的話，又為甚麼引起其餘的人嘻哈大笑呢？

我和比拉爾互望了很久，全都沒有答案。

比拉爾又帶著我，去看道格工程師住所的其他地方。我最感興趣的是道格工程師的書房。原來他不但是一個採礦工程師，而且還是一門十分冷僻科學的專家。他在這門冷僻科學上，有著相當高的研究成績，這門科學是古生物學，道格工程師對古生物中的爬蟲類、昆蟲等的研究，極其突出。

在他的書房中，有很多這一類的書籍雜誌，有不少雜誌上，有道格工程師的著作。

我猜想，他的職業是採礦工程師，採礦必須發掘，而且有的時候，還會掘得極深，在地底下，可以發現許多生物的化石，他對古生物的興趣，一定從此而培養出來。剛才在客廳中，我看到的那些煤精之中，不少有著生物的整體或殘體。這些生物，至少也是幾百萬年以前的東西了！

我一面隨便看著，一面問比拉爾道：「他沒有日記留下來？」

比拉爾道：「沒有，我幾乎已經看過這裏的每一個字，想找出一點線索來，可是找不到！」

比拉爾的樣子雖然不修邊幅，而且他的工作方法也嫌太凌亂，可是卻毫無疑問，工作極其認真。他說在這裏找不到任何線索，那麼，就算由我再找一遍，也一定白費力氣！

我嘆了一聲，翻著一本舊雜誌：

「我注意到有許多關於古代生物的專家性意見，發表在這些雜誌中，你可曾發現哪一篇是特別有趣的？」

比拉爾抓了抓他的亂髮：「有一篇，十分有趣，他獨排眾議，支持一個中國水利工程師的意見。」

我有點莫名其妙：「甚麼意思？」

比拉爾對於那堆舊雜誌，顯然十分熟悉，他順手撿出了兩本，說道：「你先看這一本，這上面，有那位中國水利工程師的短文。」

我實在不想將事情再扯到「中國水利工程師」身上去，因為我要做的事情實在太多，我的耳際，好像時時想起老蔡的聲音在提醒我：還有十六天了！

尤其，蔡根富如今又不見了，事情可以說糟糕之至，我首先得專心一致地找尋蔡根富。

可是，當我看到比拉爾將舊雜誌遞給我之際，現出了一種很想我看一看的神情，我接過那雜誌，打開，找到了那篇短文。

那篇短文相當短，作者是一個水利工程師，名字不重要。他在那篇短文中敘述的那件事，的確極其有趣。

這位中國水利工程師，說他在參加一項水利工程之際，發現了一件怪事，知道這本雜誌對於古生物有相當的研究，所以才將這件事，簡單地記述下來，以供研究。

這位水利工程師，當時參加一項工程，叫「雙溝引河工程」。這是中國修治淮河工程中的一項小工程，主要的工程，是在淮河和洪澤湖之間，挖掘一道引河，可以使淮河水漲之際，引淮河的水注入洪澤湖之中，將洪澤湖當作天然的水庫。

當然，整個工程，還包括在引河的兩端，建設水壩等等。作者說得十分詳細，而我在轉述之際從略，因為這和整個故事，並沒有太大的關係。

這位作者還畫了圖，說明這道引河的位置，這道河，因為距離中國安徽省北部的雙溝鎮相當近，所以就定名為「雙溝引河工程」。而整篇短文的題目，我相信是雜誌編輯代擬的，就叫作「中國雙溝引河工程中發現活的古生物？」

在標題中加上一個問號，顯然表示不完全相信這位作者所說的事。

這位作者所說的事也很簡單。他說，在挖掘那道河的過程中——這條河，寬一百五十公尺，最深處五十七公尺，當發掘到二十多公尺深的時候，工人在泥土之中，發現了一條活的鱔魚。

作者對當地的土質，形容得很詳細，並且有土壤成分的科學分析，連帶也說明了在挖掘過程中發現的其餘化石，包括巨大的獸類骨骼化石等等。也詳細形容了這條鱔魚的形狀和顏色，根據形容來看，那實在是一條極其普遍的中國黃鱔。

這條黃鱔被掘出來的時候，是蜷縮在一個只有半立方英呎大小的空間之中，這個空間離開外面天地最近之處是地面，那是二十多公尺。當地的土質十分硬，工程進行之間，需要採用先打孔、後灌水的方法，使泥土鬆軟，而整塊倒下來。

在鱔魚居住的空間的壁間，略見潤濕，而這條鱔魚，活得相當好，毫無疑問，那是一條活魚。根據當地的土質，化石發現的情形而論，這條鱔魚被埋在二十公尺深的地底，至少超過一百萬年了！

這條鱔魚，真是一百萬年或更久以前的古生物？在完全沒有食物和空氣的情形下，牠是如何生存下來的？這位作者提出了好幾個疑問，請求雜誌的編輯解答。雜誌編輯在文後加了一段按語。說這件事是他從來也沒有聽到過的，希望世界各地的專家，來發表意見。

我花了十分鐘時間，看完了這段短文，神情疑惑，抬起頭來：

「這位水利工程師所說的那個地方，我倒相當熟悉。洪澤湖是中國的五大湖之一，我在多年之前，曾和幾個朋友在那裏耽擱了半年多，目的是為了找尋沉在湖底的一座水底城！」

比拉爾眨著眼睛：「請你再看這一篇文章，那是道格工程師寫的。在道格的文章之前，已經至少有二十篇以上的文字，參加討論。其中不乏有國際知名的古生物家，他們根本否定有這樣的事。到後來，這件事索性被稱為『中國人的玩笑』。」

我皺了皺眉：「這不很合理吧，那些專家怎麼可以否定一件事實？我相信那位作者報導這件事，絕不是開玩笑。」

比拉爾道：「你看看道格的文章！」

我打開了那本雜誌，看到了道格的文章，道格一開始就寫道：

「被稱為『中國人的玩笑』這件事，使我本人感到十分悲哀，因為那使我發現，科學界人士，對於一件自己知識範圍之外的事，就一律冠以『不可能』，根本採取否定的態度，而不是信了會有這樣的事實，再去作進一步的探索研究！」

我才看了一段，就大聲叫好：「這才是真正科學的態度！」

比拉爾道：「是的，雖然道格也不知道那條黃鱔何以可以在二十公尺的地下生活，而且，這條鱔魚顯然不是由別的地方移居來，而是當地由沼澤變成陸地時，被困在其中的。但是道格的態度卻十分客觀！」

我繼續看下去，道格的文章接著大發議論，指責各專家的態度輕佻和不負責任。我以最快的速度將之看完：「照這樣看來，道格工程師是一個可以接受怪事的人！」

比拉爾道：「是的，我知道你現在心中的問題是甚麼，和我當時所想的是一樣：既然道格工程師可以接受一條鱔魚在地底下活一百萬年的事實，何以他又會說蔡根富是在『異想天開』呢？」

比拉爾說的問題，正是我想到的，他已先我說了出來，我只好道：「你可有答案？」

比拉爾道：「我想，每一個人接受事物的怪異程度，有一定極限，因他本身思想、教育水準、生活經驗而不同。道格工程師的極限，比一般人要高出許多，但是還未曾高到可以接受蔡根富向他訴說的那件事的程度！」

我對於他的分析，表示十分贊同，我一面旋轉著一張可以轉動的椅子，一面道：「現在，主要的問題，就是蔡根富究竟說了些甚麼，你難道沒有——」

我本來想問他難道沒有向蔡根富問過，我立時想到，蔡根富除了那一句「辣塊媽媽」之外，其餘任何話都沒有說過，比拉爾當然也得不到任何答案，所以我的話說到一半就住了口。

比拉爾苦笑道：「蔡根富如果肯說，問題就簡單了。他不肯說，而我想，不論那是甚麼事，一定是發生在一四四小組的工作礦坑之中的事，所以我——」

我接口道：「你去過？」

比拉爾道：「我去過？你以為我的鬍子是在哪裏長出來的？我在那坑道中，足足住了一個月，從那時起我開始留鬍子，而且發誓，如果這件事不是有了徹底的、令人滿意的答覆，我就不剃鬍子，一直留下去！」

我對於比拉爾的話，倒一點不覺得懷疑，因為我一看到他，就看出他是有那種鍥而不捨精神的人。

比拉爾又道：「自從慘案發生之後，一四四小組的礦坑就被封閉了，現場清理之後，我就進去，一個月之久，一步也沒有離開過！可是卻甚麼也沒有發現！」

比拉爾說到這裏，神情多少有點沮喪，搔著他的亂髮：「照說，那裏如果有甚麼古怪的事曾經發生過，我一定可以遇上的！」

我也很同意比拉爾的話，在推理上，他的話無懈可擊！除非沒有怪事發生過，如果有怪事發生的話，一定是在一四四小組的礦坑之中，而比拉爾在那礦坑中住了一個月，應該可以遇上怪事。除非怪事發生了一次之後不再發生了！

我苦笑了一下：「我也要到那礦坑去一下，或許有甚麼是你忽略了的！」

比拉爾只是揮著手，沒有說甚麼。

我和他離開了道格工程師的住所，此行，除了看到了許多稀奇古怪的煤精之外，可以說一點收獲也沒有。

當我們又回到了奧干古達住所的時候，我實在感到疲倦了，所以，到煤礦去的行程，安排在明天。

我舒舒服服地洗了一個澡，休息了兩小時，一直和比拉爾一起閒談、討論。他將他所知道的這一件事的一切，全都告訴了我，有的地方，甚至已說了四、五遍之多。我就他所說的一再思索，可是對於蔡根富為甚麼要殺人，還是莫名其妙。

當晚，後來奧干古達也趕回來，參加了討論，我們在各自的長嘆聲中結束了討論。

第二天，我們三人，坐著奧干古達的座駕車，向煤礦進發，駛出不久，一路上，已全是載著煤礦工人去換班的車子——煤礦二十四小時不斷生產。

第五部：深入地底猶如進入地獄

一小時後，進入了煤礦的範圍。我在事先已經得到了煤礦的全圖，所以知道，我們眼前那一座至少有十幾個山頭的大山，整個維奇奇山的下面，全是豐富的、品質極其優良的無煙煤。這個煤礦，已經開採了一百多年，估計至少還可以開採兩百年。

奧干古達的車子，停在一個礦坑入口處。幾個煤礦的負責人迎了上來，而當我下車之際，旁邊圍住了不少看熱鬧的人。當地的中國人本來就不多，再加上一個中國人成了「殺人王」，另外又有一個中國人來，自然會成為群眾的目標。

我們從一個煤礦職員手中，接過了頭盔和安全電筒，由他陪著我們，進入升降機。當升降機向下落去之際，我們根本無法交談，因為煤礦中各種機器運轉的聲音，在被挖空了的地底，響起幾十重回音。

但當升降機落到一百五十公尺以下時，卻又靜了下來，從升降機中看出去，可以看到像是蜘蛛網一樣，向四面散佈開去的坑道，每一個坑道，都通向一個礦坑。當運煤的斗車，自坑道中隆隆響著駛過來之際，就有一陣驚心動魄的聲響。

升降機繼續向下落著，我們都不說話，我心中在想著，半年之前的某一天，可能也是在這個時候，蔡根富和一四四小組的工人，也是循這個升降機下去的。他們在升降機中還有說有笑！

升降機到了三百三十公尺處，停了下來。

比拉爾道：「我們到了！我們必須步行向下四十公尺，才可以到達礦坑！」升降機的門打開，我們一起走了出去。我看到眼前是一條斜向下的坑道，由於有轉折，所以看不到盡頭。

那職員的臉上，現出了一陣子猶豫的神色來。奧干古達拍著他的肩：「我不是第一次來，認得路，你可以上去，不必陪我們了！」

那職員一聽得奧干古達這樣講，猶如死囚聽到了特赦令一樣，連聲道謝，進了升降機，升降機也立時向上升了上去！

奧干古達向我做了一個怪表情：「你看到了！煤礦中所有的人，一提起一四四小組的礦坑，就像是提到了地獄一樣！」

奧干古達在這時，忽然用到了「地獄」這樣的字眼，這倒令我發了半晌呆。

我如今深入地下三百多公尺，升降機已升了上去，我所處的地方，幾乎與世隔絕。在那樣的地底深處，人的語聲，聽來也十分異樣。而四周圍除了通風設備所發出的那種沉悶而有規律的胡胡聲之外，甚麼聲音也聽不到。這種情形，真令人想起「地獄」來。

我沒有出聲，我們三人，由比拉爾帶頭，一起向前走著。斜向下的坑道，傾斜的角度大約是二十五度，行進了一百公尺左右，坑道便轉了彎，再向前去，又行進了大約一百公尺，面前現出三條岔道。

奧干古達指著左面和中間的一條，道：「這兩條坑道，本來準備向前伸延，開闢新的礦坑，但因為慘案發生，工程也停止了！」

我向那兩條坑道看了一眼，兩條坑道，大約都只向前伸延了二十公尺左右，便是盡頭。

我們一路前來的坑道上下左右，都有十分巨大的木柱和木板支撐著，所以並看不到煤層。在這兩條建築未曾完成的坑道中，卻還沒有這樣的設備，所以可以看到烏黑晶亮的煤層，電筒光芒照上去，煤層的反光是如此之晶瑩，未曾深入過煤礦的人，很難想像。

奧干古達又喃喃說了幾句，大抵是這個煤礦，是世界上蘊藏量最豐富、品質最優良的無煙煤礦等等。而比拉爾已帶著我們，向左首的那條坑道走去。

我知道，再向前去不久，就可以到達慘案現場，所以心中不免有點緊張。又向前走了一百公尺，我看到了一個相當大的礦坑。

一般煤礦中採煤的情形，是從坑道的盡頭開始採，礦坑在採煤的過程中形成，愈開採愈大。一直到了工程師認為應該轉換新的採煤地區為止，再退回來，逐步開闢坑道的兩邊，直到鄰近的坑道連為一氣，變成一個大礦坑為止。

如今，我所看到的那個礦坑，顯然開採並不太久，體積不是很大。看起來，像是一個四周上下，全是烏黑晶亮煤塊的山洞，約有四公尺高，橫、直各十公尺左右。礦坑中通風設備的聲響較大。我看到還有三具水力採煤機在礦坑中，以及還有一些凌亂的雜物。看起來，這是一個普通的煤礦礦坑，和我以前曾經到過的煤礦，並沒有甚麼不同。

現在，當然絕看不出在這個礦坑中曾經發生駭人聽聞的慘劇。也不覺得它有甚麼特別可怖之處。

我們才一進礦坑，比拉爾的神態，就顯得十分特異，他那時的神情，可以說是一種極其可怖的神情，指著前面，口唇顫動著，一句話也說不出來。

奧干古達循他所指向前看去，神色也為之陡地一變。我知道這一定有甚麼不對頭了，忙向比拉爾望去，比拉爾直到這時，才喘過氣來，他的聲音，因為他在急速地喘氣而變得十分尖厲：「在我離去之後，有人在這裏採過煤！」

他一面說，一面急步向前走去，一直走到礦坑的盡頭，才站定了身子，手仍指著前面，在他所指處，直到此際，我才留意到，有一個大約一公尺高的洞，那個洞，看來相當深。

奧干古達這時，也急速地向前走去，我忙也走向前去，那個洞十分黑暗，我們三人，一起用電筒向內照去，洞愈向前愈是窄，看來開這個洞的人，目的並不在於採煤，而只是想開一個通道，而且他開這個通道的目的，也只要僅僅可以供一個人擠過去就算了！

由於洞愈向前愈窄，所以三支強力電筒的光芒，竟不能射到盡頭。

比拉爾首先直起身子來，他不等我們兩個人開口，就道：「我曾在這裏住過一個月，閉著眼睛也可以指出甚麼地方凸出來、凹進去！」

奧干古達喃喃地道：「開始時有軍隊守衛，後來守衛撤退，可是我決不相信有甚麼人會有那麼大的膽子進這個礦坑來。」

比拉爾仍在喘著氣：「礦坑中是不會自己出現這樣一個洞的！」

我道：「與其說這是一個洞，不如說這是一條通道，而且，要在煤礦之中開挖出這樣的一條通道的話，也不是容易的事。」

比拉爾道：「這裏還有三具水力採煤機，懂得使用它們的人，可以輕而易舉地做到這種事！」

奧干古達叫了起來：「你們兩人，企圖說明甚麼？」

我和比拉爾互望了一眼，齊聲道：「蔡根富！」

奧干古達的身子震了一震：「蔡根富？你們的意思是，蔡根富逃走之後，又回到這裏來，開了這樣一條通道？」

我道：「這條通道，除了蔡根富之外，你想是甚麼人開的？」

我們三人的意見，顯然有了分歧，我和比拉爾的意見一致，奧干古達則並不同意我們，他揮著手，譏嘲地道：「或許蔡根富就在裏面，你們只要對著洞口大叫，他就會走出來！」

比拉爾冷冷地說道：「很好笑！」

我道：「你們看到沒有，這條通道很長，說不定通到甚麼地方去。蔡根富真有可能是躲在裏面！奧干古達先生，你不是曾接到過報告，說有一個類似蔡根富的人，在一家超級市場中，偷走了大量的食物？」

奧干古達冷笑著：「可是別忘了，這裏的通風設備，是我們下來時才開始發動的！」

比拉爾道：「爭甚麼，進去看看不就行了！」

比拉爾一面說，一面矮著身，就待向洞內鑽了進去，可是奧干古達卻一伸手攔住了他：「不能去！」

我道：「你是怕蔡根富會害他？我去！蔡根富不會傷害我！」

我一面說，一面已對著洞口大叫道：「根富，我是衛斯理，是你四叔叫我來的！現在我進來看你，你不要害怕，我一定盡力幫助你！」

我叫了兩遍，用的全是家鄉話。我的聲音，在那個洞中傳了進去，我相信如果洞中有人的話，那人一定可以聽得到。

我叫完之後，等了片刻，希望洞中會有回答，可是洞內卻一點聲音也沒有。

我望向奧干古達，奧干古達卻仍然搖著頭：「還是不行，我要對你們兩人的安全負責，而我自己也不想去作冒險！」

比拉爾有點發怒：「那應該怎麼樣？這裏突然多了這樣的一個怪洞，這應該是我們從事研究整件事件以來最大的突破，而你卻諸多阻撓！」

奧干古達道：「你以為我不想弄明白事情的真相？當然要有人進去看個究竟，但不是我們，我立刻去召武裝人員，配帶無線電對講機，讓他進去，然後，我們進一步地搜索！」

比拉爾向我望來，雖然我願意自己進去，可是看奧干古達的神情，他一定不准，所以我只好採用他的辦法，說道：「也好！」

比拉爾看到我也轉而支持奧干古達，只好嘆了一口氣，不再出聲。

奧干古達來到一個木箱之前，打開了木箱，箱中是一具電話。他拿起電話來，要總控制室轉按警衛室。我看著他打電話的情形，想像著當時蔡根富也是使用這具電話，通過總控制室，作緊急要求，找尋道格工程師。後來，就發生了可怕的事件，而電話一直未曾掛上，在礦坑中發生的事雖然沒有人看到，但是聲音被紀錄了下來。

這時，我料斷，蔡根富極可能在逃走之後，感到無處藏身，所以在偷了大批食物之後，又回到這裏來。他是一個極有經驗的礦工，可能知道由這裏開一個通道，可以通到甚麼安全的地方，供他藏身之用。

蔡根富如果偷走了大批食物，那麼，他當然不準備再自殺。要自殺的人，要食物何用？

奧干古達不久就放下了電話：「很快就會有人來，別心急！」

比拉爾真的很心急，因為他不住用電筒向內照著，幾乎就要鑽進去，奧干古達在那樣說的時候，是抓住他的衣領，將他拉回來的。

我道：「我們一進來就被這條通道吸引，你看看是不是還有甚麼不同的地方！」

比拉爾像是被我提醒了，四面走動著，我也打量這個礦坑中的一切，可是，看來實在沒有甚麼特異的地方。如果是我一個人看的話，甚至也不會去注意那條通道。

比拉爾來到了一處，那處有一個木箱，木箱中有一些工具，也有點廢物，比拉爾俯身在木箱中翻了一會兒，陡地叫了起來：「看！」

他一面叫，一面已從木箱中拿起了一件東西來，那是一罐罐頭啤酒，我和奧干古達都莫名其妙，比拉爾的神情卻興奮莫名：「以前沒有，蔡根富一定到過這裏！」

奧干古達道：「沒有記錄說蔡根富喜歡喝啤酒！」

比拉爾瞪著眼，指著那通道：「當然他不喜歡喝啤酒，如果他愛喝啤酒，他一定帶進去了！我想，這是他偷來的食物一部分，當他帶著食物到這裏之後，發現其中有一罐啤酒，而他又是不喜歡啤酒的，所以就順手拋進工具箱中算了！」

我忙道：「那個超級市場中出售的貨物，應該有標誌！」

奧干古達忙走了過去，比拉爾將啤酒向他拋來，他伸手接住，看了一看，就道：「不錯，正是那家超級市場中的貨品！」

比拉爾極其興奮：「蔡根富曾到過這裏，還有疑問麼？」

奧干古達道：「沒有疑問了！愈是肯定他有可能在裏面，我們就愈要小心！別忘了他曾殺過二十三個人！」

比拉爾道：「我同意，可是小心，並不是等於我們放棄不搜索！」

奧干古達說道：「誰說不搜索？」

就在這句話出口之後，腳步聲傳來，一個武裝軍事人員，提著一大袋東西，走了進來。這個黑人的年紀極輕，我猜不超過二十歲。從他的制服來看，他是一個低階士官，他一進來，就向奧干古達行敬禮，道：「中士哈率荀報到，準備進行任何任務！」

奧干古達道：「我所吩咐的裝備全帶來了？」

中士道：「全帶來了！」他一面說，一面放下了肩上的自動步槍，打開了袋子，我看到袋子中有一件防彈背心，有頭盔，有防毒面具，有無線電對講機，有強力的手提照明設備。

當時，一看到這些，我和比拉爾都忍不住笑了起來！

這的確是很令人發噱的，這位中士的那些裝備，絕不比諾曼第登陸，要去做浴血苦戰的兵士遜色，而他所要做的事，只不過是到那通道中去探索一下而已！

比拉爾和我一起笑著，而當奧干古達狠狠瞪了我們一眼之後，我們兩人對於他的小題大做，更是忍不住哈哈大笑起來。雖然在後來，我和比拉爾，對於我們的失笑都感到極度的後悔，但當時，我們實在是想像不到事態的發展，會有如此嚴重的後果！

奧干古達在瞪了我們一眼之後，又向中士道：「所有一切配備，全都性能良好？」

中士答道：「全部都檢查過了！」

奧干古達的神情十分嚴肅，他那種嚴肅的神情，使得我和比拉爾倒不好意思再笑下去。奧干古達道：「中士，我要你執行一項任務，這項任務，可能十分危險！」

中士眨著眼，顯然有點不明白奧干古達的意思，他又向那些裝備看了一眼，用意也很明白，他心中是在想：「有了這些裝備，進行甚麼任務都不怕！」

奧干古達又指著那個洞口道：「你的任務是進這個洞去，這個洞內是一條通道，你要弄清楚通道通向何處，有任何發現，都通過無線電通訊儀，向我報告！如果遇到了甚麼困難，立刻退出來，有問題沒有？」

中士受了奧干古達的影響，神情也緊張起來：「洞中有甚麼東西？」

奧干古達道：「可能有一個十分危險的殺人犯！」

中士「哦」的一聲，立即又變得輕鬆起來：「這個殺人犯有甚麼武器？」

奧干古達道：「我們不知道，可能根本沒有武器，如果他向你襲擊，你盡可能不要將他射殺！」

我聽到這裏，陡地一震，忙道：「絕對不能將他射殺！」

奧干古達毫不客氣地望著我：「衛先生，我是一個公正的人，希望你也公正！如果中士絕對不能射殺對方，而對方卻向中士展開攻擊，你認為這公平？」

我呆了一呆，無話可答。

奧干古達道：「所以，我的命令是盡可能別將他射殺，如果中士感到他的生命受到威脅，他有權保護自己！」

我吸了一口氣：「好吧，我看他就算在裏面，也不會攜有甚麼武器！」

奧干古達又向中士道：「全明白了麼？」

中士行了一個敬禮：「完全明白了！」

奧干古達道：「那麼，配戴起一切裝備，開始行動！」

中士大聲答應著，配戴起一切裝備來，熟練而快捷，等到他準備妥當之後，就向那個洞口走去。奧干古達拿著另一具通訊儀，我和比拉爾也到了洞口，看到中士彎著身，向洞內走去。

我們也都俯下身，中士所用的電筒光芒，相當強烈，在開始的三十公尺，我們都可以看到他在前面，三十公尺之後，通道顯然轉了折，開始時還可以見到電筒光芒的閃耀，但過了一會兒，就甚麼也看不見了。

自從一轉了彎之後，中士就開始和奧干古達以無線電對講機聯絡。中士不斷在報告：「通道愈來愈窄，我用匍匐前進的方式向前，四周圍全是煤……通道又轉了一個彎，狹窄到我在前進之際，背部也頂到了上面的煤層，通道還在伸向前。」

奧干古達問道：「你是不是可以看到盡頭？」

中士道：「看不到，前面好像還有一個轉折，我已經經過了三個轉折，通道在第二個轉折開始，就斜向下，斜度並不是很高的——」

奧干古達聽到這裏，向比拉爾望了一眼，比拉爾道：「整個維奇奇煤礦，最深的礦坑就是這裏，通道如果向下，不可能通到別的礦坑去！」

奧干古達忙又道：「中士，注意你的氧氣裝備！」

中士的聲音聽來很清晰：「氧氣設備還可以維持一小時以上，我在繼續前進——」

奧干古達問道：「你可有計算，你大約已經深入了多少公尺？」

中士道：「有，大約三百公尺！」

我和比拉爾立時互望了一眼，三百公尺！看來我們事先的假定，應該推翻！就算蔡根富是一個技術十分熟練的採礦工人，可是三百公尺的一條狹窄的通道，也決計不是他一個人的力量所能做得到的，何況這條通道，還未到盡頭！

我一想到這裏，陡然之間，有一種十分恐懼的感覺，我也不知道自己的這種恐懼之感由何而來，我只是立即向奧干古達道：「叫中士退回來吧！這條通道，十分怪異，我們可以——」

我一開口，看奧干古達的神情，就可以知道他也和我有同樣的想法。

當我講到一半的時候，他點點頭，舉起對講機，正要向中士下退回來的命令，可是就在這時，對講機中，陡地傳來了一下驚恐至極的叫聲，接著，便是一連串的槍聲。

這一切，全都來得如此之突然，奧干古達、比拉爾和我三個人，絕不是反應遲鈍的人，可是我們也被這突如其來的變化嚇呆了，我們大約呆了兩、三秒鐘，才一起叫了起來，奧干古達道：「中士，發生了甚麼事？發生了甚麼事？中士，快報告！」

可是，自從那一下驚叫聲，和一陣槍聲——那是自動步槍發射所傳出來的，至少發射了三十發子彈之多——之後，對講機中，卻再也沒有別的聲音傳出來，奧干古達在不斷向對講機問著，但是得不到回答。

我不知道比拉爾和奧干古達的感覺如何，我自己，只感到了一股極度的寒意，流遍全身，我一躍向前，大叫一聲，身形一矮，就向那洞中穿進去。我聽得奧干古達和比拉爾在我身後發出驚呼聲，但是我還是矮著身，盡可能快速地向前移動著。

在向前移動出了約三十公尺之後，通道轉了個彎，變得十分狹窄，我已經沒有法子矮著身子前進，只好伏下來向前爬行。

而當我才一伏下來之際，我的雙足足踝上突然一緊，已經被人牢牢抓住。同時，我聽得在我身後，傳來了奧干古達和比拉爾的聲音：「回來！衛斯理，回來！」

通道狹窄，我無法轉過頭去和他們說話，我一面拚命掙扎著，仍想向前爬去，一面道：「中士出了事，我一定要去幫他！」

奧干古達道：「你用甚麼去幫他？他有那麼好的裝備，還出了事，你憑甚麼去幫他？」

我再用力掙扎著，可是他們兩人不但用力抓住了我的足踝，而且在用力向後拉著，我反被他們拉得向後縮回了兩、三尺。

我忙用雙臂撐住了煤層，喘著氣：「就算我不能幫他，也得去看看，究竟發生了甚麼事？」

奧干古達道：「我不准你去！我不想再聽到一下慘叫聲之後，就完全沒有了聲響，事情已經夠麻煩的了，我不想因為你的固執而令得事情更麻煩！」

比拉爾說道：「也許只是對講機壞了，中士很快就會退出來的！」

我怒道：「別自己騙自己了，對講機掛在他的身上，好好地怎麼會壞？你們不要拉著我，讓我——」

我才說到這裏，他們兩人又用力向後扯著，將我直扯退了一、兩尺，在那樣狹窄的通道中，我有力也使不出來，雖然我竭力掙扎向前，但是他們兩人合起來的力道卻比我大，我被他們一尺一尺地漸漸扯退，終於又來到了可以供人彎著腰站起來的那一段進口處的通道之中。到了那段通道中，我可以轉過身來了，當我轉過身來，看到他們兩人，滿頭大汗的神態，我才知道他們要掙扎把我扯回來，絕不是容易的事。

奧干古達大口喘著氣：「衛斯理，理智一點，你進去，沒有用！」

我也喘著氣：「總不能不理中士！」

奧干古達苦笑著，聲音乾澀。

我轉頭向通道深處，望了一眼，中士在三百公尺左右的深處，究竟遇到了甚麼事？

如果他遇到了蔡根富的話，蔡根富的身體，決計抵受不住三十發子彈，那麼中士應該立即向奧干古達報告才是！或者，真的是對講機出了毛病？那麼，中士也應該快出來！

我腦中混亂一片，根本無法集中精神來好好想一想。比拉爾道：「我們先退出去再說！」

我卻盯著奧干古達：「你認為中士已經死了？」

奧干古達喃喃地道：「我們會弄明白的，我們一定可以弄明白的！先退出去再說！」

我也只好嘆了一口氣，在他們兩個人堅決不放我進去的情形之下，我只好點頭答應。

第六部：神秘通道之中的怪事

等到我們三個人，又先後出了那個洞口之後，我們誰也不出聲，都盯著洞口。我們心中的願望是一樣的，希望中士會從那洞口之中彎著身走出來。

可是時間一點一點過去，五分鐘，十分鐘……直到二十分鐘之後，還不見中士從洞口出來。

我緊握著雙拳：「我們不能就這樣等著，一定要採取行動才行！」

比拉爾吸了一口氣：「我們應該——」

他一面說，一面望著奧干古達，奧干古達以極其堅決的語氣道：「我們三人之中，任何人不准進去探索，我也不會再准其他的人進去！」

我大聲道：「不派人進去，怎能知道中士發生了甚麼事？」

奧干古達立即回答道：「派人進去，如果結果一樣，也同樣不能知道發生了甚麼事！」

奧干古達的意思我明白，他的推測是中士已經死了，如果再派人進去，進去的人也會死，死人自然不會向任何人再透露發生了甚麼事。

奧干古達的話不是沒有道理，可是在當時這樣的情形下，我卻無法接受他的意見，我冷笑一聲：「最好是將這個洞封起來，大家忘記這件事！」

奧干古達望著我：「真的，我對你很失望，你處理事情，不是想如何更有效果，而全憑一時衝動，不計後果！」

我呆了半晌。我知道自己的缺點，而奧干古達正一針見血地道出了我的缺點！我揮了揮手，心平氣和了許多：「你說得對，我們可以另外想辦法！」我的腦筋轉得相當快，已經立即想到了一個辦法：「我們可以利用無線電控制的小車子，送一支電視攝像管進去，察看裏面的情形！」

奧干古達用力拍著我的肩：「和我的想法，完全一樣！」

比拉爾道：「這是好辦法，至少，我們在這個礦坑中沒有危險！」比拉爾口中雖說「沒有危險」，可是他的神情，十分異特，我也有一股不寒而慄的感覺，想想，半小時之前，那位年輕的中士，還是這樣生龍活虎的一個人，可是在一下慘叫之後，生死不明！

奧干古達揮了揮手，我們一起向外走去，我們一面向外走，我一路不住回頭，奧干古達不准我進去，我心中始終有點不服，等到來到了礦坑的出口處，我忍不住道：「如果中士需要幫助，我們離去，他最後的希望也沒有了！」

奧干古達道：「我們已等了半小時，不論他在裏面的處境多困難，在這半小時之中，他一定可以掙扎出來，或者至少發出求救的信號，而在半小時之中甚麼也沒有，那表示——」

他說到這裏，沒有再說下去。我和比拉爾望了一眼，心情極其沉重。我們三人順著坑道向前走，等到來到升降機口時，奧干古達拿起了升降機口的電話，下了一連串命令。不一會，警衛隊長首先下來，奧干古達聲音沉重，神情嚴肅：「中士在礦坑中遭到了意外，情況不明，我要封鎖這裏，除了我們三人之外，任何人不能進內！」

警衛隊長神情猶疑，可是奧干古達在這個國家中，地位十分高，看警衛隊長的神情，儘管心中疑惑，卻也不敢發問，只是大聲答應著。

我們乘搭升降機一直向上升去，等到又回到地面上時，三人都不由自主，鬆了一口氣。

這時，煤礦當局的負責人，也已經接到了消息，幾個高級人員，神色慌張地在等著，奧干古達道：「工程處的負責人呢？」

一個白種人立時踏前了一步，奧干古達道：「我要一具無線電視攝像管連放映機，煤礦有沒有這樣的設備？」

那工程師道：「有，勘察部有。」

奧干古達又道：「還有一樣東西，是無線電控制的車子，不管甚麼形狀都可以，只要它會前進，轉彎，我要將電視攝像管裝在車子上，送進一個可能超過三百公尺深的轉彎坑道去。」

那工程師猶豫了一下：「沒有現成的，但我們可以立時動手裝配。」

奧干古達問道：「要多久？」

那工程師道：「兩小時就可以了！」

奧干古達道：「好，弄妥之後，送到一四四小組的礦坑來！」

那工程師答應著，轉身就走了開去，上了一輛吉普車，疾駛而去。奧干古達和幾個煤礦高級人員走開了十來步，不斷在說著話，我和比拉爾沒有跟上去，是以不知道他在說甚麼，推測起來，無非是他在做一些行政上的安排而已。

我和比拉爾互望著，說道：「如果不是你們扯住我，可能現在已經知道中士遇到了一些甚麼了！」

比拉爾搖著頭：「或許，我們連你遭遇到甚麼都不知道！」

我嘆道：「總要有一點冒險才行！」

比拉爾低著頭，將他腳下的一些小煤塊，一下一下地踢開去，隔了好久不說話，才道：「對，總有一點冒險才行，可是，我卻感到——」

他抬起頭向我望來，停了片刻，才又道：「你不覺得，我們所面對的事，實在不是……不是……我不知道怎麼說才好，我覺得我們的對手，假定有對手的話，這對手的能力超乎人的能力之外！我指的對手，並不是說蔡根富，而是我覺得另外有無形的對手。譬如那條突如其來的通道，就不是人的力量所能造成！」

比拉爾的話說得十分淩亂，我照實記述下來，他一面說，一面還不斷地揮著手來加強語氣。我聽到一半，就明白了他的意思，但我還是耐心等他講完。等他講完之後，我點頭道：「我同意你的說法，蔡根富和中士一樣，可能也是被害者！」

比拉爾苦笑道：「那麼，敵人是甚麼呢？」

他不說「敵人是誰呢」？而說「敵人是甚麼呢」？這種說法十分怪異，但是我卻並不覺得可笑，只是思索著，過了片刻，我才道：「十分難以想像，煤礦之中，除了煤之外，還會有甚麼？從來也沒有聽說過煤礦的礦隙之中會有空間。就算有空間的話，也不會有生物存在！」

比拉爾望了我一眼：「記得那條鱔魚？」

我當然沒有忘記那條鱔魚，我道：「你的意思是，在一一四小組的礦坑中，挖掘出了甚麼有生命的東西？這東西在作怪，連那條通道，都是這東西掘出來的？」

比拉爾苦笑了一下：「聽來沒有甚麼可能？」

我只好也跟著苦笑著。就在這時，奧干古達和礦方負責人的談話已經結束，向我們走過來，道：「我們可以再回到礦坑去，等電視裝置送來！你們在交談些甚麼？」

我們一起向前走著，一面將剛才我們所討論的轉告給他，他聽了之後，並不表示甚麼意見，只是苦笑著，反應和我與比拉爾一樣。

我們又回到了礦坑之中，和離去的時候，並沒有甚麼不同，中士並沒有出現，我總有點不死心，不斷將電筒向那洞中照著，而且大聲叫著，可是一點結果也沒有。我忙了大約半小時，才直起身子來，背靠著煤礦，手握著拳，無意識地一拳一拳，在煤層上打著，打了幾拳之後，又反手按著煤層。

煤層大多數都粗糙不平，有的地方，尖而薄的煤片還如同岩石一樣，可是我的手在移動之際，忽然觸及一處十分光滑的地方。我不禁一呆，立時轉過身來，向我手剛才觸及的地方看著，只見那是一塊極光滑的凹槽，兩頭尖，中間大，呈欖形，有三十公分長，十公分深左右。這個凹槽極其光滑，像是有人曾下過水磨功夫，烏黑的煤塊在這樣光滑的情形之下，簡直如同鏡子，當我向之注視的時候，可以照到自己的臉！

我的表情一定十分奇特，所以不等我出聲，比拉爾就在我身後道：「這個痕跡，是煤精留下來的，本來在這個凹槽之中，嵌著一塊煤精，煤精取下來之後，就留下了這樣一個凹槽！」

我「哦」的一聲，比拉爾的解釋，十分明白，煤層之中有煤精，這是極其普通的事，我只不過是少見多怪而已。可是，當我抬起頭之後，我心中卻又疑惑起來，因為我看到在這個礦坑之中，同樣大小和形狀的凹槽十分多，至少接近有一百個，散佈在礦坑的四壁，甚至是上面。

比拉爾又解釋道：「煤精是樹脂經過幾百年壓縮而成，樹脂的分佈，在森林之中，附著於多脂林木上，所以煤精的發現，是一簇一簇的，這個礦坑，一定曾掘出相當數量的煤精來。」

我道：「那些煤精呢？」

比拉爾呆了一呆，像是他從來也未曾想到過我提出來的這個問題！

這難怪比拉爾，他對煤礦比我熟悉得多，熟悉到了將煤礦中發生的事情，當作自然而然，不加注意。例如，掘煤的時候，發現了煤精，就普通至極。

我對煤礦並不熟悉，對於煤精，尤其是在看到過了道格工程師的收藏之後，總有一點稀奇古怪的感覺，所以覺得十分好奇，才會問出這樣的問題來。

比拉爾在呆了一呆之後：「我倒未曾注意到這個問題，或許是煤礦工人自己收藏起來了，或許是繳上去了，不過……不過……」

比拉爾講到這裏，我和奧干古達都搖起頭來，而比拉爾自己，也搖起頭來，那是因為我們三人，都覺得比拉爾的假設，不通！

道理很簡單，這些煤精留下的凹槽，還都在煤層的表面，這也就是說，是在停止開採的那一天，發現了許多煤精的。因為一天繼續開採的結果，就會令得這些凹槽不復存在！

而這個礦坑，在慘案發生之後，就停止開採，誰都可以得出一個結論：這許多煤精，是在慘案發生那天被發現的！

然則，那些煤精到哪裏去了？

我們三人互望著，我又道：「或許我對煤精這東西，並不十分熟悉，但是你們看，這裏那麼多凹槽——」

我講到這裏，比拉爾道：「一共有一百零六個，我早已數過了！」

我道：「它們的形狀、大小，幾乎一致，難道你竟然不覺得奇怪？」

我這句話才一出口，比拉爾突然揚起手來，在他自己的頭上，重重打了一下。他那一下打得如此之出力，令我和奧干古達都嚇了一大跳。比拉爾接著罵道：「豬！我怎麼沒有想到這一點！」

我忙道：「這是因為你對煤礦太熟悉的緣故！」

奧干古達道：「這種大塊的煤精，相當值錢，一下子發現了那麼多，會不會——」

我呆了一呆，道：「大約值多少？」

奧干古達道：「如果質地純正而沒有雜質的話，可以值三十到五十法郎。」

三十到五十法郎，當然不是甚麼大不了的事，奧干古達的意思我明白，他想說，會不會因為發現了大批煤精，所以引起打鬥，才發生了慘案。我立時搖頭道：「不會，蔡根富是先要道格工程師前來礦坑，一定是礦坑之中，發生了一些他所不能理解的事！」

奧干古達道：「發現了大批煤精，這種事，蔡根富可以理解。」

我又回到了老問題上：「這許多煤精，到哪裏去了？」

我的問題並沒有答案，比拉爾忽然走到其中一個凹槽之前，用手比著那個凹槽的大小，轉過身來：「我知道至少其中一塊，在蔡根富的住所之中！」

他那一句話一出口，我也不禁「啊」的一聲，叫了出來。對的，在蔡根富住所就有一塊這樣形狀、大小的煤精。在那塊煤精之中，有一塊圓形的煤塊，以致整塊煤精，看起來像是一隻很大的眼睛！

奧干古達顯然也見過那塊煤精，所以當我「啊」的一聲之際，他揮了揮手。他隨即道：「不對，蔡根富在事發之後，根本沒有機會回家，怎麼會──」

他才說了一半，我陡地想起一些事，是可以將一些不連貫的細節連貫起來的。

我忙道：「你們誰也別打斷我的話！」

奧干古達和比拉爾望著我，我又將我在剎那間想到的事，略為思索了一下，才道：「蔡根富家中的那塊煤精，假定是前幾天發現的，這塊煤精，我們又假定它有一定的古怪──」

比拉爾想插口，可是我狠狠瞪了他一眼，令得他住了口，我繼續道：「這種古怪，他不能理解，所以他告訴了道格工程師，而道格工程師卻覺得他是『異想天開』，蔡根富當然也沒有甚麼話好說。」

我講到這裏，略停了一停，看著他們兩人的反應。比拉爾皺著眉，奧干古達有點不由自主地張大口。

我繼續說道：「可是到了那天——就是慘案發生的那天，忽然在工作中，蔡根富和他的採煤小組，又發現了一百零六個這樣的煤精，而這些煤精，同樣地古怪，於是他們緊急呼喚，要道格工程師前來。而結果，道格還沒有到，就發生了慘事，道格一到，慘事繼續著！」

我講完了我的推測，奧干古達立時道：「我不明白你的要點是甚麼！」

我道：「那些煤精！」

奧干古達道：「如果你說的那些煤精，和在蔡根富家中我們見過的一樣，那麼，這些煤精並沒有甚麼古怪。」

我道：「這其中究竟有甚麼古怪，我還弄不清楚，但是我必須指出，一件和一百零六件之間，是有很大的差別的！」

比拉爾道：「我不明白！」

我揮著手，道：「很簡單，如果這裏，忽然出現了一隻老鼠，你一定不會吃驚，是不是？」

他們兩人都點著頭，我又道：「如果忽然出現了一百零六隻老鼠呢？」

比拉爾和奧干古達都明白了我的意思，奧干古達道：「你的比喻很生動，可是老鼠是生物！」

我嘆了一口氣：「你們以為那一百零六個煤精，到哪裏去了？」

奧干古達和比拉爾直跳了起來，齊聲道：「你究竟在暗示些甚麼？」

我苦笑道：「不是暗示，我說得十分明白，那些同樣大小、形狀的煤精，一定有古怪，只不過我們不知道是甚麼古怪！」

奧干古達還想說甚麼，電話忽然響了起來，他去聽電話，比拉爾卻瞪著我。

在奧干古達聽電話之際，比拉爾道：「衛，我們可以不可以現實一點？」

我瞪著眼：「事實如此特異，甚麼叫現實一點？」

比拉爾提高聲音：「那些煤精，不論它們有甚麼古怪，你不能將它們想像為生物！煤層在形成過程中，高溫和高壓，沒有任何生物可以在煤層中生活下來！」

我指著他的鼻尖：「首先，『任何生物』這句話肯定不對，科學家早知道，有一種細菌，在煤中生活！」

比拉爾道：「對，細菌，而且到如今為止，還只在泥煤層中發現過這種細菌！」

我不理會他的辯白，繼續道：「第二，地球在形成的時候，是甚麼樣的？後來生命也產生了！」

比拉爾本來還要和我爭下去，但奧干古達已向我們走了過來：「別爭了，裝備已快運下來，那洞中究竟有點甚麼，很快就可以明白！」

我向比拉爾攤了攤手，我們三人一起向坑道走去，來到了升降機口，升降機剛好停下，幾個工人搬著奧干古達吩咐的東西出升降機，又逃一樣地逃進了升降機之中。看來奧干古達的官威，敵不過他們對一四四小組礦坑的那種致命的恐懼。

我們三人將一切裝備運回礦坑中，迅速地裝配起來，等到裝好，那是一具裝在一輛用無線電控制，用蓄電池發動的木板車上的電視攝像管，有紅外線攝影裝置，可以在黑暗中拍攝到影像。另外有一具電視接收機。我們先試了一試，一切全都性能良好。

這是相當緊張的一刻，當比拉爾控制著車子，向洞中駛去的時候，我們三人，全屏住了氣息，一起注視著電視機的螢光屏。

車子帶著電視攝像管向前駛，我們在電視螢光屏上看到的是煤層和那通道的情形，通道愈來愈窄，轉了一個彎，又轉了一個彎。我記得中士說過，他轉了三個彎，所以等到轉了三個彎，估計已深入三百公尺之際，我們變得更緊張。突然之間，比拉爾先吸了一口氣，奧干古達也叫道：「停一停！」

比拉爾立時按下了遙控器上的一個掣，帶著電視攝像管前進的車子，停了下來。

這時，我們在電視螢光屏上看到的，是一個半圓球形的隆起物，那是中士進去時所戴的頭盔！

我們三人互望了一眼，奧干古達才又向比拉爾作了一個手勢，比拉爾又按下了發動掣，電視螢光屏上的畫面繼續向前，十秒鐘之後，奧干古達又叫停。

這一次，我們清清楚楚地看到在通道中的那一具無線電對講機。

我們不由自主，深深吸著氣。通道十分狹窄，僅僅可供一個人伏著向前移動身子，當時中士的確是這樣說的，他說過，上面的煤層已經壓到了他的背脊。

在接下來的二十秒鐘內，我們看到了那支電筒，滾跌在一邊，再接著，是那柄自動步槍，然後看到了中士的防毒面具。

可是中士呢？中士到甚麼地方去了？帶著電視攝像管的車子在繼續前進，我為了一眨也不眨眼地盯著電視畫面，連眼睛都痠痛了起來。然後，突如其來地，電視畫面上，變成了一片黑暗。

那種變化是突如其來的，像是在剎那間，有甚麼東西突然遮住了攝像管的鏡頭一樣。

比拉爾的反應十分快，他立時控制「車子」往後退，「車子」一後退，電視畫面又清晰了，看到的是中士的防毒面具。比拉爾再控制著「車子」向前進，情形和上次一樣，又被遮住了，甚麼也看不到。

比拉爾連接試了五、六次，都是一樣，畫面的黑暗是突如其來的。我大聲道：「通道裏面有生物！」

比拉爾不說話，在控制器上按下了另一個掣，我看到那個掣註明「高速前進」，畫面仍然一片黑暗，突然之間，黑暗的電視畫面，變成了一片花白，那證明電視攝像管損壞了！

我們三人面面相覷，比拉爾忙又按掣，令「車子」後退，電視畫面上的花白條紋依舊，「車子」也沒有後退的跡象。

比拉爾開始有點手忙腳亂，在他忙了大約五分鐘之後，奧干古達突然大叫了起來：「夠了！」

他一面叫，一面顯然失去了自制力，用力推動著一些大煤塊，搬動著到洞前，看他的行動，像是想將那個洞堵起來。

我叫道：「你想幹甚麼？」

奧干古達轉過身來，大聲喘著氣：「夠了！我宣佈，這件事到此為止，永遠封閉這個礦坑，再也沒有人可以追究這件事！」

比拉爾滿頭是汗，看他的神情，也分明同意奧干古達的措施。我道：「你們怎麼啦？至今為止，我們的調查愈來愈有成績！」

奧干古達因為情緒的緊張，甚至面部的肌肉也可怕地扭曲著：「這裏面——」他反指著那個已被他堵塞了一部分的洞口：「有一些東西，我們不明白，我也不想再弄明白了！」

我大聲道：「我們已經接近弄明白的邊緣！」

奧干古達搖著頭，他搖頭的動作十分奇特，全然表示他的堅決。他道：「我不想弄明白！」

我有點火起：「你不想，我想！」

奧干古達歪著頭：「這是我的國家！」

我怒極反笑：「好，文明的臉罩終於扯下來了！你在你的國度可以稱霸，可是，你不能不讓人探索神秘事物的真相！」

奧干古達陡地向前踏出了一步，用力推了我一下，我實在料不到他忽然會動手，給他出奇不意地一推，推得我向後跌出了幾步。當他跟著向前踏出，看來還要向我推來之際，我已經有了準備，一伸手，抓住了他的手腕，將他的手反扭過來。

奧干古達叫道：「比拉爾！」

比拉爾望著我，又望著奧干古達，顯然他心中很矛盾，決不定該站在誰的一邊，我用力將奧干古達推了開去，不等他再有向我出手的機會，就大聲道：「你在害怕甚麼？奧干古達先生，你在害怕甚麼？」

我之所以這樣問，是因為他的態度改變，實在令人奇怪，他不應該這樣改變。而且，他的神情恐懼，內心深處，一定有甚麼在困擾著他，是以才會突然之間改變了態度。

他給我推了開去之後，手扶著煤層。本來他的膚色可以和煤層媲美，但這時看來，卻泛著一種異樣的灰色。看他的神情，正像在竭力使他自己鎮定下來，可是效果卻並不見得怎樣。

他在喘了一會兒氣之後，才道：「中士的屍體呢？」

我聽得他這樣問，莫名其妙，比拉爾卻已現出恍然大悟的神情來。他不等奧干古達再開口，就對我道：「衛，他們這個民族，相信人死了之後，屍體如果消失了，就是最大的災害！」

我呆了一呆，心中倒是很同情奧干古達。他明明是一個接受過現代文明教育的人，可是在他的心中，仍然擺脫不了古老的、愚昧的傳說。這種悲劇，也常發生在中國人的身上，我倒很可以理解。我吁了一口氣：「何以肯定中士一定死了？」

比拉爾道：「如果中士不是遭了不幸，那麼他絕不會放下他的武器！」

我皺著眉道：「你以為中士的屍體到哪裏去了？」

奧干古達的口唇掀動了一下，可是卻沒有發出聲音來。比拉爾道：「這就是問題的癥結，有太多事是我們無法了解！」

比拉爾這樣說，顯然他也開始同意奧干古達的意見。我迅速地考慮著眼前的情形，感到目前，一個人和他們兩個人爭，爭不過他們，在剎那之間，我已另有打算：「那也好，反正世界上不是每一件事都有結論的，你們既然同意放棄，我只好算了！」

我這句話一出口，他們兩人都大大鬆了一口氣，我只覺得心中暗笑。因為我已有了決定。為了不使他們生疑起見，我甚至先轉身向外走去。

比拉爾和奧干古達兩人，搬動了許多煤塊，將那個洞完全堵了起來之後，才追上了我，和我一起離去。我聽得奧干古達在對警衛人員千叮萬囑，絕不能讓任何人進入這個礦坑。

回到奧干古達的住所，我一句話也沒有說，只是在思索著。我在想：中士到哪裏去了？如果死了，他的屍體呢？在那通道之中，是甚麼妨礙了電視攝像管的工作而且將之破壞？

要解決這些疑問，思索其實是沒有用的，唯一方法就是自己進那個通道去看個究竟，而我也正準備那樣做。這是我發覺他們決定放棄之後附和他們時決定的，我決定自己一個人去，看個究竟！

當然，這是極度的冒險，可是我天生喜歡冒險，明知有辦法解決疑難而不實行，那會寢食不安！

我知道行動要快，因為奧干古達不但要封鎖這個礦坑，而且還準備毀滅這個礦坑。二十磅烈性炸藥，就可以使這個礦坑永遠被埋在三百公尺的地下，沒有人再可以進得去。

我心中一直盤算著，表面上竭力裝出輕鬆和不在乎的神情來。

我道：「看來是除了等待蔡根富出現之外，沒有甚麼別的事可做了！」

比拉爾和奧干古達有點歉意似地望著我。我又道：「就這樣等著是很煩悶的，借一輛車子給我，我想到處去兜兜看看。」

比拉爾盯著我：「你不是想獨自展開甚麼行動吧？」

我攤開雙手，裝出一副絕無其事的神情來：「當然不會，難道我喜歡去送死？」

他們兩人都有點無可奈何地笑了起來，比拉爾道：「我要花一番功夫整理一下這裏，結束整件事，你可以用我的車子。」

我索性再裝出從容的樣子：「不急，休息一會兒再說！」

我上了樓，進了自己的房間，一面洗著臉，一面計畫著行動的方針。十五分鐘之後，我又下了樓，奧干古達已經離開，比拉爾正在收拾凌亂的物件，我吹著口哨，向外走去。

第七部：變成了維奇奇大神

我駕了比拉爾的車子離開，不消片刻，已經轉上了直通維奇奇煤礦的公路。

我在接近煤礦的一家商店前停了下來，走進商店去。那是一家幾乎甚麼都有得賣的雜貨店，規模相當大，我進去，買一套礦工常穿的衣服，一個頭盔，扮成煤礦工人的模樣。當我買好了衣服，並且換上，將我原來的衣服包好，挾在脅下，準備步出商店之時，發現這家商店的一個角落處，擺賣各種煤精和煤精雕刻品，其中最多的是用煤精雕成的面譜。

這種面譜，我猜想屬於當地土人所崇拜的一種神。令得我走向這個角落的原因，是我發現這種面譜，大小雖然不一，刻工也粗細不同，但是大致的形狀是相同的，而且有一個十分怪異的特徵，就是所有面譜，只有一隻眼睛。那隻眼睛相當大，幾乎是正常人兩隻眼睛眼角的距離。那隻大眼睛打橫生在臉上，眼珠在當中。

而當我來到近前時，我更發現有一些用煤精雕出的圖騰上，也有著獨眼的圖案。

我望著那些粗樸的藝術品，心中相當混亂，這種打橫的獨眼，使我聯想起蔡根富房中的那塊煤精，也使我聯想起那礦坑一百多個凹槽。

我一面看著，一面想著，直到身後響起了一個聲音，打斷了我的思緒。那聲音講的是十分優雅的法語：「先生，你是非洲部落藝術品愛好者？」

我轉過頭來，看到我身後，是一個年輕黑人，他穿著商店職員的制服，我想他一定是這個單位的售貨員了。我點了點頭，指著那些獨眼面譜：「這是一個神像？」

那年輕人道：「是的，這，據說是維奇奇大神的樣貌，有人曾經看到維奇奇大神，當然，那是很久以前的事情了。維奇奇大神，管理整個維奇奇區的命運。我們的國家，國境有三分之二是在維奇奇山區中！」

那年輕人解釋得簡單明瞭，使我對他有好感。我又指著那些圖騰：「為甚麼在圖騰上，只有獨眼，而沒有面譜？」

年輕人說道：「獨眼是維奇奇大神的特徵，維奇奇，在我們的土語中，那就是一隻大眼的意思——」

我揮了揮手，道：「那樣說來，維奇奇山脈，就是眼睛山脈？維奇奇煤礦，就是眼睛煤礦？」

年輕人道：「是的，或者說，獨眼山脈，獨眼煤礦！」

我想了片刻：「你是本地土生土長的吧？」

年輕人道：「是的！」

我問道：「你不覺得一個山脈，用『獨眼』來作名字，相當古怪？」

年輕人笑了起來：「它是由獨眼大神管理的，當然應該叫獨眼山脈！」

我又問道：「為甚麼神的形像，會被塑造成獨眼呢？」

年輕人攤著手：「或許，那是他真的只有一隻眼睛的緣故。」

我本來想在那年輕人的口中套問出一些甚麼來的，但是卻不得要領。我知道再問下去，那年輕人可能會告訴我許多美麗而古老的傳說，但是我卻不想再耽擱下去。我選購了一根高約一公尺的圖騰，又買了由小到大，一共七只的一套維奇奇大神的面譜，吩咐那年輕人代我包裝好，寄回家去。

我付妥了錢，走出商店。一出商店，就覺得有人在跟蹤。覺得被人跟蹤，這是一種很奇妙的感覺，普通人大抵不會有這樣的感覺，但是久歷冒險生活的人，十之八九，有這種能力。

起先我還不能肯定，因為在這裏，我根本沒有熟人，也沒有甚麼人有理由要跟蹤我。但是隨即我便肯定了我正被跟蹤著。而且在三分鐘之後，我已經弄清楚了，在跟蹤我的，是一個大約十四歲的赤足黑人少年。

這事情更奇怪了，如果奧干古達要干涉我的行動，決不會派一個少年來跟蹤。如果有人看出了我是外來客，想在我身上找些「外快」，那麼這個少年，年紀又似乎太輕了些。

我一面想著，一面轉進了一條巷子之中，就在巷口的一堆雜物後面，隱起了身子。當那少年走進巷子，在巷中探頭探腦尋找我的時候，我已來到了他的身後，伸手拍了拍他的肩頭：「你在找我？」

那少年嚇了一大跳，先向前奔出了幾步，再轉過身來，結結巴巴地道：

「先生，你是中國人？」

我點頭道：「是的，你因為我是中國人才跟蹤我？」

那少年神態忸怩：「不是！不是！我姐姐叫我找中國人，我姐姐說，中國人很肯互相幫助，有一個中國人，正需要幫助！」

我想很快地解決這件事，所以我道：「好，他需要甚麼樣的幫助！」

到這時為止，我對那少年的話，並不是太相信。我想那少年，無非是在找一個藉口，弄點零用錢花花而已。誰知道我一問之下，那少年反倒現出很猶豫的神色來：「先生，你……」他一面說，一面上下打量著我：「你……靠得住麼？」

我再也想不到對方會向我提出這樣的問題，那實在有點令人啼笑皆非。他來找我要幫助，倒反來問我是不是靠得住！

我攤了攤手，說道：「你看呢？」

那少年嘆了一口氣：「沒有法子，中國人很少，我找不到，只好找你！我姐姐說，需要幫助的那個中國人，唉，全國的軍隊、警察，都在找他！」

那少年這句話一出口，我整個人都不由自主，彈跳了一下！

字？」

我連忙一伸手，抓住了那少年的手臂：「你……說的那中國人，叫甚麼名

那少年搖頭道：「我可不知道，中國人的名字很古怪，他是姐姐的好朋友，在煤礦工作的！」

我的心劇烈地跳動了起來。蔡根富？如果那個「需要幫助」的中國人，竟是蔡根富的話，那實在太好了！

我的神態變得興奮，那少年瞪大著眼望著我，我忙道：「那中國人在甚麼地方？快帶我去見他，他或許正是我要找的人！」

或許是我表示的態度太熱切了，那少年嚇了一跳，用力一掙，掙脫了我的手，後退了幾步，疑惑地道：「你……是警察？」

我忙道：「不是，我不是警察，我是這個中國人的朋友，是唯一能幫助他的人！」

少年又考慮了片刻，才道：「好，你跟我來！」

我忙道：「我有車子！」

少年忙搖手道：「不行，不行！用汽車，太引人注目，我姐姐說，絕不能

給人家知道那中國人躲在我們的家裏，一知道，中國人就會被帶走——」他作了一個用槍打死的手勢。

我心跳得更劇，這裏中國人本就不多，中國人而又在煤礦工作的更少！在煤礦工作而又受全國軍警通緝的，自然只有唯一的一個：蔡根富！

我再也想不到會有這樣的意外收獲，是以心中的高興，可想而知，忙道：「好，不用車子就不用！」

那少年用手拭了拭鼻子，向前走去，我跟在他的身邊，在經過食物店的時候，我買了不少食物，和他一起分享，少年極其興高采烈，而且食量驚人。他帶著我，專從橫街小弄走，半小時之後，來到了一個顯然是貧民窟中。街兩邊的房子，我想大約可以上溯到拿破崙時代，殘舊到了使人吃驚的地步。我們又穿過了一條窄巷，我猜想已經近了，因為有不少少年，和我的同伴打招呼，有的還大聲用土語在取笑他。

我聽不懂那些土語，但是可以猜想得到，那一定和我有關係。

我有了進一步的推論：在我們看來，所有的黑人全差不多，在黑人眼中看來，黃種人自然也個個差不多。而我穿著最普通的礦工衣服。那些取笑的少年，一定以為我就是蔡根富！

而蔡根富和那少年的姐姐，顯然在戀愛，所以蔡根富才會經常來，而那少年也成了人家取笑的對象，少年人對男女問題，總是特別敏感的！

那少年也不理會別人的取笑，帶著我來到一幢房子前，從一個隱暗的樓梯走了上去，一面走，一面轉過頭來道：「我們住得最高！」

我一直走上了四層樓梯，才明白了他所說「住得最高」的意思：他住在屋頂上。

到他的住所，要爬上一道木梯，穿過屋頂的一個洞，然後才是一間搭出來的木屋，那間木屋用幾根木頭支撐在傾斜的屋頂上，乍一看來，像是一個鳥巢。少年指著屋子下一個小小的空間：「這裏是我睡的！」又指著屋子：「姐姐住在裏面！」

他正說著，我已聽到了一個女子聲音叫道：「里耶，你回來了？我叫你去——」

她說到這裏，我已看到了她，她正從木頭屋子探出頭來向下望，手抓住門框，以避免跌下來。她一看到了我，楞了一楞，有點不好意思的神情。

這是一個相當美麗的黑女郎，年紀在二十四五歲左右。我向她點了點頭：「我是里耶找來的，經過他的考核，我被認為合格。」

那女郎勉強笑了一下：「里耶對你說了？」

我點了點頭：「是的！」

那女郎說道：「你願意幫助他？」

我道：「小姐，你以為我是為甚麼而來的？」

那女郎吸了一口氣：「我叫花絲，請進來，里耶，看住門口，別讓別人來！」

里耶答應著，我又踏上了幾級木梯，花絲退後一步，讓我從門口進去。

我才一進去的時候，由於屋中相當陰暗，一時之間，幾乎甚麼也看不清楚，只看到極度的凌亂。

接著，我看到一個人，蜷縮著身子，背向著外，臉向著牆，躺在一張繩床之上。繩床本來就容易凹陷，再加上那人縮著身子，是以他看來縮成了一團。而且有一點十分奇特，他的頭部，蓋著一塊看來相當髒的布。

我正待向那人走去——花絲卻攔住了我的去路。我道：「小姐，我飛行萬里，就是為了他而來的……」

花絲的神情很奇怪：「你……你……」

我指著繩床上的那人：「他叫蔡根富，是不是？」

花絲並沒有直接回答，可是她的震動，實際上已經肯定了我的問題，我高興莫名，立時用家鄉話叫了起來：「根富，我來了！我是衛斯理！你四叔叫我來的！」

這幾句話，我曾對著那礦坑中的通道叫過幾次，這時叫出來，實在高興莫名，因為種種謎團，只要根富肯講，我就全可以知道了！

我一面說，一面又向前走去。蔡根富在床上仍然縮著身子，一動不動，我已經覺得夠奇怪了。而當我向前走去之際，花絲竟用力拉住了我，不讓我走過去，這更令我覺得奇怪。

我向花絲望去，花絲喘著氣：「他是蔡根富，可是……在他身上，發生了一些變化，你……最好……別走近去！」

我呆了一呆：「我和他小時候就認識！他有病？如果我不走近他，我怎麼幫助他？」

花絲的神情，十分為難，也十分驚駭，口唇掀動，可是卻發不出聲音來。我決定不理會她，輕輕將她推開了些，向床邊走去。花絲急叫道：「你要小心，他的樣子怪……」

花絲一面警告我，一面竟哭了起來，我心中的疑惑，已到了極點，又向前跨出了一步，已經可以伸手碰到蔡根富了，蔡根富突然講了話，用的是家鄉話：「別碰我，千萬別碰我！」

我縮回手來，蔡根富講話了！

我以為他縮著不動，或許是受了傷，他既然能講話，這證明他的身體沒有問題。我忙道：「根富，好了，總算找到你了！你不知道你四叔一定要我將你帶回去見他，你現在──」

我要問蔡根富的話實在太多了，是以一時之間，竟不知問甚麼才好。可是在我略停了一停，想著該怎麼問之際，蔡根富卻又說了一句極其不近人情的話：「你後退一些！」

我愣了一愣，不知道蔡根富那樣說是甚麼意思。如果他無辜，這時他鄉遇故人，他應該撲起來和我抱頭痛哭才是，如果他有罪，那麼這時他的神智清明，也決不會允許花絲來找人幫忙他了！

可是他既然這樣說了，我也只好後退一步。

當我後退一步之後，蔡根富又道：「我也聽人家說起你來了，那記者和一個中國人在一起，里耶告訴我，我猜想一定是你。」

我道：「是啊，你的事──」

蔡根富道：「我的事，已經過去了！」

聽到這裏，我不禁有點光火：「根富，你的死刑定在十六天之後，全國軍警正在找你，你在這裏，看來也待不了多久！」

我這樣毫不客氣地說著，希望他會起身和我爭議。

可是蔡根富一動不動，仍然維持著原來的樣子：「不，過去了，我不會留在這裏，我會和花絲，一起到山中去，在那裏過日子！」

我好氣又好笑：「入非洲籍？」

蔡根富半晌不出聲：「請你回去告訴四叔，我很好，我……我……不想回去見他。」

我好不容易找到了蔡根富，而且他又不在監獄，這是我做夢也想不到的情況，我再不能將蔡根富帶回去，別說我對不起老蔡，簡直對不起自己！

所以我堅持道：「不行，你一定要跟我回去，見一見你四叔，我答應了的，在你見了他之後，隨便你再到甚麼地方去，我管不著。而且，你也不必擔心，儘管全國軍警都在搜索你，我也有法子將你帶回去。還有，在那礦坑之中，究竟發生了一些甚麼事，你也要源源本本講給我聽！因為，畢竟有那麼多人死了，而你還生存著，情形太獨特，你非得有好的解釋不可！」

在我那樣說的時候，蔡根富一聲不出，等我講完，他才突然叫道：「花絲！」

花絲一直背靠著門站著，聽得蔡根富一叫，她才向前來：「我在這裏！」

蔡根富嘆了一口氣，開始講話，他講的竟是非洲土語，而我對這個國家的土語，了解程度，並不是太高，好在蔡根富說得相當慢，那可能是他本身對土語也不是很流利之故。

他道：「花絲，他不明白，你解釋給他聽！」

花絲答應了一聲，向我望來：「先生，你不明白，他不能跟你去，一定要跟我到山中去！」

我攤了攤手：「我確然不明白，為甚麼？」

花絲猶豫了一下，而這時候，一直用布罩著頭部的蔡根富，照說是不應該看得到花絲的反應的，可是他卻像是立即知道花絲在猶豫：「不要緊，這位先生靠得住，不會洩露我的秘密，你講好了！」

花絲深深吸一口氣，在她漆黑發亮的臉上，現出了一種十分虔敬的神情：「先生，因為他已不再是以前的蔡根富，他現在是維奇奇大神，不應該再在白人文明的地方居住，而應該回到山中去，受我們千千萬萬族人的膜拜！」

我呆了一呆，一時之間，我真的有點不明白花絲這樣說是甚麼意思。

蔡根富變成了神？他算是甚麼神？維奇奇大神？提起維奇奇大神，我倒並不陌生，在那家商店中，我才買了維奇奇大神的雕像。

而花絲那樣說，又是甚麼意思？蔡根富明明是一個人，如果他已經是神而不是人，那麼這個神也未免太糟糕了，在這樣的貧民區中，躲避著全國軍警的搜捕！當我想到這一點的時候，我忍不住笑了起來：「根富，別搗鬼了！」

蔡根富的聲音，有了怒意：「我已經和你說得很明白了，你還在囉嗦幹甚麼？」

蔡根富居然生起氣來了！我冷笑一聲，也有了怒意：「辣塊媽媽，你現在是神，不是人，所以不講人話了？我為了你，萬里迢迢趕來，難道就是給你一篇鬼話打發得走的？」

蔡根富怒道：「那你要怎樣才肯走？」

他顯然是真的發怒了，因為他一面講，一面坐了起來。而自我進來之後，他一直躺著，背向著外面，在他維持著這個姿勢之際，他的頭上罩著一幅布，還不覺得如何異特，看來就像是人蒙頭大睡一樣。

蔡根富這時坐了起來，頭上仍然罩著一塊布，看來卻是異樣之至。

我立時道：「你為甚麼頭上一直罩著一塊布？」

我一面說，一面已走過去，準備將他頭上的布揭下來。可是我才一伸手，花絲雖然聽不懂我剛才在說些甚麼，我的動作，意欲何為，她卻是看得出來的，她立時雙手抓住了我的手臂，現出了十分驚駭的神色來。同時道：

「別，別揭開他面上的布！」

我心中的疑惑，實在是到了極點，因為花絲和蔡根富兩人的言行，實在太詭秘了！

我揮開了花絲的手：「為甚麼？因為他已經是神，所以我不能再看他？」

我這樣說，本來是充滿了嘲諷的意味的，而且我相信，即使是非洲土人，也可以聽得出來。可是花絲一聽得我這樣說，卻一本正經，神情十分嚴肅：「是！」

我不禁呆了一呆：「如果我見了他，那我會怎麼樣？」

花絲對這個問題，竟然不能回答，轉頭向蔡根富望了過去，看來是在徵詢他的意見。

儘管蔡根富的頭上覆著布，可是他立時明白了花絲的意思，他的聲音，聽來也很莊嚴：「誰見到了維奇奇大神，誰就要成為大神的侍從！」

這時，我真的呆住了！不但因為蔡根富這時的語聲，聽來是如此的莊嚴，而且他講的那兩句話，也充滿了自信。我決計不信一向忠厚老實的蔡根富，會講出這樣的話來！

我在一呆之後，立時問道：「你不是蔡根富！你究竟是甚麼人？」

蔡根富道：「我本來是蔡根富，現在我已經甚麼人也不是，我是維奇奇大神！」

我大聲道：「不行，我一定要看一看你！」

蔡根富道：「那你就得準備成為我的信徒！」

我笑了起來，又用家鄉話罵了他一句：「要不要焚香叩頭？你是甚麼教的，白蓮教？你有甚麼神通，會呼風喚雨，撒豆成兵？」

蔡根富看來被我激怒，大聲道：「你別對我不敬，我有我的力量，只要我回到山中，我就有我的力量。」

我道：「那等你回到山中再說，現在，我一定要看看你的樣子！」

蔡根富道：「你會後悔！我的樣子並不好看。」

我道：「放心，我不會後悔！」當我這句話一出口，我一面左手一揮，先將在身邊的花絲推得向旁跌出了一步，然後，身子向前一傾，已經抓住了罩住蔡根富頭上的那幅布的布角。

在這樣的情形下，本來我只要隨手一扯，就可以將蔡根富頭上蓋著的那塊布扯脫，可是就在此際，蔡根富突然揚起手來。他的動作也十分快，一揚起手，手心就按在我的手背之上。

當他的手按在我手背上時，那種感覺，事後形容，還是找不到貼切的字眼。如果說是像電擊，多少有點相近；我感到了一股突如其來的麻木，那種麻木，帶有極度的虛脫之感，令得我的手指、手、手背，在剎那之間，一點力道也使不出來。

這種情形，中國武術中的「穴道被封」庶幾相近。可是中國武術中的點穴功夫，是一門極其高深的武學，早已失傳，我決不相信蔡根富會任何的點穴功夫。可是這時，他的手在我手背上一按之後，整個手就像是不屬於我的了，或者說，像是整條手臂，就在那一剎間消失了一樣！

可是這種感覺，卻僅僅是手臂，我身體的其他部分，並沒有這樣的感覺，所以，我在最短的時間內，向後退出了一步。

由於我的手已完全無力，所以我後退了一步，並沒有能將他頭上的那幅布，扯了下來。

而當我後退了一步之後，手臂的虛脫之感，又突然消失。

在那一剎間，我實在不知說甚麼才好，我只是盯著頭上覆著布的蔡根富，我的神情一定極其驚恐。我聽到花絲嘆了一口氣，像是她在說：我早就警告你，叫你不要亂來的了！

也就在這時候，蔡根富又開了口：「好，如果你堅持要看一看我的話，我就讓你看，可是你別後悔！」

直到這時，我才緩過了一口氣來：「不管你玩甚麼花樣，我都不會後悔！」

蔡根富吸了一口氣：「好吧，花絲，你轉過身去！」

花絲道：「不，我反正已經知道你是甚麼樣子的了！」

當他們兩人在這樣說的時候，我當然也有了心理準備，我至少知道蔡根富此際的樣子，至少是十分駭人。可是，唉，當蔡根富伸出手來，將他頭上的那塊布拉下來之後，我的「心理準備」變得一點用處也沒有。因為無論我怎麼樣想像，也決想不到蔡根富的模樣！

而當那塊布才一落下來之際，我只向蔡根富看了一眼，就整個人僵住了！那是真正的僵呆，剎那之間，像是全身的血液都凝止了，停止流動！

我的面前，是一個人，頭的形狀，和普通人沒有甚麼不同，可是他的臉上，原來應該是額、是眉、是雙眼的地方，卻被一隻眼睛佔據，那隻眼睛是如此之大，兩邊眼角，都達到太陽穴，當中的那隻眼珠，直徑足有三寸，閃耀著一種令人窒息的光芒，直盯著我。

這隻如此巨大的眼睛，除了眼珠部分是黑色之外，其餘的地方，是一種相當深的棕紅色。而整個眼睛，像是硬生生嵌進人的臉部一樣！

事後，我定下神來之後，對於自己當時，第一眼看到這樣的情景之後，竟會如此之吃驚，頗為不解。因為這樣的眼睛，我見到過，在蔡根富家中看到過的那塊煤精，就是這樣的顏色和形狀。

而且，臉上的上部，打橫生著一隻極大的眼睛，大到了將近三十公分，這樣的臉譜，我也見過，我買的那個維奇奇大神的臉譜，就是那樣子的！

可是，單看到一隻大眼睛，和一具沒有生命的面譜，跟一個活生生的，有著這樣極大獨眼的人，大不相同了。我不知呆了多久，只記得第一句話是：「天，究竟發生了甚麼事！究竟發生了甚麼事？」

蔡根富那隻眼睛，仍然盯著我：「花絲早已告訴過你，我變成了維奇奇大神！」

我陡地尖叫了起來：「不！」

我在叫了一聲之後，突然提出了一個十分幼稚可笑的問題：「你化了裝，你化裝成這樣是為了甚麼？嚇甚麼人？」

蔡根富向我走近來。事實上，他本來就離我極近，當他走出一步之後，他已經和我變得面對面，鼻尖之間的距離，不會超過十公分。

他並沒有說話，但是我知道他離得我如此之近的原因，是想叫我看清楚，他如今的模樣是不是化裝所造成的結果。

如果說我剛才第一眼見到他的時候，我感到了吃驚，那麼這時，我真的不知用甚麼字眼來形容自己才好，我陡地尖叫了起來，那是不能控制的尖叫，我一面叫，一面後退，我聽到別的聲響，那是我在後退之際不知撞到了甚麼東西所發出來的。最後，是「砰」的一聲巨響，我竟然撞穿了門。

而門外就是階梯，所以當我一撞穿了門之後，我就整個人跌了下來。

我至少有一分鐘之久，甚麼也看不到，然後，我看到很多黑人俯身來看我。本來，被那麼多黑人在如此近距離觀察，也不是一件愉快的事，但這時，我卻感到所有俯身在看我的人，個個可愛得如同天使一樣。因為他們至少都是和我一樣的，在臉上有一對小小的眼睛，而不是臉上只有一隻巨大眼睛的怪物！

我掙扎著站起身來，勉力使自己的身子挺直，向上看去，原來我一直滾跌下來，而且滾出了相當遠，當我抬頭向上看去之際，看到花絲屋子的門歪在一邊。

這時候，有個警員走過來，說道：「先生，你需要甚麼幫忙？」

我忙道：「那房子——你立刻守住這房子，不准任何人接近！」

那警員用一種極奇異的目光望定我。

我知道自己的話有點古怪，定了定神：「請通知奧干古達先生，他是司法部的官員，就說是我——我叫衛斯理。在這裏等他，有極其緊急的事情，要他立刻就來！」

那警員總算聽懂了我的話，急急走了開去，我推開了身邊的幾個人，又向花絲的住所走去。等我再推門走進去時，房間裏一個人都沒有。

我扶起了一張椅子，坐了下來，從我在離開那家商店，發覺被人跟蹤，而由里耶帶我到這裏來，其間的經過，不過兩小時。可是在這兩小時之間，直到那時，我已坐了下來，而且肯定自己並沒有甚麼危險，我的心裏還在劇烈地跳動著。

我的眼前，還晃漾著蔡根富那可怕得令人全身血液為之僵凝的怪臉——鼻子、口、耳朵，全和常人一樣，就是在整個臉的上半部，有著一隻如此駭人的眼睛！

當我坐下來之後，喘著氣，腦中一片混亂，全然無法整理一下思緒，去想想在蔡根富的身上，究竟發生了一些甚麼事。

奧干古達來得出乎意料地快，比拉爾和他一起來。或許，是我在一片混亂之中，不知時光之既過，所以覺得他們兩人一下子就來了。

奧干古達先衝進來，大聲道：「衛斯理，發生了甚麼事？」

比拉爾也用同樣的問題問著我，我先深深吸了一口氣：「我在這裏，見到了蔡根富。」

我這句話一出口，奧干古達和比拉爾兩人，登時緊張了起來，奧干古達忙道：「在哪裏，現在他在哪裏？」

他一面說，一面四面看著，像是想在這個狹窄的空間中，將蔡根富找出來一樣。我搖著頭：「我不知道他在哪裏！」

奧干古達呆了一呆：「你不知道他在哪裏，這是甚麼意思？你說你見過他，而又由他離去？」

我點了點頭，奧干古達十分生氣：「好，我想知道，當他自由離去時，你在做甚麼？」

我指著那扇被撞開了的門，指著門外的階梯，據實道：「當時我嚇壞了，只顧後退，撞破了這扇門，跌了出去，滾下階梯，一直跌到街上。等我再到屋子時，他們已經不見了！」

我說得相當緩慢，而他們兩人在聽完了我的話之後，也呆住了。

我們三人相處的時間雖然不長，但是彼此之間的了解相當深。他們兩人自然都知道，如果有甚麼事，可以將我弄得如此狼狽的話，那麼這件事，一定不尋常之至！奧干古達本來的神態，顯然想責備我何以任憑蔡根富「自由離去」。而當我剛才講那幾句話的時候，神情一定猶有餘悸，所以他在呆了一呆之後，放軟了聲調：「發生了甚麼事？」

我毫不隱瞞，將我準備獨自行動開始講起，一直講到事情最後為止。我雖然講得詳細，但是並沒有花了多少時間。我注意到，當我講到一半的時候，奧干古達的神情，就變得十分難看，而且喃喃自語，不知道在講些甚麼。而等我講到蔡根富如今的樣子之際，奧干古達陡地轉過身去，面對著牆。

這時，我看不到他臉上的神情，但是我卻可以看到他寬大的嘴部，在微微發著抖。

一直等我講完了之後，他還是那樣站著。比拉爾也發現了他神態十分異特，先看了看他，才道：「究竟發生了甚麼事？」

我道：「我真的不知道！」

奧干古達突然道：「蔡根富變成了維奇奇大神！」

我和比拉爾互望了一眼，都不禁苦笑了起來。但是我卻立即明白了何以奧干古達的神態變得如此怪異的原因。對我和比拉爾來說，「維奇奇大神」是一個十分陌生的神的名字，不會有甚麼特別的感受。

可是奧干古達卻不同，他是當地的土人，一定從小就知道維奇奇大神是怎樣的一個神，更可能知道許多和維奇奇大神聯繫在一起的事，他實際上，比我和比拉爾兩人，更加害怕！

我的估計沒有錯，奧干古達在講完了那句話之後，轉過身來。他臉上肌肉抽搐著，而他的雙眼之中所流露出來的那種恐懼，我從來也未曾在人類的眼睛之中看到過。他又喃喃地說了一句話。

這句話，他在我敘述的時候講過很多次，當時我並沒有十分留意。直到這時，我才聽出他在說：「我們完了！我們完了！」

比拉爾在當地住的時間比較久，他對維奇奇大神的了解，當然也比我深。比拉爾低聲道：「在他們的傳說之中，維奇奇大神，具有極大的神通，而且是一個災禍之神，和許多大自然的災害、死亡，聯繫在一起。」

我看到奧干古達的神情，雖然明知他曾經受過高等教育，但是我卻一點也沒有嘲笑他的意思。

我走過去，將手按在他的肩上，使他略為鎮定一些：「我們是不是先離開這裏！」

他有點失神落魄，看他的樣子，像是勉力要使自己鎮定下來，可是也至少在我提出了這個建議之後半分鐘，他才點了點頭。

我又道：「蔡根富在這裏躲過一個時期，要派人看牢這裏？」

奧干古達答道：「是的，看守。不，封鎖，我會叫人封鎖這裏！」

我仍然有點不明白他為何將事情看得如此嚴重。他一面說著，一面向外走去，仍然魂不守舍，一腳在階梯上踏了個空，若不是我抓住，也要像我一樣，一直滾跌到街上去了。

我們到了街上，他們兩人來的時候，由一位警員送來，奧干古達和那警員匆匆講了幾句話，我們就一起上了車，我與比拉爾，堅決不讓奧干古達駕車，結果由比拉爾駕車，直駛向奧干古達的住所。

奧干古達在進門之後，就大口地喝著酒，一連喝了三大口，才吁了一口氣。

我們三人一起坐下來，奧干古達望了我們一會兒，才道：「災禍來了！」

第八部：「眼睛」是活的

我和比拉爾都不出聲，因為我們都看出，奧干古達已經準備向我們講述有關維奇奇大神的事，我們若是胡亂發問，反倒會打斷他的話頭。

他停了一停，又重複了一句：「災禍來了！」

然後，又停頓了一會兒，才繼續道：「我國的人口，大抵是二百六十萬，約莫有百分之三十，住在幾個城市之中，還有百分之七十左右，住在山區中，還過著相當原始的生活。」

我不明白何以奧干古達在如今這個節骨眼上，忽然講起他國家的人民狀況起來。而且他所講的，也沒甚麼特別之處，一般來說，所有非洲的國家，全是這樣。

我仍然沒有打斷他的話頭，他又道：「不論是住在城市中的也好，是住在山區的也好，我們的人——」他說到這裏，苦笑了一下：「你們可以在我身上看得出，維奇奇大神在我國人民的心目之中，印象是如何之深刻！」

奧干古達是一個政府高官，受過現代文明的薰陶，可是當他提及維奇奇大神之際，聲音竟也在不由自主地發顫，那麼，其餘人的反應，可想而知。他用他自己來作例子，容易叫人明白。

奧干古達又道：「在我們古老的傳說之中，佔了我們國境三分之二面積的維奇奇山脈，是由維奇奇大神所創造的。傳說自然古老，古老到了那是若干年之前的事，已經無從查考。」

他像是怕我們不明白，一面說，一面作著手勢，加強語氣。

我道：「我明白，這種古老的傳說，每一個民族都有。中國的西北地區，有世界屋脊之稱，在古老的傳說之中，也是由一個叫共工的神，撞斷了一根柱子所形成。」

奧干古達呆了片刻，問道：「你們對這個神，是尊敬還是恐懼？」

我笑了起來：「中國人傳統中各種各樣的神實在太多，這種神，不算是熱門，甚至於有許多人不知道有共工這個神！」

奧干古達苦笑了一下：「維奇奇大神不同。當祂創造了那座如此雄偉的高山之際，所有的生物，全都顫動、抖瑟，為祂的威力所震懾，接著，維奇奇大神還現出了祂的樣子來，要人信奉祂，服從祂，誰不服從，誰就死亡！」

奧干古達講到這裏，我又忍不住道：「那也不足為奇，幾乎所有的神，全是那樣的！」

奧干古達苦笑一下：「事情不止那麼簡單，維奇奇大神，在維奇奇山的一個山洞之中，留下了一幅巨大的石刻畫，顯示了祂的形象，並且還說，祂會來，會來看看當時答應信奉祂的人，是不是還遵守諾言。」

比拉爾道：「既然你們的人民還是如此對之印象深刻，那麼，即使是大神再來，非但不會生氣，而且還會高興，說不定再賜你們一座大煤礦！」

奧干古達瞪了比拉爾一眼：「問題不在這裏。對於維奇奇大神的傳說，我始終認為，那只是傳說。儘管人人都知道大神是甚麼樣子的，可是大神卻從來也沒有出現過。如今，忽然有了一個人，他有著和常人絕對不同的外形，而這種外形，又恰好是維奇奇大神的外形，如果他在群眾之中露面，你想想，會發生甚麼事？」

這一番話，倒頗出乎我的意料之外。本來，當奧干古達頻說「災禍」之際，我還以為他一定是指大神會帶來自然災害而言。可是如今看來，他心中所憂慮的，並不是自然的災害。

我完全可以明白他的意思。他們的民族，對於維奇奇大神既然如此崇拜，如果大神忽然出現，那麼毫無疑問，所有的人，必然將站到大神的一邊，而這個國家的政治體系、社會秩序，可以在一夜之間，完全崩潰，不再存在，而一切聽命於「維奇奇大神」！

奧干古達一頓，我忙道：「你可以放心，我並不以為蔡根富有這樣的野心，他只不過想到山區去——」

奧干古達打斷了我的話頭，說道：「從山區開始，然後到城市。」

我苦笑道：「我仍然不以為蔡根富想統治你們二百六十萬人民！」

奧干古達道：「你怎麼還不明白，並不是他想不想統治的問題，而是只要人們一知道他的存在，就會自然而然向他膜拜！」

比拉爾突然道：「你也會？」

奧干古達神情苦澀：「我不敢保證我自己不會！」

當他說了這句話之後，我們都有好一會兒不再開口。比拉爾向我望來，我在他的神情上，已經知道他想問我甚麼，所以我立時道：「絕不是化裝，像是那塊煤精，整個地嵌進了他臉的上半部！」

比拉爾道：「如果是這樣，他如何還能活著！」

我和奧干古達面面相覷，答不上來。事情發展到如今這一地步，那比蔡根富在礦坑之中，無緣無故殺了二十多個人，更加複雜，更加嚴重，也更多疑點和不可思議！我在想了片刻之後才道：「如今最要緊的是找到蔡根富，找到他，再好好問他！」

比拉爾道：「維奇奇山區這樣大，上哪裏去找他！」

奧干古達道：「這倒容易，根本不用我們去找。我相信他如果在山區中出現，儘管山區中沒有甚麼通訊設備，但不必幾天，消息一定會傳開去，不知道會有多少人湧向他所在的地區！」

我心中也不禁暗暗吃驚：「我舉一個例子——如果有一隊軍隊，奉命去逮捕他，而看到了他的樣子之後，是不是會違抗命令？」

奧干古達伸手在臉上重重抹著：「毫無疑問，軍隊會變成他的軍隊，而且將會是世界上最忠心、最勇敢的軍隊！」

我吸了一口氣：「如果是那樣，那就要阻止他在群眾中露面！」

奧干古達神情悲哀地搖著頭，我急急地道：「情形和你想像的多少有點不同。蔡根富不一定要從山區開始，在城市中，他一樣可以發揮他那種無比的影響力，可是他卻一直是在花絲的家中躲著，而且還用布遮著頭，不讓人家看他！」

奧干古達聽了我的話之後，先是呆了半晌。然後，像是服食了興奮劑一樣，直跳了起來：「對！事情和我所想的，多少有點不同！」

我道：「你應該慶幸，變成了維奇奇大神的是一個中國人，而不是你的同胞！」

奧干古達呆了半晌：「可是他和花絲在一起！而且，你說，蔡根富已經有了一種神奇的力量，能使你在剎那之間失去了知覺？」

我深深吸了一口氣：「很難形容，並不是失去了知覺，而是當他一碰到我的時候，在突然之間，喪失了一切活動能力！」

奧干古達的神情又變得苦澀了起來：「維奇奇大神的外貌，又有這種神奇的力量，那實在……不知道事情發展下去會怎麼樣！」

事情發展下去會怎麼樣，真是難以想像，因為我們對於所發生的一些事，只知道這些事發生了，至於這些事是怎麼發生的，卻一無所知！

我和奧干古達互望著，一直未曾出過聲的比拉爾道：「現在我們該怎麼辦？總應該先找到蔡根富再說！」

奧干古達苦笑了一下：「現在要找他更難了，每一個人，都會寧願犧牲自己性命去庇護他，因為他是維奇奇大神！」

比拉爾道：「我的意思，當然不是出動軍警去找他，而是我們三個人去找他！」

奧干古達無助地攤著手，在山嶺起伏，有的地方甚至在地圖上還是一片空白的情形之下，要去找一個人，那實在沒有可能。

我站了起來，來回踱著，突然之間，我想到了奧干古達講過的一件事。我忙道：「奧干古達，你說過，在山區中，有一個地方，有一幅壁畫，是維奇奇大神留下來的？」

奧干古達點頭道：「是！」

我道：「你到過那地方，見過那幅壁畫？」

奧干古達道：「是的。那幅巨大的壁畫，的確神奇和不可解釋。當時，我準備向全世界宣布這件事，這幅壁畫，不知是多少年前留下來的，在人類的文明史上，一定極其重要。但是後來經過一連串的會議，我們考慮到了這件事如果公布出來，對於我國國民的心理影響實在太大，所以才作罷。」

我道：「我有點不明白，你的意思是，你的國民，不知道有這樣一件事？」

奧干古達道：「知道的，但只是傳說，那幅巨大的壁畫所在處，十分難以到達，只有極少數當地的族人確實地知道，而那些族人又與世隔絕，不和其他人往來，所以其餘的人，都在信與不信之間。」

我道：「那幅壁畫是在——」

奧干古達不等我說完，就道：「是在一個巨大的山洞之中。」

我湊近他：「蔡根富究竟發生了甚麼變化，我們還不知道，但是在我和蔡根富的應對之中，發現他的智慧，比一個尋常的煤礦管工高得多，那隻巨大的眼睛如果和他已結為一體，那麼，總有一天，蔡根富會知道自己成了維奇奇大神，他一定會去看那幅壁畫，弄明白自己是怎麼來的！」

奧干古達盯著我，神情緊張至極，過了片刻，他才道：「你是說，他會到那山洞去？」

我點了點頭，說道：「一定會！」

奧干古達來回踱了幾步，神情又緊張又委決不下，我和比拉爾齊聲道：「你還在考慮甚麼？」

奧干古達停了下來，苦笑道：「不瞞你們說，我也認為衛斯理所講有理，蔡根富會到那山洞去。可是……可是……說來慚愧，要是叫我去面對一個活生生的維奇奇大神，我實在不敢！」

雖然我心中有好笑的感覺，但是我卻實在笑不出來，比拉爾已經道：「不要緊，要是你害怕，不敢去的話，我和衛斯理去就行了！」

奧干古達轉過身去，我們都看不到他臉上的神情。但是照情形看來，他顯然是在作一個重大的決定。約莫過了半分鐘，他轉回身來，神情已變得十分堅決：「我決定了，我去！我們三個人一起去！」

比拉爾和我互望了一眼，我們兩人都很高興，為奧干古達下定決心，克服了他心中的恐懼而高興。要克服多少年下來，傳統思想影響的恐懼，絕不是容易的事，而奧干古達做到了這一點，那自然值得高興。

而當奧干古達一旦克服了他內心的恐懼，而有了決定之後，他的神情不再猶疑，他幹練的才能又顯露了出來。他揮著手：「剛才我說我們三人一起去，可是我提醒你們，此去可能有極度危險！」

比拉爾道：「我們全是成年人，自己可以決定。」

我大聲道：「三位一體，我們一定在一起。」

奧干古達道：「好，那我們就分工合作，我去準備直升機，比拉爾去準備爬山的工具，衛斯理去準備乾糧、食水——」

他講到這裏，我舉起了手來：「這些準備工作，比拉爾可以做。」

奧干古達望著我，道：「那你準備幹甚麼？」

我道：「你們要準備多久？」

比拉爾道：「有四小時，足夠了！」

我道：「有四小時，我也足夠了！我可以在四小時之後，趕來和你們會合！」

奧干古達和比拉爾一起盯著我，奧干古達道：「不，不准你一個人到煤礦去！」

他顯然是從我的礦工服飾中，看出了我是準備一個人到一四四小組的礦坑中去的。本來，要不是遇上了里耶的跟蹤，又見到了蔡根富的話，我的確已經隻身去涉險了！

此際，我想利用這四小時的時間，卻並不是再想到礦坑去，所以我一聽得奧干古達這樣說，我笑了起來，說道：「放心，我已經暫時放棄了深入礦坑的念頭，現在，去找蔡根富，比甚麼都重要！」

比拉爾道：「那你準備幹甚麼？」

我指著上面，道：「上面，在蔡根富房間的寫字台中，有著一塊眼睛形的煤精。我可以肯定，這塊煤精，和嵌進了蔡根富的頭上，使蔡根富變成了維奇奇大神的那一塊，是一模一樣的。我要趁這四小時的時間，徹底研究一下那東西！」

比拉爾和奧干古達互望了一眼，神情都有點驚異，我看出他們心中在疑懼的是甚麼，我道：「你們可以放心，在我看來，那塊煤精，是死的！」

奧干古達尖聲叫了起來：「我不明白你在說些甚麼，世上沒有活的煤精！」

我攤了攤手：「我還稱那東西為煤精，因為我根本不知道那是甚麼東西。但不論它是甚麼東西，它一定是活的。你以為蔡根富是自己將那東西放在臉上，再用鎚子打進臉中去的麼？」

比拉爾和奧干古達兩人，因為我的話，都不由自主，打了一個冷戰。

我又道：「而且，礦坑中還有一百零六塊那東西呢？或者說，一百零五塊，因為其中有一塊，已經到了蔡根富的臉上！」

比拉爾和奧干古達的臉色更難看，我不顧他們的反應，繼續道：「而且，我認為那條使中士不知所終的通道，並不是蔡根富弄出來的，而是那一百零六個東西造成的。中士如果犧牲了，那一定是那一百零六個東西的犧牲品！」

奧干古達的聲音更尖，叫道：「別說了，你要去研究那東西，只管去研究好了！」

他一面叫著，一面急速地喘著氣。

我道：「希望我會有結果。我們該同時開始行動了！我會駕駛直升機，不必另外再找駕駛員了！」

奧干古達緩過了一口氣來，但是仍然大有懼色地抬頭向上望了一眼。比拉爾喃喃地道：「但願你有所發現！」

他們兩人向我揮著手，我送他們出去，約定了四小時之後，由奧干古達派車來接我到機場去，比拉爾則自己直接去機場。

看到他們兩人離去之後，我回到了屋子之中，走上樓梯，到了二樓。在那間重建的蔡根富的房間面前，我停了片刻，心中實在十分緊張。

我假設「那東西」是活的，事實上，我也相信那東西是活的。我在想，如果我一開門，那東西就「撲」了出來的話——一隻眼睛，是如何行動，我無法想像——我應該怎麼辦？如果那東西直撲到我的臉上，硬要擠進我的臉上來，佔據我臉的上半部時，我應該怎麼樣？一想到這裏，我也禁不住有不寒而慄之感。

我鼓起了勇氣，推開了門，在推開門的一剎那間，我甚至不由自主，伸手遮住了自己的臉。謝天謝地，房間中很平靜，並沒有甚麼東西，以不可想像的方式，向我侵襲。

我定了定神，走進了房間，來到了那張簡陋的寫字台之前，拉開了那個櫃門，那塊煤精，靜靜地躺在櫃中。

我並不是第一次看到這塊煤精了，上次，我也曾將之拿在手中，仔細觀察過，當時，一點也不覺得害怕。

但這時，我知道這東西，竟會嵌進人的臉部，使人變成怪物，心中自然有異樣的感覺，以致我要伸出手去，又縮回來好幾次，才硬著頭皮，將它取了出來，放在桌面上。

當我的手接觸了它，而它仍然沒有任何反應之際，膽子大了。我在桌前坐了下來，著亮了燈，照著那塊煤精。

這時，我更可以肯定，嵌在蔡根富臉上的，就是那東西。我真不明白，一個人的額部，嵌進了那麼巨大的一隻異物之後，如何還可以生存。照說，這樣體積的一件東西嵌了進去，腦部一定遭到破壞，人也必然死去了！

可是，蔡根富非但活著，而且，還和我所知的蔡根富不同，變成了十分有自信，十分難以對付的一個人！我盯著那塊煤精，心中不當它是煤精，只當它是一隻巨大眼睛。

不錯，那是一隻巨大的眼睛，它的「眼白」是棕黃色的，「眼珠」是黑色的。和蔡根富臉上的那隻一樣。所不同的是，在蔡根富臉上的那一隻，眼珠中閃耀著一種異樣的妖氣。而如今在我面前的那一隻，眼珠木然，看來只是一塊煤塊。我雙手將那東西取了起來，我立時又注意到了那個直通向「眼珠」的小孔。

那小孔，當然是工具鑽出來的，我愣愣地想著。我在想，這一塊「煤精」，一定是蔡根富在出事前若干天發現的，只是單獨的一件。當他一發現了這件煤精之後，他就覺得這件東西十分古怪，他不能理解。所以，他才立時通知了道格工程師。可能由於事情實在太怪異，所以道格工程師根本不信，甚至不肯來看一看那東西，所以蔡根富就只好自己來研究。

假定這東西上的那個小孔，是蔡根富弄出來的，那麼，他的目的是甚麼呢？是「殺死」那東西？是那東西的「眼珠」，令他感到這東西是活的？

我一面想著，一面找到了一柄鎚子，無論如何，我要把它弄碎，看個仔細。我開始輕輕敲著，那塊煤精絲毫無損，接著，我用力鎚下去，那塊煤精，發出了一下異樣清脆的碎裂之聲，裂了開來。當那東西裂了開來之後，我實實在在不能再稱之煤精，而必須稱之為「那東西」了！

那東西有一層殼，約半公分厚。我用力一鎚，就是將那東西棕紅色的殼打碎了！

厚殼碎了之後，流出來的，是一種無色、透明、濃稠的液體。我嚇了一大跳，唯恐被那種液體，沾染了我的皮膚，我向後一仰身，幾乎連人帶椅跌倒在地上。

那種透明、濃稠的液體，迅速在桌面上展開，而且流了下來，那情形，就像是打翻了一瓶「水玻璃」一樣。我繼續向後退，避開與之接觸的可能。

那種液體流著，但看來那只是自然現象，並沒有甚麼異狀。

我再向桌面望去，「眼珠」也已滾了出來，在那種液體之上。

當我才一敲碎那東西之際，心中對流出來的那種液體，實在十分忌憚，所以退了又退，但等了片刻，見沒有甚麼特殊的動靜。我心知要弄清楚那究竟是甚麼東西，一定需要將這種液體，作十分精密的分析，所以我立時退出了房間，找到了一隻玻璃瓶，再回來。

這時，這種液體，已經漸漸開始凝結了，如同膠質果子凍一樣。我再膽大，也不敢用手去碰它們，我用一片小木片，挑起了一些，放進了玻璃瓶中。

然後，我將那「眼珠」撥到了地上，用腳踏住它，搓了幾搓。

那看來像是煤塊一樣的「眼珠」，竟像是一種十分硬而韌的橡膠，我無法將之踏扁。我從來也未曾見過那麼古怪，說不出名堂來的東西。

我曾經假設那東西是活的，可是這時看來，一點也沒有活的表現。如果說是生物，那麼它的形狀像甚麼呢？我們常見的生物之中，沒有一種是這樣子的。勉強要加以比擬，只好說它像一個細胞。只有細胞才是這樣形狀的，最外層是細胞膜（那個被我用鎚敲破了的硬殼），圓形的細胞核（那個「眼珠」），和細胞質（那些透明、濃稠的液體）。

自然，細胞的體積，和那東西的體積不能相提並論，那東西的形狀，像一隻大眼睛，它的組成，就像是一隻大細胞！

我又找了一只盒子，將那「眼珠」裝了起來，也撥了一兩片硬殼進盒子中。然後，我回到了樓下，將盒子和玻璃瓶，一起放在當眼的地方，準備一有機會，就交給設備完善的化驗所去檢驗，看看那究竟是甚麼東西。

我做完了一切，那並沒有花去我多少時間，大約只是半小時。我坐了下來，再將整件事，想了一遍。蔡根富在逃走之後，曾再回到那礦坑，那是毫無疑問的事情。他在礦坑中，又遭遇了一些甚麼？

如果說他遇到了一百個以上的「那東西」，其中的一個侵進了他的頭部，「那東西」又是躲在那條通道之中的，那麼，中士為甚麼和他不一樣呢？

我又記起，電視攝像管曾經幾次被甚麼東西突然遮住，以致在電視螢光屏上，甚麼也看不到。阻住電視攝像管的，是不是「那東西」呢？破壞了電視攝像管的，也是「那東西」？

如果說，蔡根富曾利用了一支細長的針，或細長的鑽，曾「殺死了」一隻「那東西」的話，那麼，中士射出的那幾十發子彈，是不是也「殺死」了一些「那東西」？

想來想去，我想到我實在還應該到那個通道之中去一次，去看看「那東西」是不是真的躲在那通道之中！但如今我卻不夠時間，奧干古達隨時會派車子來接我的。這幾天，我被這件怪異的事，弄得頭昏腦脹，完全沒有好好休息過，趁此機會，可以稍事休息一下。

我在沙發上靠了下來，閉上眼睛。儘管我的腦中仍然亂得可以，但是實在太疲倦了。沒有多久，我已迷迷糊糊，進入了半睡眠狀態之中。

也就在這時，我突然被一種異樣的聲響所騷擾。那種聲音，相當難形容，那是一種「達達」聲，好像是一個有著厚重的尾巴的動物，正在困難地爬行。

我知道屋中除了我之外，只有一個僕人，這個僕人，不奉召喚，不會出來。本來，我不想去理會這種聲音，可是這種聲音，卻在漸漸向我移近。正當我想撐起身子來，看個究竟之際，我陡地聽到了一下驚呼聲！

那一下驚呼，令得我整個人都彈了起來，那是一下如此淒厲的驚呼聲，它立時使我想起，我在反覆聽發生在一四四小組礦坑中發生的事的錄音帶之際，所聽到過的驚呼聲，兩者之間，可以說毫無分別！

而當我一跳起來之後，看清楚了眼前所發生的事，我也發出了一下驚呼聲，充滿了絕望的驚恐。腦中「轟轟」作響，一再大叫，那是一種本能的反應！

我一跳起來之後，首先看到的，是那個僕人，他正站著，低頭望著地下。我第二眼看到的，是為數大約十多隻「那東西」！

「那東西」真是活的，它們正緩慢地，但是卻固執地在前進。它們前進的方式是先使整個身子弓起，然後放平，像是某一種毛蟲一樣，當它們的身子放平之際，就發出「達」的一下響。

「那東西」在行動之際，它們的「眼珠」，發出變幻不定的一種光芒。當我看到它們之際，其中有兩隻，已經「爬」上了那僕人的腳背。那僕人的雙腳，猶如釘在地上，儘管身子發著抖，可是雙腳卻一動也不能動。我知道他嚇呆了！

別說那僕人，我這時也真正嚇呆了！

當我可以定過神來之際，大約已經過去了半分鐘，最初爬上那僕人雙腳的兩隻「那東西」，已經來到了他的大腿部分，而另外有更多的，爬上了他的雙腳。

我陡地叫起來：「抓它們下來！抓它們下來！」

僕人總算聽到了我的叫喚，轉過頭，向我望來。可是他臉上那種絕望和駭然欲絕的神情，顯示他根本沒有能力抓這些東西下來。

我一面叫著，一面向前走去，客廳中還十分亂，我又走得太急，才走出了一步，便被地上放著的不知是甚麼東西，絆得跌了一跤。

當我仆跌在地上，雙手在地上撐著，準備跳起來時，就在我的面前，「達」的一聲，一隻「那東西」剛好放直它的身子，它梭形的一個尖端，離我的鼻子，不會超過十公分！

我大叫一聲，手上沒有武器，只是順手一抓，抓到了一樣東西，我根本沒有時間去看我抓到的是甚麼東西，因為「那東西」又弓起了身子來，而就可以貼到我的臉上來了！所以，當我手上一抓到物事之後，立時向著「那東西」重重敲了下去，同時，身子向旁一滾，滾了開去。

我在用力打擊「那東西」之後，「那東西」發出了「啪」的一聲爆破聲，就像是我拍破了一隻很厚的汽球一樣。我一躍而起，直到這時，我才看清，被我抓了來，拍破了「那東西」的，是一具攝影機。「那東西」被我拍破了之後，流出濃稠的液汁。

我再去看那僕人時，看到有兩隻「那東西」已經來到了他的胸口。從我一舉手就拍破了「那東西」看來，「那東西」雖然令人失魂落魄，但是並不難對付。可是僕人顯然已被嚇呆了，只是雙眼凸出，低頭看著已經來到了他的胸口，還在向上移動的那兩隻怪物，而不知抗拒。我正準備撲過去幫他時，就在那時候，在我的身後，傳來了一下叫聲，同時，槍聲響起。

槍聲響了又響，每一顆子彈射出，都射中一個已經爬上了僕人身體的怪物身上。子彈穿過了怪物，也穿過了那僕人的身子。

我不記得槍聲響了多少下，只記得僕人的身子，因為槍彈射進他的體內而旋轉、跌倒，那僕人當然是立即就死去。

當僕人倒地之後，槍聲還在繼續著，射向並未爬上僕人身子的怪物，每一個怪物被子彈穿過之後，都一樣流出濃稠的透明的漿汁來。

我震呆了並不多久，轉過身來，看到了持著連發手槍，槍口還在冒煙的奧干古達。

奧干古達的臉色灰白，他握著槍的手指，比他的臉色更白，指節骨突出，可見得他實在用盡了氣力。而在這樣的情形之下，他居然還能夠彈無虛發，由此可知他在射擊方面，實有極高造詣。

當我向他望去之際，他也向我望來，他的手指一鬆，那柄槍跌到了地上。然後，他急速地喘起氣來。

就在那一剎間，我陡地想起了一件事，講出了一句看來是不應該在如此情形之下講出來的話，我道：「蔡根富是無辜的！」

奧干古達點了點頭：「是，他是無辜的。他並不是想殺人，只不過是——」

奧干古達一開口之際，聲音抖得像是人在劇烈震盪之中，但是他卻迅速恢復了平靜。

第九部：奧干古達的異動

他講到這裏，停了一停。當然他不必再講下去，我和他都明白甚麼意思。蔡根富當日，在一四四小組的礦坑之中，用高壓水力採煤機，殺了二十三個人，他實實在在不想殺那些人，只不過想殺爬在那些人身上的那種怪物！

這情形，就像是剛才奧干古達射向那僕人的子彈，他決不是想殺那僕人，而是想射死「那東西」。奧干古達沒有別的選擇，蔡根富當時的情形也一樣，他也沒有別的選擇，只好這樣做！

一想通了這一點，整件事的上半部，便豁然貫通！試想想，突然之間，有一百隻以上這樣的怪東西出現，如何不引起極度的驚惶？而當蔡根富在用高壓水力採煤機中噴出來的水柱，射向那些東西之前，他還能通過電話，緊急求見道格工程師，那已是出奇的鎮定了。不過後來，他一定也陷入了半瘋狂的狀態之中，以致他除了自小就講慣的土語之外，講不出第二句話來。

在礦工死了之後，和道格工程師等人到來之前，其中有一個時間的間歇，那時候，照說，那一百零六隻「那東西」，應該和礦工同歸於盡的了，為甚麼蔡根富又會用水柱射向道格工程師他們呢？

這是我當時唯一想不通的一點，但是隨即我就明白是為甚麼的了。

奧干古達一直望著我：「天，你究竟做了一些甚麼事？」

我道：「我甚麼也沒有做，只不過打破了那東西而已，你看，我還留起了一點，在那玻璃瓶中……」

當我這樣說的時候，我順手向那放在當眼處的玻璃瓶指去，一指之下，我伸出去的手指，縮不回來了，奧干古達也發出了一下低呼聲！

在玻璃瓶中，本來只是一點液體，已經呈凍狀，可是這時，卻變成了一隻「那東西」，正在蠕動著，深棕色之中的那個「眼珠」，在閃著光，看樣子，像是正在拚命想擠出玻璃瓶來！

我曾經用細胞來比擬「那東西」，「那東西」，竟然真的像細胞一樣，會分裂繁殖，而且在極短的時間中，就可以成長！

我也明白了何以在奧干古達的屋子中，會有那麼多「那東西」出現，它們是在樓上成長了之後，再慢慢爬下來的！

我猜測，這一隻怪物，由於早已被蔡根富「弄死」了的緣故，所以由「原生質」——我借用了細胞中一個組成部分的名稱——變成怪物的時間，比較慢些。如果不是那樣的話，一定更快！

而事實上，這時，我和奧干古達都已看到，流出來的液汁，都已凝成了一團一團。在凝成了一團一團之中，顏色開始變幻，漸漸變成深棕色。

一看到了這樣的變化，我和奧干古達兩人，都大叫一聲，奧干古達拉著我直奔了出去：「車房裏有汽油！」

我已經知道他準備幹甚麼，我絕對同意他的決定。我們奔出屋子，用最快的速度奔進車房，一人提了一桶汽油，再奔回來。

那時，凝聚成一團一團的東西，已變成了深棕色，中間已開始現出一團黑色的東西。

我們將汽油淋上去，退出來，我用打火機打著火，連打火機一起拋進去。

「轟」的一聲，烈燄燃燒，我們後退著，進了車子，駛出了一百公尺左右，才停下車來，向屋子看看。

這時，濃燄和烈火，已從窗口冒了出來，鄰居也發現了失火，有很多人奔過來。

我和奧干古達互望著，各自苦笑，都只好希望火能夠徹底消滅這種東西！不多久，消防車也來了，當消防員和消防官跳下車來，準備救火時，奧干古達下了車，大聲叫道：「不要撲救，讓它燒！」

在附近的所有人，都以極度錯愕的眼光望定了奧干古達，但顯然由於奧干古達在這個國家中的地位高，是以沒有人敢提出異議來。

再過一會兒，警方人員也來了，奧干古達要警方人員將附近聚集的人全驅散。火足足燒了一小時，才逐漸弱了下來，奧干古達的豪華住宅，也只剩下了一個空殼子。奧干古達望了我一眼，低聲道：「它們完了？」

我道：「要去看一看才能知道，可是如今，我們無法進入火場。」

奧干古達將消防官召了來，吩咐他向屋子射水，又過了半小時，我和奧干古達一起利用消防員的裝備，進入了火場。

下。

這一場火，燒得極其徹底，當我們又走進屋子之際，幾乎甚麼也沒有剩下。

比拉爾曾利用這裏，做為研究蔡根富事件的總部，一切有關資料，也全在這屋子裏，這時，也燒了個乾乾淨淨，一點都沒有剩下。

我們仔細看屋中的一切，直到肯定完全沒有「那東西」的蹤跡了，才算是鬆了一口氣。

而當我們下樓之後，看到比拉爾氣急敗壞地衝了進來，原來早已過了我們約定的時間，比拉爾在機場等我們，不見我們去，才找了來的。

他一看到我和奧干古達，連聲追問發生了甚麼事，我說道：「我會對你詳細說的，請你別心急。」

比拉爾道：「我們原來的計畫取消了麼？」

奧干古達道：「當然去，這就出發！」

比拉爾的神情十分疑惑，我們兩人拉著他進了車，直駛機場。

三十分鐘後，直升機升空，在直升機中，奧干古達表現得很沉默，我一面駕機，一面將事情的經過，告訴了比拉爾。

比拉爾聽得臉色發青，等我講完之後，他呆了半晌：「要不是奧干古達恰好趕來，你……只怕……也……」

我不由自主，打了一個冷戰，向奧干古達望去：「你是怎麼會忽然回來的？」

奧干古達苦笑道：「我自己也說不上來，我安排好了直升機，時間還有多，我總覺得有點不放心，怕衛斯理會闖禍，所以回來看看，誰知道才一進門，就看到了……看到了如此可怕的情景。當時，我除了拔槍射擊之外，簡直就不能做別的事。」

比拉爾道：「絕沒有人怪你拔槍，任何人在這樣的情形下，都會這樣！」

我說道：「現在，蔡根富在礦坑中殺人之謎，總算已經解決了！」

比拉爾和奧干古達沉默了片刻，奧干古達才嘆了一口氣：「是，蔡根富沒有罪，他並不想殺人，他只不過想殺死那些怪物！」

比拉爾苦笑道：「如果不是蔡根富又發生了變化，事情已可以結束了！」

奧干古達發出了「咕」的一聲，吞下了一口口水。我道：「在蔡根富身上發生的變化，也有了初步的推測。那東西，加上人，就成了維奇奇大神！」

比拉爾叫了起來：「天，那東西！那東西究竟是甚麼東西？」

奧干古達不出聲，我也不出聲，過了好一會兒，我才道：「在未有進一步資料之前，我們只好稱之為一種不知名的生物！」

奧干古達道：「怪物！」

我苦笑：「別忘了，這種生物和人結合，就是你們所崇拜的大神！」

奧干古達搖著頭，道：「我們並不崇拜維奇奇大神，只是恐懼，因為那是災禍之神，祂會帶來種種人力無法預防的災禍！這種恐懼，不知多少年來，深入人心！」

我思緒仍相當亂，對照著地圖，向前飛著。我們已到了連綿不斷的山嶺上空，估計還有十餘小時的飛行，就可以到達目的地的上空。據奧干古達說，在直升機降落之後，還至少有一日行程，那是極其艱苦的旅程，所以我提議大家輪流休息。

奧干古達和比拉爾，都沒有異議，可是看他們的情形，無論如何不像是睡得著。

比拉爾在不斷地道：「事情會發展到這一地步，真是想不到！」

奧干古達則嘆道：「我早就知道，事情有著太多不可測的因素！」

我忍不住道：「所有不可測的事，都可以揭露其真相，我們已經逐步接近事實了！」

奧干古達苦笑道：「真正的事實真相，可能比我們估計更加駭人！」

我道：「那也是沒有辦法可想的事，總之，我們一定要探索到最後為止！」

在我這句話之後，是長時間的沉默。我注視著窗外，下面起伏的山嶺，無窮無盡，向四面八方，伸延開去。整個維奇奇山脈，幅員極其廣大。我想起了當地土人的傳說：整個山脈，全是維奇奇大神創造的！

這種像眼睛一樣的怪物，竟有那麼大的力量？實在不可想像。但是，從「那東西」一破裂之後，在轉眼之間，就可以化生出許多隻來看，又似乎沒有甚麼是不可能的事了！

我駕駛了四小時，腦中一直被各式各樣的想像佔據著，四小時後，我離開了駕駛座，由比拉爾駕駛。不多久，飛越過了一個在山中的大湖。自上面看下去，大湖的湖水，極其平靜。

直升機繼續向前飛，我對奧干古達道：「除非蔡根富不到那個山洞去，不然，他決計不會有那麼快的交通工具，我們一定可以先到那山洞中等他出現！」

奧干古達道：「如果他來的話！」

我道：「如果蔡根富如你所說，要利用他維奇奇大神的身分，影響一大群人，我想不出他還有甚麼更好的地方可以去！」

奧干古達嘆了一口氣，比拉爾道：「就算見到了他，又怎麼樣？將那東西從他的臉上，硬挖下來？」

比拉爾忽然問了這樣一個問題，我不禁呆了一呆，這是我未曾想到過的。真的，見到了蔡根富，那又怎麼樣呢？是不是將「那東西」自他的臉上挖下來？挖下來之後，蔡根富的臉會變成甚麼樣子？是恢復原狀，還是留下一個血淋淋的大洞？想到這裏，真叫人不由自主，背脊發涼。想到了這種事，叫人感到死亡不可怕，可怕的是完全不可測的，超越人類知識範圍以外的怪事！

我呆了半晌，才道：「至少我們可以在蔡根富的口中，知道是發生了一些甚麼事。有些我們已經知道了，有些我們還不知道，一定要在他身上弄明白。」

比拉爾沒有再出聲，又四小時後，他交由奧干古達駕駛，而在奧干古達駕駛了三小時後，最後一小時的航程，由我駕駛著。

這時，已經過了黑夜，到了天明時分。不多久，朝陽升起，我們已經在密密層層山巒的中間，向四面八方望去，除了山之外，甚麼也見不到。

我很想問奧干古達上次怎麼在這樣的崇山峻嶺之中找到那個山洞，可是我提了兩三次，奧干古達都支吾其詞，沒有直接回答我，我自然也不好意思再追問下去，可是又想不出他有甚麼難言之隱。

到了天色大明，我根據地圖上的指示，開始低飛，找到了一個比較平坦的山頭，停下了直升機。等到機翼的「軋軋」聲停止，我跳下了直升機時，簡直有置身於另一個星球上的感覺。

附近的山形十分奇特，長滿了大樹，全然無路可走。比拉爾忙著將他準備好的裝備、食物搬出來。我和奧干古達各自背負了一些，我用一柄鋒利的刀開路，向山下走去，到了半山。

奧干古達指著一條依稀可以看到，但是已長滿了灌木的小路：「就是這條路！」

比拉爾道：「上次你也是走這條路去的？」

奧干古達不出聲，只是用力揮著利刀，去斬路上的灌木。我和比拉爾互望了一眼，比拉爾大有不滿的神情，我卻只是奇怪。

因為自從我們三人見面以來，坦誠相對，可是為甚麼一提起這件事，奧干古達就變得如此支吾？

我知道奧干古達這樣做，一定有他的苦衷，所以當我看出比拉爾有進一步責問的意思時，我向他作了一個手勢，示意他暫時不必追究。

比拉爾仍然神情相當憤怒，奧干古達卻向前急急走著。我和比拉爾跟在後面——我們除了跟在他後面之外，別無他法，因為我們一點也不知道何處才是那個有大壁畫的山洞所在處，而他曾經到過一次。

奧干古達給我的地圖，也只有直升機降落的那個山頭的所在處，至於下了直升機之後，應該如何走，只有他一個人才知道！

我們跟著奧干古達，一直走了幾個小時，才在一道山溪旁，停了下來，一面休息，一面進食。在這時候，我更感到奧干古達的神態，和以前有所不同，他甚至有意離得我們相當遠，自己一個人，坐在山溪旁的一塊大石上。

我處理人與人之間的關係，秉著中國人的傳統，比較含蓄，但是比拉爾卻不同，他是西方人，而且，他認識奧干古達的時間比我長。儘管我一再暗示，可是比拉爾還是忍不住，大聲道：「奧干古達，我們三個人，三位一體，你是早已經承認了的！」

奧干古達向我們望來：「是啊，現在，我們在一起！」

比拉爾道：「在一起，要坦誠相對才好！」

奧干古達聽到了比拉爾這樣直接的責問，低下了頭一會兒，才抬起頭來：「我沒有甚麼事瞞著你們，真的沒有，信不信隨便你們！」

我吸了一口氣：「可是，你……有點不同。」

奧干古達苦笑道：「請原諒我，愈是離目的地近，我心中的恐懼……就愈甚！」

我和比拉爾互望了一眼，對奧干古達都不再生氣，反倒同情起來，我們都認為奧干古達受了傳統的影響，是以產生了心理上的恐懼，因而變得精神恍惚！

比拉爾也沒有再責問下去，我們休息了一小時，又繼續前進，愈向前走，看來四周圍的環境，也愈是荒涼。奇怪的是，經過之處，完全沒有動物。本來這樣的山嶺地區，應該十分多動物才是，可是完全見不到，只是許許多多的樹木，有的樹木上，纏滿了手臂粗細的籐。

當晚，我們在山中露宿，輪流值夜。我被安排在最後一班，而比拉爾最先輪值。這樣的輪班次序，看來雖然無關緊要，但卻有相當干係。

如果我值第一班，奧干古達來接替我，我被替下來之後，一定十分疲倦，那麼，在熟睡中，我可能甚麼聲音也聽不到。

但如今我是接奧干古達的班，已經有了相當時間的休息，所以，即使輕微的聲音，也可以令得我醒過來，而我就是被那種輕微的聲音弄醒的。

起先，我以為那只不過是風聲，我看了看手錶，離我輪值的時間，不過四十分鐘，反正已經睡夠了，我沒打算再睡。

山間十分靜，那聲音雖然低，但如果凝神細聽，還是可以聽得到。我已經辨認出那不像是風聲，仔細聽來，像是有人在哭泣！

真是不可思議，山裏怎會有人在哭？比拉爾就在我身邊，只有奧干古達在帳篷外面。

難道，在外面哭泣的是奧干古達？

一想到了這點，心中的疑惑，到了頂點，我悄悄揭開了帳篷，向外看去。天色十分黑，我只是勉強可以看到奧干古達離我大約在二十公尺開外，身子伏在一株大樹的樹幹上，背對著我。

雖然他背對著我，可是他的背部卻在抽搐著，而且那種哭泣聲，正是從他那邊傳來。

我心中的疑惑，真是到了極點。奧干古達給我的印象，是一個極其能幹、自信、堅強的人。我實在想不到他竟然也有如此軟弱的內心，會在晚上一個人偷偷地哭！

我本來想走過去問他為甚麼這樣，可是我才將帳篷揭開了一些，立時又放了下來。那是因為在剎那之間，我覺得事情沒有那麼簡單，奧干古達會有這樣奇特的行動，一定有極其重大的原因！我還是不要去驚動他，靜靜地觀察一下的好。

我盡量使自己不發出任何聲音來。事實上，奧干古達所發出的哭泣聲也極其低微，要不是山野間是如此寂靜的話，我也不容易聽得見！

奧干古達伏在樹上，足足有十分鐘之久，維持原來的姿勢不變。我剛覺得有點不耐煩，就看到他移動了一下身子，先是將身子挺直，然後退後了兩步，再然後，整個人仆向下，伏在地上。他伏在地上的那姿勢，全然是一種膜拜的姿勢。只有最虔誠的宗教信徒，才會對他所崇敬的神擺出這樣的姿勢來！

我仍然一聲不出地看著他，看到他伏了片刻，雙手揚起，上身也揚起，然後，雙手又緩緩按在地上。我知道自己料得不錯，他正在進行某一宗教儀式。

他連續做了六、七下這樣的動作之後，又發出了一陣嗚咽聲來，然後喃喃自語著。

由於我和他之間距離相隔相當遠，他的講話聲又極其低微，是以根本聽不出他在講些甚麼，只是可以感覺得到，他的語音十分痛苦，而且使用的語言，也是當地的土語。

又過了幾分鐘，奧干古達的身子直了起來，變成了直挺挺地跪在地上。

當他跪在地上的時候，仍然是背對著我，我仍然看不到他臉部的神情，我只是看到他做了一個十分奇特的動作。他低下頭，拉開自己的衣服來，看情形，像是在察看他自己的胸口！

一個人何以會對自己的胸口發生興趣，這真是莫名其妙之至。我看他不但看著自己的胸口，而且用一隻手，向自己的胸口按了一按，然後發出了一下雖然低沉，但是極其沉痛的呻吟聲。

這一下呻吟聲將我嚇了一大跳，我可以肯定，我的朋友奧干古達，一定正遭遇著極度的困難。任何人，如果不是心中有極大的難題，決不會發出這樣沉痛的呻吟聲！奧干古達既然有了困難，我當然要設法幫助他！所以我已決定走出去問個究竟了。

可是就在這時，情形又有了變化，奧干古達身子一挺，陡地站了起來，我看到他雙手緊握著拳，揮動著。看起來倒像是在他的前面，有一個甚麼極其兇惡的敵人。

但是隨即我便發現，他並不是想打擊甚麼人，他是在跳舞！那是一種舞姿十分奇特的舞蹈，動作誇張而簡單，極有原始風味！

我看到了這種情形，心中不禁啼笑皆非，實在不知他在搗甚麼鬼。

他在舞蹈之際，身子旋轉著，有幾次，轉得臉向著我，由於距離和黑暗，我也看不清他臉上的神情，不過從他舞蹈的動作，愈來愈輕鬆的情形看來，似乎剛才我的判斷錯了！

這時，他不但跳著舞，而且口中還哼著一種節奏十分古怪的曲調，那種曲調，聽來倒有點像中國碼頭工人在肩負重物之際所發出來的「杭唷」、「杭唷」聲。

他連續哼了、舞了十多分鐘，就停了下來。我看到他靜靜站著，取出菸來，點著。

當他點菸之際，我藉著火光，看到了他臉上的神情，看來十分平靜，完全不像有甚麼事發生過。我心中不禁好笑，心想非洲人到底是非洲人，半夜三更，做點古怪行動出來，或許是他們的傳統！

一想到了這一點，我就沒有再看下去，退回幾步，躺了下來。

我躺下之後不久，聽到了腳步聲，那一定是奧干古達來喚醒我換班輪值了。我想，他既然揀在一個人的時候做這樣古怪的動作，一定不會喜歡人家知道，所以我假作睡著。

帳幕撩開，奧干古達進來，搖著我的身子，我睜開眼，裝出一副迷迷濛濛的神情。這時，我和他距離極近，可以清楚地看出他一點也沒有異狀。

他壓低聲音：「輪到你了！外面很靜，甚麼事也沒有！」

我一面答應著，一面忍不住向他的胸口看了一眼，因為剛才我曾看到他全神貫注地低頭望著自己的胸口。當然，我向他胸口看去的時候，十分技巧，絕不讓他知道我在看他。

自然，我看了一眼，也看不出甚麼來，剛才，他曾拉開衣衫，但現在，衣衫的鈕釦已經全扣好了！

我打了一個呵欠，披上一件外衣，走了出去。

我在剛才奧干古達伏過的地方，以及那株樹前，停留了片刻，然後回到帳幕旁。接下來的時間中，我一直停留在帳幕之旁，想留意奧干古達是不是有甚麼異動。可是卻一點異動都沒有。

等到天亮，比拉爾先醒過來，奧干古達跟著也醒了，比拉爾弄著了火，煮早餐。奧干古達看來完全沒有異樣，我也將事情放過一邊，沒有和比拉爾講起。

用完了早餐，我們繼續向前走，又翻了一個山頭之後，所經過的路，全是地形類似峽谷的森林。奧干古達不斷地揮著刀，在前面開路，我和比拉爾跟在他後面。比拉爾好幾次，像是有話要對我說，但是卻沒有開口。一直到中午時分，他才到我的身邊：「衛斯理，你不覺得奧干古達有點古怪麼？」

我愣了一愣：「你發現了甚麼？」

比拉爾顯然想不到我會這樣反問他，也呆了片刻，才道：「一切事顯然和維奇奇大神有關。他既然曾到過那個山洞，為甚麼直到如今為止，他只是埋頭趕路，一點也不和我們提起那山洞的一切？」

我吸了一口氣，不知怎麼回答才好。奧干古達的態度，的確十分可疑。比拉爾說得對，他非但不願意提起那山洞中有關的一切，連他上次是怎麼來的，我和比拉爾都問過他，他也支吾其詞答不上來！

比拉爾又道：「你看這裏，根本沒有路，也從來不像有人經過。我不相信他來過一次，隔了若干時日之後，還能在這麼許多崇山峻嶺、原始森林中認出路來！」

我吃了一驚：「你是說他根本沒有到過那個山洞？」

比拉爾道：「或許根本沒有那個山洞！」

我更加吃驚：「那麼，他想帶我們到哪裏去？」

比拉爾道：「應該向他問明白！」

我向前看去，奧干古達在我們二十公尺之前，手中的刀正砍向前面的灌木叢，斬開了灌木上的野籐。看來他對於向前走，可以到達某一個目的地這一點，具有絕對的信心。

我道：「據他說，今天就可以到達那個山洞，無論如何，我們再趕半天的路，就可以有分曉了！」

比拉爾點了點頭，同意了我的建議，然後，他又嘆了一口氣：「我認識他也很久了，可是從來也沒有和他如此隔膜過！」

比拉爾有了和奧干古達隔膜的感覺，當然那是由於奧干古達的態度的確有若干不可解之處的緣故。我又想起他昨夜那種古怪的行動，剛想提出來和比拉爾說一說之際，忽然聽得奧干古達大叫一聲，雙手舉起，叫道：「你們快來看！」

我和比拉爾一起向前奔去，來到了他的身邊，奧干古達的神情，極其興奮，指著前面的一片峭壁，道：「看！你們看！」

第十部：巨大無匹的壁畫

循他所指看去，只見那峭壁高聳入雲，直上直下，形勢極其險惡。峭壁上，全是嵯峨的岩石，石角上，掛滿了許多山籐，山籐的枝葉和根，向下垂來，蔚為奇觀。在奧干古達手指之處，有一道相當狹窄的山縫，看起來十分深。我忙道：「這就是那個山洞的入口？」

奧干古達道：「不！從這條通道穿出去，就可以見到那個山洞！」

他在這樣講的時候，神情十分興奮，那本來十分正常。可是他可能因為興奮得過了分，在講完了那句話之後，又補充了一句：「一定是的！」

如果我和比拉爾兩人，對他一點也沒有起疑的話，那麼就算聽了他這句補充，也不會有甚麼特別的感覺。但如今的情形卻不同，我和比拉爾本來心中已經起疑，再聽得他那樣說，兩個人連想也不想，就異口同聲問道：「甚麼叫一定是的，你不是來過一次麼？」

峭壁的特徵如此明顯，如果曾經來過一次，實在不用再加上「一定是的」這樣的補充語。奧干古達陡地震動了一下，顯然在剎那之間，他也知道自己講錯了甚麼，他只是望著前面：「穿過了那條山中的通道，就可以到達了！」

他竟不理會我們的問題，話一說完之後，立時向前大踏步走了出去。

我和比拉爾互望了一眼，我作了一個手勢，示意比拉爾不要再追問下去。比拉爾一臉憤然之色。奧干古達走得十分快，我們兩人略為猶豫了一下，他已奔到了峭壁前的那個山縫口。

我和比拉爾忙跟了上去。奧干古達一到了山縫口，毫不遲疑地走了進去。當我們兩人也來到山縫口時，向內看去，裏面十分黑暗，奧干古達已經走得不見蹤影了！

我一面走進去，一面叫道：「奧干古達，你為甚麼不亮著電筒？」

我的聲音，在山腹的通道中，響起了「嗡嗡」的回音。只聽得前面，傳來奧干古達的回答：「這裏沒有岔路，不亮電筒也不要緊！」

這時，比拉爾也跟了進來，我們兩人都著亮了強力電筒，向前照著。電筒光芒照射處，可以見到奧干古達向前疾行的背影。

我一面向前走，一面打量通道中的情形。通道看來天然形成，大約有十公尺寬，相當高，愈向上，愈是狹。通道中的空氣相當潮濕，也很冷。

我和比拉爾加快腳步，不多久，就趕上了奧干古達，奧干古達喘著氣，神情呈現著一種異樣的興奮，雙眼發直。他走得十分快，我和比拉爾兩人都要不由自主地喘著氣，才能趕上他。

我們在這山腹的通道中，行進了大約四十分鐘。

這四十分鐘，可以說是我一生中最奇怪的一段路程，我全然不知自己將走向何處，也不知道何以奧干古達的神態愈來愈反常。我將整件事歸納一下，可是也得不出甚麼結論來。

四十分鐘之後，前面已可以見到光亮。一旦見到光亮，就聽到奧干古達怪叫一聲，雙手舉向上，人也向前疾奔而出。

他這種雙手舉向上，人向前疾奔的姿勢，十分異特。就像是世運會的長跑選手，終於跑到了終點，舉起了雙手衝線的姿勢。

山腹之中，何以忽然會有了光亮，我實在莫名其妙，而且那光亮，也不是微光，而是一股相當強的光芒，我也加快了腳步奔向前，當奧干古達整個人暴露在光亮之下時，我看到他雙手向上舉，整個人呆立著，然後，他人向下伏了下來，手掌抵在地上。

這時候，我也已經看清，有光亮的地方，是一個極大的山洞！

那山洞，圓周至少有三百公尺，作圓形，山洞的頂上，是一個大約圓周有一百公尺的口子，那口子直通向山頂，陽光就從那口子處向下射來，是以令得山洞之中，有足夠的光亮。

單是那麼大的山洞，和山洞頂上射下來的陽光，也已經夠壯觀的了，而當我向山洞四壁看去之際，更加被眼前的景象所震懾！

山洞有三百公尺圓周，山壁斜斜升向上，直到山頂的圓口，足有一百公尺上下高，那形狀就像是一隻巨大無比的雞尾酒酒杯覆轉了一樣。那麼高的山壁，全部平滑無比，而且，畫滿了畫！

那麼巨大的壁畫，別說看到，連想也很難想像。當我的視線才接觸那些壁畫之際，我只覺得一陣目眩，根本看不清楚畫上畫些甚麼。那是我被眼前如此偉大的景象震懾得發呆之故。

我深深吸了一口氣，定了定神，再來看壁畫，我面對著的山洞壁上，畫的是一隻巨大無匹的「眼睛」！

那「眼睛」，打橫伸展，至少有五十公尺，深棕色和黑色，雖然是畫在山洞壁上的，可是有一股異樣的妖氣。如今奧干古達伏身處，他的頭部，也正對準了那隻巨大的「眼睛」。

從奧干古達俯伏的姿勢來看，我可以毫無疑問地斷定，他是在對那隻巨大的「眼睛」作膜拜！

那隻巨大的「眼睛」，就是我見到過的「那東西」，只不過作了極度的放大，如果那就是維奇奇大神，那麼奧干古達在看到了這樣偉大的情景之後，忍不住向之膜拜，也是自然而然的事情。我自已對維奇奇大神沒有認識，對之沒有恐懼感，在看到了這樣的情景之後，我的雙腳，也像是釘在地上一樣，絲毫移動不得。

我聽到比拉爾在我身後，發出濃重的喘息聲，我可以料想到他的吃驚程度，一定只在我之上，而不在我之下。我的視線定在那隻「眼睛」上許久，究竟有多久，我也說不上來。

然後，我才慢慢向左移動視線。我看到，在那隻巨大的「眼睛」之左，是一個十分奇異的景象。除了那巨大的「眼睛」之外，其餘全部的畫，全是黑、白兩色組成的。那一組奇異的景象，我說不上是甚麼來，只可以描述成為一大團光芒。

那團光芒，異常強烈，因為仰頭望著那團光芒的許多人，都以手遮著額，那些人，全是黑人，在腰下圍著獸皮。

我可以肯定，畫中的那些人，全是當地的土人，他們不但全用黑色繪成，而且闊鼻的特徵，也十分明顯。至於那一大團光芒，呈橄欖形。勉強要形容的話，可以視為一大團欖形光芒，自天而降，而在下面生活的土人，正在仰頭觀望。

當我想到這一點之際，我立時想起奧干古達曾說過，在這山洞中畫著的壁畫，是「維奇奇大神降臨」的情形，那麼，這一大團令人震懾的光芒，就是大神降臨之際的工具？

我再向左看去，看到許多人，全像奧干古達如今這樣的姿勢，伏在地上，在他們面前，是一隻巨大的「眼睛」。再向左，所有的人仍然伏著，有一個人站了起來，這個人的姿勢，是正在向前走，他的神情也沒有甚麼特別。再向左看去，所有的人仍然伏著，一個人站在他們的面前。

我一望到那站著的人時，就不由自主吸了一口氣，那人的臉上，只有打橫的一隻眼睛！就像我見到過的蔡根富一樣！

我又吞下了一口口水，再向左看去。我在視線向左移之際，身子也在轉動，這時，正好轉了一百八十度左右，我看到比拉爾，仍然目定口呆地瞪著那隻巨大的「眼睛」。

我不理會比拉爾，繼續去看壁畫，壁畫的另一組，是那個臉上只有一隻打橫大眼的人，坐在一張用樹枝紮成的大椅子之上，而在他四周圍的人，姿勢都怪異至極。不過我對於這種怪異的姿勢，卻一點也不陌生，因為昨晚我就看到過奧干古達用這種方式舞蹈過！

我再緩緩轉動身子，當我看到和那巨大的「眼睛」對面的那一組壁畫之際，我呆了半晌，實在不知道那是甚麼意思。我首先看到了許多臉上只有一隻打橫眼睛的人，那些人全是黑色的，看來全是土人，為數極多。我必須說明一下，壁畫畫得極其精細，是以看起來，有那樣的一隻巨眼的人，至少有上千之多，在前面的，和真人同樣大小，在後面的，密密層層地擠在一起。當時，我的感覺，全然不像是在看一幅靜止的畫，而像是在觀看一個極其巨大的銀幕上放映電影，有著極度的立體感。

看來那麼多巨眼怪人，正像是在拚命擠著，湧向前去。

這時山洞之中，實在是靜到了極點，但是由於每一個湧向前去的巨眼怪人，都張大了口，臉上的肌肉形狀，也顯然是在大聲呼叫，而畫又畫得如此之生動，是以在感覺上，像是聽到了一種極其刺耳的聲音，那種聲音，甚至給人以「驚天動地」之感覺。

當我一看到這種情景之際，莫名其妙，全然不知那代表著甚麼。

如果說，整個山洞中的壁畫，全是記錄著維奇奇大神降臨的情形，那麼前面幾組還可以說得上符合這種情形，這一組，就一點也不符合了！

因為從畫上看來，那麼多人，人人都是巨眼怪人（維奇奇大神？），而且他們的神態，也殊無「神」應有的氣派，看樣子，他們像是衝鋒陷陣的兵士。

我呆了片刻，莫名所以，視線再向左略移，在那許多巨眼怪人奔出的方向，是一大團光芒。那一大團光芒，就是第一組壁畫中的那團光芒。

我急急再轉動身子，向左看去，看到的情形，更令人駭異，我看到自那一大團光芒之中，射出許多白色的光線來，那些光線交叉錯綜，看來像是全然沒有條理，然而每一股光線，都呈直線進行，而且，每一條光線，都射向一個巨眼怪人，並且恰好射在巨眼怪人的那隻巨眼之上！

我真的不明白了，這種情景，甚至於無法想像，這是甚麼情景？這分明是一場戰爭！

如果這是一場戰爭，戰爭的一方，是巨眼怪人，另一方是甚麼呢？是射出無數股光線來的那團光芒？那團光芒是甚麼？我才一開始看壁畫的時候，曾以為那團光芒，是巨大的眼睛用來降臨地球的交通工具，但如今從這種敵對的情形來看，顯然又不是。

我再向左看去，看到的情景更是駭人，剛才看到的是「近鏡頭」，再向左看去，看到的「遠鏡頭」，我看到一大片山野，岩漿翻滾，顯然是正在有著劇烈的地震，大團濃煙，直冒上天空，已經看不到有人，只看到那團光芒，在向上升起。

我呆了片刻，再轉動身子，看到那團光芒，停在更高的高空，而地面上則已恢復了平靜，山嶺起伏，延綿不絕。

我再轉動身子時，又已看到了那隻巨大的眼睛，我已經看完了山洞中所有的壁畫。

而比拉爾還是愣愣站著，奧干古達還是伏在地上，身子微微發著抖。

我吸了一口氣，腦中一片混亂。

這麼巨大的壁畫，而且畫得如此之精緻，那決計不是土人所能做得到的。這些壁畫，是甚麼人留下來的？留下來想說明一些甚麼，我一點頭緒也沒有。

不過可以肯定一點，一切，和畫上的那團光芒有關。那團光芒，既然自天而降，最後又回到了那麼高的高空，那麼它一定是一個飛行體。

這個飛行體，和那種巨大的眼睛，又有甚麼關係？何以後來又出現了天翻地覆的可怕情景？

正中那隻如此巨大的眼睛，又是甚麼意思？

從整個組畫看來，一組又一組變幻的情景，顯然是意圖說明一件事情的經過，但是我卻無法了解這些組畫中想表達的是甚麼！

我想了片刻，聽到比拉爾長長地吁了一口氣，我忙向他望去，比拉爾也向我望來，我忙道：「比拉爾，事情比我們想像的更不可思議，你自左至右看，那些壁畫是組畫，想說明一件事情的經過，你看看，它們究竟想說明些甚麼！」

比拉爾又呆了片刻，才依我所說，自左至右，緩緩轉動著身子，看看那些壁畫，我從他臉上神情的變幻之中，可以感到他心中的激動和驚疑。等到他看完，我又向他望去的時候，他才道：「天，那像是一場不可思議的戰爭！」

我也有這樣的印象，說道：「不錯，那是戰爭，戰爭的一方是——」

比拉爾道：「是許多許多維奇奇大神！」

比拉爾直截了當，將那些「巨眼怪人」稱之為維奇奇大神。雖然「神」的數量如此之多，總有點不倫不類。但是這些巨眼怪人的情形，既然和傳統中的維奇奇大神的臉譜一樣，那麼稱之為維奇奇大神，自然也不會錯。

可是，問題來了，我說道：「從圖上看來，戰爭的結果，勝利的一方，似乎並不是維奇奇大神！」

比拉爾點頭道：「是，在經過天翻地覆的變化之後，你看，這一組，分明是發生了地震，濃煙直冒上半空，地面四分五裂，岩漿在湧出來！」

我道：「是的，那是一場不可思議的大地震。在地震之後，好像維奇奇大神突然消失了，而那團光芒，像是已完成了任務，遠去了！」

比拉爾的神情十分疑惑：「那麼，從整個過程看來，這些壁畫，並不表示維奇奇大神的降臨，反而表示了他們的消滅！」

我道：「看來正是那樣，那麼多維奇奇大神，全到了何處去了呢？」

我的話才一出口，突然聽得一個聲音接上道：「我們全到了地底下面，被壓在地底深處！」

我和比拉爾正在全神貫注地討論，而奧干古達，自從進洞來之後，就一直伏在地上不動，所以突然之間，有人接口，令得我和比拉爾兩人，大吃一驚，連忙循聲看去，看到奧干古達已經站了起來，神情十分異樣地望著我們。山洞中除了我們三人之外，並沒有別的人，剛才那句話，自然是他講的。

可是他說：「我們全被壓到了地下，被壓在地底深處！」這是甚麼意思？一時之間，我和比拉爾兩人，都不知道如何開口回答才好。奧干古達向我們走來，不住道：「在地底深處，壓在地底深處！」

當他漸漸走近之際，我陡然叫了起來：「你在說甚麼？你是甚麼人？」我這樣問，實在十分愚蠢，向我走近的自然是奧干古達，可是，我卻對他有一種極度的陌生之感，是以我才會這樣問的。

奧干古達咧嘴一笑：「你們這些移居體，不會認識我！」

我一聽之下，已知道在奧干古達的身上，有了極可怕的變化，但是我卻實在不明白他講的話。我後退了一步：「你叫我們甚麼？」

奧干古達提高了聲音：「移居體！」

這一次，他說得十分清楚，可是就算我聽清楚了也沒有用，因為我實在無法了解「移居體」這一個名詞，是甚麼意思。

我回頭向比拉爾望了一眼，想徵詢一下他的意見，比拉爾心中顯然比我更加疑惑，面色慘白，呆若木雞。

我看出比拉爾不能給我任何幫助，是以我又望向奧干古達：「移居體？甚麼意思？」

奧干古達陡地「哈哈」笑了起來，雙手抓住他自己胸前的衣服，用力一拉，拉得他上衣的鈕釦，一起脫落，跌向地下，露出了胸口來。

當我一眼望向他胸口之際，我只覺得自己的腦中，「轟」的一聲響，視線定在他的胸口。同時，我聽得身旁的比拉爾，發出了一下慘叫聲。

奧干古達的胸口，就在他的胸口，雙乳間生著一隻巨眼！「眼珠」在閃閃生光！

我感到了一陣昏眩，身子有搖搖欲墜的感覺，我明白「移居體」是甚麼了。移居體，就是我們這些人，是用來被「眼睛」佔居的意思！

「眼睛」的本身，移動方式相當笨拙，我見過，它們像毛蟲一樣地屈起來又伸直。而它們利用了我們的身體作為「移居體」之後，它們就可以和人一樣地行動！而且，它們可以使用一切人的器官來供它們之用，例如，這時，對我在說話的，就絕不是奧干古達，而是他胸前的那隻眼睛！

我不知道奧干古達何時變成了眼睛怪物的「移居體」，但是我倒可以肯定，眼睛怪物在侵佔了人體之後，人的思想並不立時被控制，其中還有一個過程，這個過程歷時可能相當久。至少，當我昨晚看到奧干古達哭泣時，看到他察看自己的胸口，他還不像如今一樣被完全控制！

當我注視著奧干古達的胸口之際，奧干古達又笑了起來，而且，伸手向我的左臂抓來。

我的左臂一被他捏住，身子陡地震動了起來，左臂像是不再存在一樣，在剎那之間，消失了感覺。幸好我的反應極快，立時舉腳便向他踢去，重重一腳，恰好踢在他的腹際。

由於我心中的駭異極甚，是以我這一腳，也踢得極其重，奧干古達發出了一下怪叫聲，他的那種怪叫聲，在山洞中激起了轟然的回音，聽來更令人毛髮直豎。隨著那一下怪叫聲，他的身子，向後疾倒了下去。

我的驚駭實在太甚，我竟然無法站得穩身子，也跌倒在地上。

我才一倒地，就叫道：「比拉爾，拿石塊砸他，別碰他的身子！」

我已經知道了一點事實，那就是：人在成了那種眼睛怪物的移居體之後，會有一種特殊的力量，這種力量，可以使得人的肢體部分喪失知覺！這已從我接觸到蔡根富的身體以及奧干古達的身體的經驗中得到了證明。

雖然我的思緒還相當紊亂，但是我也可以肯定，這種力量，並不是來自蔡根富和奧干古達本身，而來自那種眼睛怪物！

眼睛怪物有一種力量，可以使人喪失知覺！我又想起在奧干古達的住所中，那種眼睛怪物侵襲僕人之際，那僕人站著一動也不動。

那僕人並不是嚇呆了，而是當眼睛怪物一碰到他的身子之際，他根本喪失了知覺，想反抗也在所不能，只有聽憑蹂躪！

在那一剎間，我只想到了這一點。雖然我也知道，這種知覺喪失很短暫，但是要對付，不是一件容易的事。所以我才叫比拉爾用石頭砸奧干古達。

可是比拉爾真的嚇呆了，他聽得我的叫喚，竟只是眨著眼，全然不知該如何行動才好。

就在那一剎間，奧干古達站了起來，我並沒有注意他臉上的神情，只注意他胸前的那隻怪眼，那怪眼的「眼珠」之中，顯然有好幾種色彩，在不斷變幻。我不知道這代表了甚麼，我只是立時也一躍而起，雙足再一起向他踹出！

這一次，我用的力道更大，奧干古達才一站起，立時又被我踹得仰天跌倒，我一落下來，立時趕過去，一伸腳，就踏住了奧干古達的胸口，我的鞋子，正踏在他胸前的那隻「怪眼」之上。

我們是爬山越嶺而來的，我穿的是鞋底有釘的那種爬山鞋，當我的鞋子才一踏上去之際，奧干古達的口中，發出了一種極其奇異而可怕的呻吟聲來。

我從來也沒有在任何人的口中聽到過這樣可怕的呻吟聲。我相信這呻吟聲一定不是奧干古達發出，而是那怪眼所發出來的！奧干古達既然已成了怪眼的移居體，怪眼自然也佔據了他的發聲系統。

這時，我已顧不得比拉爾的反應怎樣了，而且，我也沒有時間去多作考慮，因為奧干古達正在劇烈掙扎著，我迅速地摸出一柄小刀來，向後疾退出了一步。

我才一退後，奧干古達就一躍而起，他跳得極高，足足有三尺以上，這一點很出乎我的意料之外，但是也就在此際，我手中的小刀，已經飛射而出！

我和奧干古達相距，不過三公尺，而目標又相當大，我自然沒有射不中的道理，一刀飛出，刀刃便插進了奧干古達胸前那隻怪眼的「眼珠」之中。

奧干古達陡地停了下來，先低頭向自己的胸口看了一眼，又向我望來，然後，再向比拉爾望去，臉上現出十分疑惑的神情來，突然問道：「這是怎麼一回事？為甚麼你們不怕我？不服從我的命令……這……有點不對頭，有點……」

他並沒有說完，人就倒了下來，仍然睜著眼，可是已經一動不動了！

比拉爾直到這時，才發出了一下尖叫聲。我知道我這一刀，已經起了作用，但是發展下去的情形會如何，我全然無法預料。我先對比拉爾大喝一聲：「閉上你的嘴！別騷擾我！」

比拉爾給我一聲斥喝，停止了尖叫，我盡量使自己不那麼緊張，向前慢慢走了過去。我來到了奧干古達的身邊，看著他胸前的那隻「怪眼」，小刀齊齊正正插在「眼珠」之上。

那「眼珠」本來閃耀著妖異的光彩，可是這時，看起來卻只像是一塊普通的煤塊，也未見有甚麼液汁流出來。我伸手出去，輕輕摸了奧干古達的臉部一下，也沒有甚麼特異的感覺。

比拉爾在這時，也定過了神來，他來到我的身邊，顫聲問：「死了麼？」

我不知該如何回答他的問題才好，他是在問那怪眼死了，還是問奧干古達死了？

我又將手指放在奧干古達的鼻孔前，發現他還有呼吸，他沒有死！要是他沒有死，那麼死的只是那「怪眼」，可是怪眼深深嵌在他的胸口，是不是可以將它弄出來？弄出來之後，奧干古達的胸口，又會有甚麼樣的情形，他會不會死？

我並不是一個沒有決斷力的人，可是在如今這樣情形下，我實在不知道該如何做才好。

比拉爾顯然比我更手足無措，我們兩人，一起在奧干古達的身邊，呆呆站立著。大約過了三、五分鐘，我們一起看到，奧干古達開始眨眼，而且，手在地上撐著，慢慢坐了起來。

我和比拉爾一起向後退出了一步。奧干古達坐起身子之後，以一種十分奇異的目光，向我們兩人望了一眼，然後低頭向胸口看去，發出了一下呻吟聲，又抬頭向我們望來：「你們終於發現了？」

我和比拉爾互望了一眼，都不知道他那樣說，是甚麼意思。

但是，在突然之間，我明白了！這時和我們說話的奧干古達，和剛才不同。剛才，根本不是他在和我們說話，而是眼睛怪物通過他的發音系統在和我們說話。如今，才是他自已在和我們說話！我一想到了這一點，忙道：「奧干古達，你先鎮定一下，剛才發生了很多事，我會講給你聽。現在，你覺得怎樣？」

奧干古達掙扎著站了起來，他一站起之後，就伸手去拔插在怪眼上的小刀，我忙道：「等一等，先別將刀拔出來！」

奧干古達遲疑了一下，縮回手來，同時，又以極驚訝的神情，看著山洞四周的情形，和洞上的壁畫，他的神情，就像是他剛走進這個山洞。

他一面看著，一面道：「就是這個山洞！就是這個山洞！」他深深吸了一口氣，向我們望來：「自從我身體發生變化之後，我就有一種強烈的感覺，知道這個傳說中的山洞一定存在，而且，我知道這個山洞的所在之處，可以找到它！」

我不禁駭然：「你在說甚麼？你不是告訴過我們，你曾經來過這裏，而因為某種原因，所以才沒有公布這個山洞的存在？」

奧干古達呆了一呆，苦笑了一下：「是麼？我這樣說過？我不記得了！」

比拉爾叫了起來：「你不記得了！根本是你帶我們來的！」

奧干古達雙手在頭上敲著，神情極其迷惘。我道：「你將事情從頭說起，你……胸口的變化，是在甚麼時候發生的？」

奧干古達又呆了一會兒，走開幾步，在靠近洞壁的一塊大石上，坐了下來。

我和比拉爾跟著他走了過去，看來奧干古達像是在苦苦追憶些甚麼。我不明白他何以要如此追憶，因為全部事情，也不會超過一個月，他應該可以記得起來。過了好一會兒，他才陡地跳了起來，道：「那一次，我和比拉爾，一起在礦坑的那個通道中，硬將你拉出來，你記不記得？」

我道：「當然記得！」

奧干古達喘起氣來，道：「我的胸貼著通道底部，當我退出來時，衣服被擦破，我在剎那之間，全身有喪失了知覺的感覺，只是極短的時間，接著，就沒有甚麼異樣，可是我的思緒，就開始紊亂起來了。」

我和比拉爾互望了一眼：「是的，你忽然之間，要放棄一切追查！」

奧干古達像是全然沒有聽到我的話，繼續道：「當天回去，我在洗澡時，才發現自己的胸口……胸口……」

他講到這裏，聲音變得異常苦澀，難以再講下去。

第十一部：胸口長了一隻怪眼

當然，任何人忽然之間，發現自己胸口，多了這樣的一個「怪眼」，都會震驚莫名！

比拉爾嘆了一聲：「你應該告訴我們！」

奧干古達道：「我確然想告訴你們，可是我已經說過了，我的思緒開始混亂，一方面，我想告訴你們，可是一方面，我又覺得萬萬不能告訴你們。同時，我又想到了許多以前絕未想到過的事，例如這個山洞，我強烈地感到它的存在，而且，感到我曾經到過這裏！」

我不由自主吸了一口氣：「奧干古達，你鎮定一點，聽我的分析！」

奧干古達向我望來，雙眼之中，充滿了求助的神色。我道：「我先要知道你除了思想混亂之外，是不是還有別的感覺！」

奧干古達道：「沒有！」

我伸手在他胸前，那怪眼的周圍按著：「不覺得疼痛？」

奧干古達道：「不覺得，一點也不覺得。我也知道這……東西的體積，它如今完全在我體內，我不知怎麼會沒有任何感覺，我只將它當一場惡夢！」

我又說道：「如今，你的思緒——」

奧干古達道：「很好，和以前一樣。」

我想了片刻：「我的結論是這樣的。這東西，在侵入人體之後，它能和人體的組織，化為一體。而這東西有思想，當它和人體組織化為一體之後，它的思想就開始侵襲，直到它完全佔據人的思想為止！」

奧干古達愣愣地望著我，我作了一個手勢，示意他先別發問，然後，將我們到了山洞之後發生的事，向他詳細講了一遍。然後道：「我想，你自己原來的思想完全喪失，一定是在進了這個山洞之後的事！」

奧干古達用心聽著：「直到你殺死了這怪眼，我才找回了自己？」

我道：「我想是這樣。」

奧干古達的面肉抽搐著：「那我怎麼辦？這鬼東西，難道一直留在我的身上？」

我和比拉爾伸手按住了他的肩：「你先別緊張，它已經死了！」

奧干古達突然無可奈何地笑了起來：「那麼，至少讓我將這柄小刀子拔出來。」

我苦笑道：「不能冒險，那東西中的液汁，會分裂變化。要是小刀子一拔出來，那種液汁流了出來的話——」

奧干古達的身子發著抖，比拉爾也安慰他道：「你身體的各部分都沒有甚麼特別的變化，自己的思想也恢復了，我想總有辦法將它除去的！」

奧干古達又低下頭向自己的胸前看了一眼，他神情的那種啼笑皆非，真是難以形容。我將他上衣的衣襟拉上，遮住了他胸前的那隻怪眼。他不斷吞著口水，過了好一會兒，他才道：「那種怪眼，究竟是甚麼？」

我道：「是一種生物。毫無疑問，那是一種生物。你先別去想胸前的怪眼，冷靜下來，看看留在這山洞中的那些壁畫！」

奧干古達點了點頭，深深地吸了一口氣，然後，他花了不到十分鐘的時間，就看完了那些壁畫，我正想問他對那些畫有甚麼見解之際，他已經道：「這是一場戰爭！」

我和比拉爾齊聲道：「是，我們也這樣想！」

我立時道：「如果是一場戰爭，戰爭的一方，是那種怪眼，另一方是甚麼呢？」

奧干古達並不出聲，只是思索著。我又指著洞壁正中那隻巨大的怪眼：「你一進這山洞來，就俯伏在這隻巨眼之前，為了甚麼？」

奧干古達的臉上，現出了一片極其迷濛的神色，顯然他記不起自己有這個行為。而當時，他之所以有這個行為，當然也不是他的意願。也就是說，當奧干古達俯伏在地的時候，是附在他身上的那隻怪眼，在膜拜那隻巨大的怪眼！

而且，如果山洞中的壁畫顯示的是一場戰爭的話，失敗的一方，一定是那隻怪眼，因為奧干古達在他的思想全被控制之後，曾經對我們說過：「我們全被壓在地下！」

那些怪眼，的確全被壓在地下，當時一定曾經有過一場天翻地覆的變化，一場大地震，地面上的一切，全都壓到了地下。

當地土人的傳說，不會全無根由，在那場大地震中，形成了巨大的山脈，也將原來的森林壓在地下深處，變成了如今豐富的煤礦。而當時戰敗了的那些怪眼，壓在地下，經過了不知多少萬年，直到樹林變成了煤。它們不知是以甚麼方式生活，居然一直沒有死，直到一四四小組開採礦坑，到了它們埋身之處，才將它們又發掘了出來！

我想到這裏，將我所想的說了出來。比拉爾苦笑道：「這種東西的生命力竟如此之強？」

我苦笑了一下：「有很多事，實在很難理解，還記得中國水利工程師所提及的黃鱔？」

比拉爾神情苦澀，也沒有再出聲，奧干古達站了起來：「我們總算已經將事情弄清楚了。不管這種怪眼是從哪裏來的，也不管它是甚麼東西，我一定要將它從我胸口弄走！」

我道：「你忘了我們來的目的？我們是要來找蔡根富，他的情形，比你更糟！」

蔡根富的情形，的確比奧干古達更糟。奧干古達的胸口多了一隻怪眼，可是他身體的組織，顯然未受到其他的影響。

可是蔡根富卻不同了，那隻怪眼，嵌進了他的臉部，他原來的眼睛不見了。如果我也用同樣的方法，殺死蔡根富臉上的那隻怪眼之後，蔡根富會怎麼樣呢？他是不是還可以看到東西？是不是還可以如同奧干古達那樣，看來一點也不受影響？

當我在這樣想的時候，比拉爾或者是想將氣氛弄得輕鬆一些，或者是為了想安慰奧干古達，他笑著：「天色不早了，我們至少得在這山洞裏多逗留一天才行。你何必那麼急要將胸口的怪眼弄走？照你們的傳說，你現在就是維奇奇大神，只要一拉開衣服，讓人家看看你的胸口，你要競爭下一任總統，簡直是太——」當比拉爾講到這裏的時候，我已經想阻止他再說下去了，因為對於奧干古達如今的遭遇來說，比拉爾的話，實在太過分了。

我還未及出聲，奧干古達已經先一步行動，他怒吼一聲，揮起拳來，重重一拳，擊在比拉爾的下顎之上，打得比拉爾身子一側，向旁直跌了出去。

比拉爾這一下，跌得十分狼狽，當他跌倒在地上之後，身子仍在地上滾著，重重撞在一塊大石之上。他扶著那塊大石，想要站起身來，但是一下子卻站不起。他口角流著血，神情十分惱怒，重重一拳，打在那塊石上：「你的幽默感到哪裏去了？」

我看到奧干古達額上的青筋綻得老粗，拳頭捏得格格作響，唯恐他再出手，忙攔在他和比拉爾之間。也就在這時，忽然聽得比拉爾發出了「咦」的一聲響，指著剛才他打下去的那塊大石。

我循他所指看去，也不禁呆了一呆，只見他剛才拳擊之處，石面竟裂了開來！

這實在有點不可思議，比拉爾的一拳，竟可以打裂一塊石頭？我忙走了過去，比拉爾已伸手去撥開大石上被他擊碎的部分。

而當碎石被撥開之後，我看到了一個銀灰色的、十分平滑的平面。打碎了的「石塊」，也不過一公分厚，而且鬆軟，看來像是石膏一類的東西，塗在那個平面之上，而被比拉爾重重一拳打下去，將那層塗上去的東西打碎了，才顯露出那個平面來。

我向奧干古達看了一眼，見他還是滿面怒容，我忙道：「快來看，這是甚麼東西？」

這時，比拉爾已經用手撥下其他部分，那平面漸漸顯露出來，雖然下部還有一大部分被外層石狀的東西包著，但已經可以看出那是一只正方形，每邊都有八十公分的銀白色的金屬體。

奧干古達也走了過來，我們一起用手撫摸著，覺得它的表面十分平滑。比拉爾取出了一柄小刀，用力撬著，我和奧干古達也各自找了一件合手的工具，一小時之後，已將那方形物體的外層附著物，完全清理乾淨。那是四四方方的一塊東西，銀白色，看來像是金屬，但是十分輕，那麼大的一塊，我一個人可以將之抱起來，重量大約只有三十公斤。

起先，我以為那是一只箱子，可是經過了一番檢查，卻證明那只是一個整體。

這樣四方平整的一塊銀白色的不知名物體，究竟是甚麼東西，我們都說不上來。

在研究這塊東西上，我們著實花了不少時間。奧干古達最先退出：「我不管，明天一早我就要回去，到醫院去動手術！」

我和比拉爾靠著那塊東西坐了下來，對於奧干古達的話，我們雖然有異議，但是想到他身受的痛苦，倒也不忍心說甚麼。

當晚，我們都只是胡亂吃了點罐頭食品。侵入奧干古達胸口的那隻怪眼在死了之後，對奧干古達的生活，竟然一點也不發生影響，也頗出乎我的意料之外。

由於大家都十分疲倦，而且在這個山洞中，看來也不會有甚麼危險發生，是以我們三人也沒有輪值。奧干古達先蜷曲著身子睡著了，我躺了下來，不一會兒也睡著了。

據我的估計，我醒來的時候，大抵是在午夜時分。我是被奧干古達搖醒的，我睜開眼來，看到奧干古達的臉，距離我極近，神情充滿了恐怖：「你聽！」

不等他提醒我，我已經聽到了。

那是一陣陣的鼓聲，和一種音節單調而有規律的呼喝聲，正隱隱傳過來。比拉爾也醒來了，他也聽到了那種聲音，問道：「這是甚麼聲音？」

奧干古達道：「這種鼓聲和歌聲，只有在慶祝維奇奇大神的來臨時才奏的。」

我吸了一口氣：「蔡根富來了！」

比拉爾道：「我們應該怎麼辦？聽起來，他不像一個人來的！」

的確，那種呼喝聲，至少是幾百人在一起才能發得出來，我道：「收起我們的東西來！」

比拉爾和奧干古達急急收起我們的東西，又弄熄了燈火，我們找到了一個可以隱藏我們三人的地方，蹲了下來。才躲起來不久，就看到火把光芒閃耀著，不一會兒，第一個火把，已經閃進山洞來。

舉著火把的，是一個土人，看他的裝束、神情，是屬於深山之中，還未曾接受過文明薰陶的那一種。

第一個土人進來之後，一個接一個土人走進來，每一個人的手中，都舉著一個火把，山洞之中，愈來愈明亮。奇怪的是，進來的土人，根本不注意山洞四壁的壁畫，只是神情嚴肅，目注洞外，洞外不斷有人舉著火把進來，當進來的土人，達到將近一百人之際，忽然洞裏洞外，一起響起了一下呼喝聲。

那一下呼喝聲突如其來，我們三人都嚇了一大跳，我看到，洞口又進來了兩個人。這兩個人，是所有人之中，手中沒拿著火把的人。

在火把光芒的照映之下，那兩個人距離我們藏身的大石塊，大約只有三十公尺，我們都可以清楚地看到他們的樣子，那是一個男人，一個女人，男人的膚色是黃色的，女人則是黑皮膚。

我可以肯定，那個男人是蔡根富。我只能猜想，那個女人可能是花絲。我是見過花絲的，而這時候，我只能估計她是花絲，是因為她和我見她時不同了！她變得和蔡根富一樣，原來的眼睛不見了。在她的臉的上部，是打橫的一隻大眼！在火把光芒照耀之下，她怪眼中的眼珠，和蔡根富怪眼中的眼珠，都閃耀著奇異的光芒。

我因為曾見過蔡根富被怪眼侵入過的情形，所以雖然花絲也變成了這樣，給我震驚，可是我的震驚，不如比拉爾和奧干古達之甚。他們兩人，一定是在竭力壓制著，可是還是忍不住，發出了一下呻吟聲。

我忙向他們兩人作了一個手勢，示意他們不要再出聲，以免被人發現。

因為我發現，在蔡根富和花絲之後，跟著一隊披著獸皮和彩色羽毛的土人，像是一隊儀仗隊，他們一手舉著火把，另一手，都執著武器。

我決不敢輕視那些土人手中的原始武器，尤其當他們的人數如此之多的時候。

在那隊「儀仗隊」之後，是四個抬著大皮鼓的鼓手，蓬蓬地敲著鼓，鼓聲在山洞中響起的回音，簡直震耳欲聾，在鼓手之後，又是一百多個高舉火把的土人。

那些人的目光，全集中在蔡根富和花絲兩人的身上，顯示出了一種極度的崇敬。

雖然我們躲得很好，可是這種情景，卻令我心中極其吃驚。

我們到這個山洞來的目的，本來是準備在這裏等蔡根富出現，如今，蔡根富出現了，我不知道他們兩人怎樣，我自己，卻只想再躲得好些，不讓他發現。因為照目前的情形來看，那兩百多個土人，望著蔡根富的那種神色，根本已經將蔡根富和花絲當作是「神」來看待了！

等到所有的人全進了山洞之後，鼓聲靜了下來，雖然有二百來人之多，但是除了火把上發出來的一陣劈劈啪啪的聲音之外，靜得連呼吸聲也聽不到。

蔡根富和花絲兩人，頭部緩緩轉動著。這種姿勢，在正常人而言，應該是在四面打量著山洞中的情形。可是我無法肯定他們是不是看得見，因為他們臉上的「眼睛」是如此之古怪。

我聽得蔡根富和花絲道：「我們終於又回來了！」

花絲道：「是的，回來了！」

我心中不禁感到了一陣涼意。從這兩句話聽來，在講話的，絕不是他們兩人本身，而是他們臉上的那兩個眼形怪物在講話！

他們回來了！他們是從這個洞中出去的！對於這一點，我早已知道，因為怪眼侵進奧干古達的身體之後，奧干古達就可以在崇山峻嶺中找到可以通向這個山洞來的途徑，自然所有的怪眼，至少都曾到過這個山洞！

蔡根富和花絲兩人，在各自講了一句話之後，頭部仍轉動著，我猜他們是看到了那塊我們研究了相當時候，不知是甚麼玩意兒的那個立方體。兩人同時向那立方體走去。

當他們來到立方體附近之際，所有的土人，全都伏下身來，一動也不動，而蔡根富和花絲兩人，則站上了那塊立方體，並肩站著。

就在這時，我覺出在我身邊的奧干古達，身子動了一動。當我回頭向他望去之際，發現他的面肉抽搐著，手中已多了一柄小手槍，槍口對準了立方體上的蔡根富和花絲，看來他準備動手了。

我一看到這樣的情形，忙伸手將他的手按了下來。奧干古達的神情極激動，我以極低的聲音道：「看看情形，再下手！」

奧干古達的神情十分激動，我的手按著他的手，可以覺出他的手在劇烈地發著抖。而這時他臉上的那種神情，我也絕不陌生，我記得，在他的住所之中，當他的僕人被那些怪眼侵襲之際，他手中握著槍，將那些怪眼一起射死的時候，就是這樣子！

這時，山洞中的情形十分駭人，我看出那許多土人，對於蔡根富和花絲兩人，有一種極度的崇拜，也看出蔡根富和花絲早已全部被「怪眼」控制，不知會做出甚麼不可思議的事情來！

山洞中的情形，又有了變化。蔡根富和花絲兩人的口中，發出了一陣極其怪異的吼叫聲。這種叫聲，在山洞之中激起回音之後，給人以十分恐懼之感。

他們兩人才一發出吼叫聲，在洞中的所有黑人，都現出了瘋狂一樣的神情，跟著他們，一起叫著，那麼多人齊聲呼叫，再加上他們臉上那種瘋狂的神情，真是驚天動地，我按著奧干古達發抖的手，可是我自己的手，也不由自主，發起抖來。我抽空向比拉爾望了一眼，只見他的臉色一片灰白，顯然，他也像我一樣，被眼前的情景所震懾了。

蔡根富和花絲兩人，吼叫了大約三分鐘之久，雙手舉起，靜了下來。其餘所有人也一起停止了呼叫聲。

在他們停止了呼叫聲之後，山洞中轟轟的聲響，仍持續了至少一分鐘之久。然後，我看到蔡根富緩緩轉動著身子，轉向我們藏身之處，他臉上的那隻怪眼，閃耀著一種怪異莫名的光采，當他轉到了完全面對我們之時，我已經料到，會有甚麼事發生了！果然，蔡根富陡地伸手一指，指向我們藏身的大石，陡地呼喝了一句。

我一看到蔡根富轉向我們，便已經全神貫注，所以蔡根富呼喝的那句話，如果是我所聽得懂的一種語言，我絕沒有理由聽不明白他在呼喝些甚麼的。可是我卻沒有聽懂。他這時所用的語言，十分奇特，每一個大音節，由許多小音節拼起來，而他講得又如此之流利。

我正在奇訝這究竟是甚麼語言，奧干古達的身子，突然陡地震動一下，自大石之後，挺立了起來。

他這種突如其來的行動，令得我和比拉爾兩人，不知如何才好。

蔡根富和花絲兩人，都陡地哈哈大笑了起來。他們在笑的時候，都張大了口，而他們的臉上，又都只有一隻巨大的眼睛，那眼睛比他們張大了在笑著的口還要大，這種情形，看來真是怪異到了難以形容的地步。

隨著蔡根富和花絲兩人的笑聲，更令我感到突兀的是，奧干古達竟一步一步，向前走去，同時，他手中的手槍，也慢慢揚了起來。

我和比拉爾互望了一眼，在這時，我們兩人，不但不知道有甚麼事發生，連自己應該如何，也作不出決定，因為眼前的一切，實在太怪異了。

我曾有過許多冒險生活經歷，可是卻也從來沒有處身在一個如此充滿妖異氣氛的環境中。

奧干古達向前走，蔡根富和花絲一直在笑著，奧干古達面肉抽搐，當我看到他臉上的神情，像是決定了要開槍射擊的那一剎間，陡然之際，蔡根富和花絲兩人，一起叫了起來。

這一次，他們兩人叫的語言，卻是當地的土語，我可以清楚地聽到他們叫道：「殺死他！」

我陡地一怔，可是接下來所發生的事，實在發生得太快了，在我一怔之後，根本來不及有任何反應，事情就已經發生了！

隨著這一聲呼喝，至少有一百個以上，原本靜止著不動的土人，陡地發出狂野至極的吼叫聲，一起向奧干古達圍了過來。

而奧干古達，也在這時，扳動了槍機。奧干古達的槍法十分準，可以說得上彈無虛發，可是他那柄手槍之中，能有多少子彈？

第十二部：白色射線殺死怪物

當我聽到了槍聲，看到了第一個衝向前的土人倒下來，而後面湧上來的土人，像是盲目的螞蟻一樣之際，我從大石之後，直跳了出來，一面向比拉爾叫道：「盡你的所能逃出山洞去！」

比拉爾是不是聽到了我的叫喚，以及他是不是能逃出山洞去，我已經完全無法顧得到。事實上，以後所發生的事，我自己回想起來，也不是很清楚，因為事情實在太混亂。

我一面叫著，一面向前衝去，我聽到槍聲持續地響著，響了六下，可能是七下，我已經衝向前，衝進了土人群。在我衝進了土人群中之後，我運用了我所能使用的一切武技，將我身旁的土人踢開去，摔開去，打開去。我無法知道我究竟對付了多少土人，我看到了奧干古達。

我衝向前去的目的，是為了救奧干古達，因為蔡根富和花絲這兩個「維奇奇大神」，已經下令要土人殺死奧干古達。

可是當我好不容易，對付了不知多少個土人，看到了奧干古達之際，情形卻出乎我的意料之外，只見奧干古達已被很多人圍住，其中百幾個土人，手中的尖矛，已經指住了他。那種尖矛之上，毫無疑問，塗有土人特製的毒藥。

那也就是說，奧干古達的生命，已經危在頃刻了！我一看到這樣的情形，正準備不顧一切直撲過去之際，忽然奧干古達用力一拉胸前的衣服，露出那隻「眼睛」來，同時，口中發出了吼叫聲，一伸手，就將插在那「眼睛」上的那柄小刀，拔了下來。

當奧干古達拔出了那柄小刀之際，我只感到了一陣昏眩，幾乎站立不穩！

當時，我用飛刀對付奧干古達胸前的眼睛，一下射中，那「眼睛」看來是立刻死了，而奧干古達也回復了原來的理智，使我誤以為即使那種「眼睛」附體，要解救也不是太大的難事。而且奧干古達在「眼睛」死了之後的表現，也確然使人深信他已經完全恢復了自己，思想再也不受那眼睛的控制了！

然而，直到這時，我才知道完全不是那麼一回事！

那「怪眼」在詐死！我可以肯定這一點！因為當奧干古達一拔出了小刀之後，他胸前的那隻怪眼，重又閃起了妖異的光芒，而奧干古達所發出的那種吼叫聲，也和蔡根富發出的一般無異。

這時，不但我呆住了，連圍在奧干古達身邊的那些土人也呆住了。

土人現出駭異莫名的神情來，望定了奧干古達的胸前，不住後退。奧干古達卻抬頭看著蔡根富和花絲，雙方不斷以那種由許多小音節拼成的大音節的古怪語言交談著，呼喝著。我自然半個字也聽不懂，可是從他們的神態看來，他們顯然是在激烈地爭執甚麼，而且，在他們的「爭執」之間，蔡根富和花絲兩人，自那一大塊金屬之上，走了下來，奧干古達也在漸漸走向前。

所有的土人，全都現出又驚駭又惶惑的神情來，不住向後退開，顯然他們完全不知道發生了甚麼事。在他們的面前，有三個他們所極端信奉，對之毫無保留地崇仰膜拜的「維奇奇大神」。可是這三個「維奇奇大神」，卻又顯然在發生嚴重的爭執。在這樣的情形下，要信仰者何所適從呢？

我看出了這一點，是以我陡地用我所會的當地土語叫了起來：「出去，所有人全出去！大神有要事商議，再留在山洞中的人會死！」

我叫得十分生硬，但是在土人屏氣靜息之下，我所叫出來的話，每一個人都可以聽得到，那些土人，在全然徬徨無依的情形下，一聽到了我的叫聲，他們也根本未曾去想一想發號施令的是甚麼人，就各自爭先恐後，一起向山洞之外奔去。

他們向外奔去的那種混亂，和他們進山洞來時的那種秩序井然的情形，成為強烈的對照。

蔡根富、花絲和奧干古達三人（他們還是人？）對於擠著、推著、叫著向外奔去的土人，全然不顧，而自他們口中發出來的語音，速度也很快，他們在慢慢接近，等到雙方到了可以碰到對方的時候，奧干古達陡地出拳，先向蔡根富打去。

蔡根富立時還手，接下來的幾分鐘之中，我所看到的情形，實在絕不願再複述，當時，我要竭力忍受著嘔吐的感覺，才能移動我自己的身子。

蔡根富、花絲和奧干古達三個人，扭打成了一團，他們全是土人心目中的「維奇奇大神」，可是當他們三人扭打成一團，所使用的那種打鬥方式，其惡毒、殘忍，卻遠在任何原始土人之上，他們互相用指甲抓著對方，咬著對方，使用任何可以傷害對方的一切手段。而更奇怪的是，他們三人一開始了扭鬥，本來明顯是站在同一陣線的蔡根富和花絲，竟然相互之間，也一樣用盡力法，在對付對方。奧干古達拉住了花絲的頭髮，將花絲的頭拉得向後仰起來之際，我清清楚楚看到，蔡根富撲上去，向花絲的咽喉便咬！而花絲則毫不考慮地抬腳，便向蔡根富的胯下踢去。

當他們三人才一開始打鬥之際，我想衝上去，將他們分開來，可是我愈看愈不像樣子，我甚至無法將這三個打成一團的當作是人，他們全然是我完全無法了解的另一種生物！

而且，看他們那種兇狠的打鬥法，他們對自己的身子，似乎全不顧惜，我忽然想起了出自奧干古達口中的一個名詞來：「移居體」！

如今在如此兇狠扭鬥的，只不過是三個「移居體」，在他們來說，「移居體」是毫不足惜的，就算被撕成了碎片，他們還可以去找另外的「移居體」！

我本來就已經感到噁心，一想到這一點，我實在無法再看下去了！我轉過頭去，看到山洞中所有的土人，已經奔了個精光，我也忙向外奔去。

在我向洞口奔去之際，我還聽得一下骨頭的斷裂聲，我一停也不停，一直向外奔去，一直來到了那兩道峭壁之間，方才停了下來。

我才一停下，就聽得有人叫道：「天！你終於出來了！」我回頭看去，看到比拉爾，他雙手拉著一株小樹，像是唯恐雙手一鬆開，就會跌進一個無底深淵之中，雖然事實上，他站在地上。

我想我自己的臉色，一定十分難看，所以比拉爾看著我的時候，才會神情如此之驚駭。我們互望了一會兒，竟不知道跟對方講些甚麼才好。過了好一會兒，比拉爾才道：「究竟發生了甚麼事？」

我道：「他們打了起來！」

比拉爾道：「他們？他們是誰？」

我苦笑道：「我不知道他們是誰，只好稱他們一個是蔡根富，一個是花絲，另一個是奧干古達！」

比拉爾的神情，充滿了責備：「奧干古達，你……將他留在洞裏，一個人對付那兩個怪物？」

我忙道：「奧干古達本身也是怪物！」

比拉爾道：「胡說，他胸口的怪物已被你殺死了，他就是他！」

我大聲道：「他不是他！」

這時，如果有一個不明情由的第三者在聽我們爭吵，一定會覺得我和比拉爾都是瘋子。甚麼叫「他就是他」，「他不是他」？

可是，我們卻毫不考慮地使用了這樣的語言。比拉爾揮著手道：「不行，我們得進洞去幫奧干古達。他是我們的朋友！」

我知道如今我和比拉爾講，是講不明白的，一定要他自己看到了，才會明白，所以我對他的提議，並不反對。我只是問了一句：「那些土人呢？」

比拉爾道：「像兵蟻一樣湧出來，全走了！」

我深深地吸了一口氣，竭力使自己鎮定。在混亂一開始之際，比拉爾就奔了出來，他並沒有看到後來發生的令人噁心的事。所以他可以毫不猶豫地進山洞去，可是我卻不同，我實在需要好好鎮定一下，才能再有勇氣進山洞去面對那一切！

比拉爾已急急向前走去，我跟在他的後面：「比拉爾，我們完全不知道發生了甚麼事，在山洞中，如今可能有一切不可測的事，讓我走在前面！」

比拉爾有點惱怒：「為甚麼？難道我是懦夫？」

我苦笑道：「至少，我們一起進去！」

我一面說，一面趕上了他，兩人一起向前走著，沒有多久，我們已看到了陽光，看到了山洞中的情形。一看到山洞中的情形，比拉爾陡地停了下來，反手抓住了我的手，自他的喉間，發出可怕的聲響來。

我雖然已預料到山洞中的情形，可能比我離去時更令人震驚，可是一看到眼前的情形，我也不禁呆住了！

蔡根富、花絲和奧干古達三人，躺在相隔頗近的距離之內，他們三人，根本已經不成人形，只是三個勉強可以說是還有人的形狀的肢體而已。而更可怖的，還不是這三具屍體——毫無疑問，那是三具屍體——的斷手折足，血肉模糊，而是……

在蔡根富和花絲的臉上，那隻怪眼已經不見了，留下來的，是一個極深的洞，還在冒著血。而奧干古達的胸口，那個血肉淋漓的深洞的兩旁，更可以見到根根的白骨！

我只看了一眼，就立時偏過頭去，並不像比拉爾那樣，看了一眼以後，視線就無法離開。

也幸虧我偏過了頭去，我才一轉過臉，就看到地上，有一隻怪眼，正在移動著，向我接近，在怪眼之中，閃耀著妖光。

我不由自主，發出了一下尖叫聲來，身子向後一退，撞到了比拉爾的身上。由於我這一撞，十分大力，令得比拉爾的身子，向後跌出了一步。就在這時，我聽得比拉爾也尖叫了起來。

我忙向他看去，只見他盯著自己的腳，另外有一隻怪眼的一端的尖角，已經搭上了他的鞋尖！

我一躍而起，重重向那隻怪眼，一腳踏了下去，那隻怪眼的身子縮了一下，我拉著比拉爾向前便奔，奔出了十幾步，才轉過身來。

我們才一轉過身來，就看到三隻怪眼，一共有三隻，正蠕動著，閃著妖異的光芒，在向我們接近。

那三隻怪眼的移動速度並不快，比拉爾有體育家的身形，我的反應更快速，本來，我們是可以輕而易舉地躲開。可是不知為甚麼，我和比拉爾兩人，像是全被怪眼中所發出的那種光芒所震懾，竟呆立著一動也不動，眼睜睜地看著他們，漸漸接近，當他們來到我們面前，只有一公尺左右時，我才勉力向後退著。

我在事後，無法記起這一段僵持的時間究竟有多久。只知道我們一步一步向後退著，那三隻怪眼，一步一步，向我們逼過來。

直到我們兩人，陡地身後遇到了障礙，無法再向後退時，我們才回頭看了一看，看到擋在我們身後的，正是那塊本來包在石中的大金屬體。

那塊大金屬體，也不過一公尺高下，在那時候，我們的思想，都有點麻木不靈，像是膽小的女人看到了老鼠，就跳上椅子一樣，我們一起上了那塊金屬體，站在那金屬體之上。

在這時候，至少我完全未及考慮到，如果那三隻怪眼追了上來，我們應該怎麼辦。而事實上，三隻怪眼，正在逐步逼近，而且，也沿著那金屬體，向上「爬」了上來！

我和比拉爾兩人的精神，幾乎要崩潰了，我們眼睜睜地盯著這三隻向我們接近的怪眼，連躍下金屬體的氣力也沒有了！

在這時，我的腦筋倒還清醒，我只想著一件事——我逃不過去了，我將成為怪眼的「移居體」！

也就在這時，三隻怪眼，已經完全貼上了金屬體在我們面前垂直的一面，只要它們再移動一下，就可以到達我們所佇立的平面了。

但也就在此際，自那個金屬體中，陡地發出了「滋」的一聲響，接著，便是「啪啪啪」三下響聲，已經貼上了金屬體的三隻怪眼，一起落到了地上，而且，以比它們剛才移動的速度快上幾倍的速度，向外移去，但是它們的速度雖然加快了，卻絕及不上突然之際，由金屬體中陡地射出來的三股亮白色的光線。

那三股光線，直射向三隻怪眼，在三隻怪眼的中心，直穿了過去。

這一切，在極短時間之內發生，前後還不到一秒鐘，亮白色的光線消失，三隻怪眼，一動也不動地在地上。

我和比拉爾，仍然呆立了好一會兒，才互相對望了一眼。比拉爾道：「發生了甚麼事？」

我苦笑道：「你和我一樣，眼看著一切發生，你不知道，我怎麼知道？」

比拉爾急速地喘著氣，我在他喘氣之時，跳下了那金屬體，向那三隻怪眼走去。當我來到那三隻怪眼前面時，先用腳撥了它們一下，它們剛才在移動之際，身子十分柔軟，可是此際，當我一踢它們之際，這三隻怪眼，卻變得十分硬。我俯下身去，想用手指去碰它們，比拉爾叫道：「小心！」

我道：「你來看，它們現在的情形，就像我們在蔡根富住所中找到的那塊煤精一樣！」

我一面說著，一面迅速用手指碰了其中一隻怪眼一下，又縮了回來，等到我肯定我沒有因為觸摸這怪眼而受任何損傷之際，我將一隻怪眼拿了起來。

的確，那是一塊煤精，和蔡根富住所中發現的那塊，一模一樣，甚至於中心部分那個小孔，也一模一樣！

那個小孔，當然毫無疑問，是從金屬體中射出來的那股光線所造成的。一股光線，在剎那之間，竟能形成一個小孔，那是甚麼光線？

我不由自主，向那金屬體望去，卻又看不出有甚麼異樣來。

當我第一次見到這樣形狀的「煤精」之際，我就注意到它的中心部分有一個小孔。我一直都以為這個小孔是蔡根富找到這塊煤精之後，用甚麼鑽頭鑽出來的。現在我才知道，那顯然不是，蔡根富在出事前一天發現的那塊煤精，是早已死的，死在那種光線之下！

當然，我也絕不敢輕視這種已死了的「眼睛」，因為我知道它在碎開之後，它中間的那種透明的液汁，會化成更多的同樣的怪物！

這時，比拉爾也向我走來，我將手中的那隻怪眼，向他遞過去，比拉爾猶豫了一下，才接了過去。他看了一會兒，抬頭向我望來：「這和蔡根富家中發現的那個一樣！」

我點頭道：「是的，看來就像一塊普通的煤精，可是，如果敲碎它的外殼，它又會復活，而且由一個，變為很多個！」

比拉爾的身子震動了一下，輕輕地將那隻怪眼，放了下來，又指著那金屬箱，我知道他想問甚麼，指著洞壁上的一組畫：「你看！」

我指著那組壁畫，真的是在一個懸空的發光體中，射出許多亮白色的光線，直射向許多臉上有怪眼的黑人的情形。

比拉爾循我所指看了一眼：「這種光線，專殺那種怪眼？」

我道：「看來是這樣！」

比拉爾神情充滿了疑惑：「這塊金屬體究竟是甚麼東西，它何以能發出這種光線來？」

我伸手在金屬體的一面，慢慢撫摸著，它的表面，十分平滑，絕對無法看得出那種光線，由甚麼地方射出來。這塊金屬體，我們曾極詳細地檢查過，一無發現。

但是，這時，當我的手，在金屬體上，緩緩移過之際，卻感到在金屬體的內部，傳來了一種十分輕微的震動。

接著，在我還未及出聲向比拉爾提及這一點時，自金屬體上，發出了一下聲響，我按著的一面，突然向下移動，那是極薄的一片金屬片，我一鬆手，金屬片平落到了地上。這時，那金屬體看來，像是一隻箱子，而放下來了的那一片，就像是箱蓋。

比拉爾立時過來，和我一起向箱子看去，我看到裏面上半部，是許多薄片，一片一片，每片之間只有極少的空隙，放在裏面。

我從來也未曾見過這樣的東西，不知該如何進一步弄明白，比拉爾一伸手，將其中一片金屬片，拉了出來。

那是一片極薄的金屬片，面積約在一平方公尺左右，在金屬片上，有著極其精緻的浮雕，就像是一種十分精美的銀器上的花紋。那種花紋，看來如全然不規則的形狀。

我見到比拉爾拉出了一片之後，沒有甚麼異狀，就伸手也拉了一片出來。這一片一拉出來，我和比拉爾兩人，不由自主，一起發出了「啊」的一聲！

金屬片上，一樣有著曲線，曲線勾勒出來的形狀，卻十分熟悉，任何稍有地理知識的人，一看就可以知道那是英倫三島的地圖！

一點也不錯，那是英格蘭、蘇格蘭、愛爾蘭，毫無疑問，是英國地圖。

比拉爾失聲道：「英國！」

我點頭道：「英國，那麼，你剛才的那一片——」

我拉出的那一片金屬片，在他的那一片之上，為了要再看他那一片，我將我拉出的那一片又送回去。我們已知道了金屬片上的浮雕是地圖，剛才看來莫名其妙的曲線，這時也變得很容易看明白了，那一片上面的是中美洲，從宏都拉斯到巴拿馬的一段。

比拉爾叫了起來：「中美洲，看，這裏，應該是巴拿馬運河，為甚麼這裏沒有？」

我道：「如果在繪製這些地圖的時候，根本沒有巴拿馬運河，地圖上當然也沒有！」

我一面說，一面伸手在金屬片上的巴拿馬，碰了一碰，我的手指才一碰上去，金屬體之中，突然發出了一下聲音來。我嚇了一跳，聲音立時停止。

比拉爾和我互望了一眼，他也伸手去碰了一下，也是手指一接觸到，就立即有聲音發出來，而且很清楚聽出，是三個音節，可是我和比拉爾，卻全都不明白這三個音節，是甚麼意思。

比拉爾道：「好像是想說甚麼！」

我攤了攤手：「誰想說甚麼？」

比拉爾指著那些薄片：「當然是它們！」

我不由自主，吞了一口口水：「別開玩笑了，才去了三個會侵佔人體的眼睛，又來了那麼多想說話的金屬片？」

比拉爾也苦笑了一下：「可是我實在覺得它想說甚麼！」

他一面講，一面又將手指放了上去，果然，聲音又傳了出來，這一次，他放得時間長了一點，所發出的聲音，是許多音節，聽來真像是一種語言，我和比拉爾都用心聽著，可是一點也不懂，比拉爾拿起了手指，我和他互望著，各自苦笑。

比拉爾將那片金屬片送了回去，又隨便拉出一片來，那是印度的地圖，我用手指著地圖，道：「看，恆河——」我才說了三個字，手指碰到了金屬板，突然又有聲音發了出來。

這一次所發出的聲音，聽來仍然是語言，但是和上一次，全然不同。我才聽了一會兒，便叫了起來：「我聽懂了一個字，那真是一種語言！」

比拉爾望著我，我示意他先別出聲，聲音仍不斷地自金屬片傳出來，過了一會，我又叫了起來，道：「還是那個字！它已重複了兩次：茲以塔！那是印度哈薩瓦蒲耳省的土語：天空！」

比拉爾望著我，我仍在傾聽著那不斷發出來的聲音，可是除了「天空」這一個字之外，其餘所「講」的，我一點也聽不懂！

「講話」大約持續了十分鐘，就靜止下來，我苦笑了一下：「或許那只是巧合，因為我面對著印度的地圖，所以想起了印度的土語來！」

比拉爾陡地震動了一下：「會不會——」

他只講了三個字，便停了下來，顯然他對於自己想到的主意，並沒有甚麼信心！

我揮了一揮手：「不論你想到甚麼，只管說吧，在見過能侵佔人體的怪眼之後，似乎沒有甚麼不可能發生！」

比拉爾有點自嘲地笑了一下：「我的想法很怪，這些金屬片上，全是地圖，又會發出一種語言來，會不會是每一片地圖，就發出當地的語言！」

第十三部：邪惡佔據了地球人的心靈

我呆了一呆，比拉爾的說法，頗有點匪夷所思，但卻也不是不可能的。我忙道：「我們可以找一個地方，來試上一試！」

在我講完之後，略停了一停，我們兩人一起叫了起來：「法國！」

比拉爾是法國人，我們這時交談使用的，就是法語，如果用手指觸摸法國的地圖，就可以聽到法國話，那我們一定可以聽得懂，所以我們才不約而同，一起想到了法國！

比拉爾顯得十分興奮，一片一片金屬片拉出來，送回去，拉到了第八、九片上，就看到了清楚的歐洲中南部的地圖，比拉爾急不及待地將手指放上去，聲音立時又響了起來。

我們都期待著可以聽到法語，來解答我們心中的謎。可是半分鐘之後，我和比拉爾互望著，苦笑了起來。

的確，手指一放上去，就有聲音發出來。而發出來的聲音，聽來也確然像是一種語言。可是那種語言，卻絕對和法語扯不上甚麼關係，那只是一種音節十分簡單的「語言」，聽來，比非洲土人部落中的語言，還要來得簡單，那只是一種原始的語言！

過了三分鐘，我們自然不能在這種「語言」中聽出任何有意義的話來，比拉爾將金屬片推了回去：「看來我想錯了，沒有一個法國人，聽得懂這樣的法國話！」

我皺著眉，思索著，心中陡地一動，又將那片金屬片拉了出來，指著上面的線條：「比拉爾，你看，這是一幅歐洲中南部的地圖，毫無疑問，那靴形的一塊突出，就是今天的意大利！」

比拉爾道：「當然，剛才我的手指，就放在這靴形一塊的上面，那應該是法國！」

我道：「可是，地圖上並沒有國與國之間的疆界！」

比拉爾的領悟能力相當高，他立時明白我想說明甚麼：「是的，這些地圖，不知道是在甚麼時候製成的，那時候，可能根本還沒有法國！」

我吸了一口氣：「對！我們為甚麼不能將時間推得更早，早到——」

比拉爾也深深吸了一口氣，忙接上了口：「早到歐洲還是一片蠻荒，只是居住著一些土人，而我們剛才聽到的，就是當地土人的語言？」

我道：「這正是我的意思！」

比拉爾道：「那我們應該找一個早已有了文明，有了系統語言的古國！」

我和他互望了一眼，又一起叫了起來：「中國！」

我們自然而然，想到了中國，那是很自然的事。世界上文明古國並不多，儘管有人可認得出印度古代的梵文、中國的甲骨文、古埃及和巴比倫的文字，可是決不會有人聽得懂古代的印度話、埃及話、巴比倫話。因為文字可以保留下來而供後代的人慢慢研究，可是卻沒有半個音節的古代語言留到今天！而我是中國人，我只希望這些地圖繪製的年代，別是太久之前，那麼，我或許可以聽得懂中國古代的語言！

比拉爾在叫了一聲之後，手竟有點發抖，因為我們是不是可以聽得懂自金屬片上發出來的聲音，這可以說是最後一個機會了！

比拉爾拉著金屬片，我們找到了亞洲東部的地形圖，渤海灣、山東半島、長江、黃河，甚至台灣島、日本四島全清楚可見。

我伸出手來，猶豫著，比拉爾道：「你還在等甚麼？」

我的神情有點無可奈何，道：

「中國的語言十分複雜，如果年代是早到歐洲還處在蠻荒時代，中國的語言，我想應該在黃河流域一帶去找，才比較靠得住，中國文化從那裏起源！」

我一面說著，一面將手指放在黃河附近，如今河南、河北省的所在地。同時心中在想，語言總比文字走在前面，在河南殷墟發掘出來的文字，已經可以組成一篇完善的文章，而年代又可以上溯三千多年，那麼，就算這些地圖的製成年代，在一萬年之前，總也可以有系統的語言了。在我將手指放上去的那一剎間，我和比拉爾都極其緊張，聲音傳了出來，是一種單音節的語言，毫無疑問是中國話。

我可以肯定那種單音節的語言，一定是中國話，可是當一分鐘之後，比拉爾焦切地問我：「你別老是聽，快說，它講點甚麼？」之際，我卻只好苦笑！

我道：「它的確是在講些甚麼，而且我可以肯定，它是在用中國話講，不過我聽不懂！」

比拉爾有點憤怒：「中國人聽不懂中國話？」

我立刻回敬他：「你是法國人，可是剛才的那種法國話，你聽得懂？」

比拉爾道：「那不同，你聽聽，這裏所講的中國話，和現代中國話，好像沒有甚麼不同！」

我道：「現代中國話有三千多種，我可以聽得懂其中的百分之八十；黃河流域的現代中國話，可以聽懂百分之一百，可是——」

我講到這裏，陡地停了下來：「等一等，我剛才聽懂了幾個字：自天而降，等一等……我……它又說邪惡，一定是邪惡那兩個字——」

比拉爾不再出聲，我用心傾聽著，大約六分鐘左右，聲音停止，我再用手指按在剛才碰過的地方，聲音又響了起來。

在接連六、七次之後，我已經可以肯定，那一番講話，需時大約六分鐘，每一次講完之後，只要用手指碰上去，它就會重複一遍。

這塊金屬——或者說，這只內部有著我們所不能了解的複雜裝置的箱子

——一定由一種有著高度文明的生物留下來，這種生物，企圖通過這只箱子中的裝置，發出語言，以求和地球人溝通，或者，至少它想向有機會到這山洞的人，說明一些事項。而它想說明的事項，又一定和那些怪眼有關。

可是，留下這箱子的生物，卻不知在地球上，近幾千年來，語言方面已經發生極大的變化。而地球上人類文明進展，實在緩慢得可憐，將聲音保留，只不過是近一百年來的事！在愛迪生發明留聲機之前的任何聲音，早已在地球上消失，永遠難以尋獲，所以，地球人對於古代的一切聲音，一無所知！

我一遍又一遍聽著，漸漸地，我發現語言的結構，十分簡潔，那是中國的古文，極古的「尚書」中的句子，結構就與之相類。然而，就算有一部「尚書」在我面前，叫我照著去唸，我也未必唸得通順，何況只是聽，我所能聽懂的是多少，真是有苦自己知。

我聽得如此用心，在聽了至少三十遍之後，我向比拉爾做手勢，向他要紙筆，比拉爾立時將紙、筆遞了過來。我每聽到我可以理解的事，就記下來，或者，有懷疑的，就注上發音。

我又聽了將近三十遍，那時，天色早已黑了下來。由於我是如此之全神貫注，比拉爾也不來打擾我，只是在天黑之後，點上了火把。

我倒真佩服比拉爾的耐性，我和他不同，多聽一遍，我就有新的發現，每一個字的重新肯定，就可以使整篇講話的意義明顯一層，而比拉爾則是在將近六個小時之內，完全聽著他絲毫不懂的音節。

一直等到山洞頂上的那個大洞，又有陽光透了進來，我才發覺自己的脊椎骨，簡直已經僵硬了，我直了直身子，可以聽到骨節上發出的「格格」聲。

我不知道比拉爾有沒有睡過，只是當我一直起身子的時候，他立時道：「你有頭緒了？你已經記下了不少字，是不是明白它在講些甚麼？」

我記下的字，大約有三百個左右，可以連起來的地方相當少，但是在我記下來的字之中，我的確已經明白了它在講些甚麼了！

我點了點頭，比拉爾極其興奮：「你將那些字讀給我聽聽。」

我又挺了挺身子，道：「讀給你聽，你也不懂，事實上，我至多是了解了其中三、四成的意思，但是根據這些日子來的經歷，我可以了解更多的意思！」

比拉爾道：「它……究竟在講些甚麼！」

我吸了一口氣，又在腦中將我已了解到的組織了一下：「那些怪眼，在這篇講話中，被稱為一種邪惡。這種邪惡，在某一個地方——」

我講到這裏，不由自主，抬頭向山洞頂上，陽光透進來的那個大洞，望了一眼。

比拉爾道：「這個地方，是在遙遠無際的星空之中？」

我道：「一定是！」

我略停了一停，又道：「在那個地方，有著邪惡與非邪惡之間的劇鬥。它們很幸運，將邪惡打敗了，趕得邪惡離開了它們的地方。可是它們知道，邪惡到哪裏都是邪惡，所以它們要追殺邪惡，使之完全消滅，結果，追到了地球。」

比拉爾眨著眼。

我也眨著眼，向比拉爾望去：「這裏有一段我不是很明白的地方。好像邪惡比追來的人，到得更早，究竟早了多少時間，也不很清楚。它是說明，邪惡可以附在任何生物身上，侵蝕被附佔生物的思想，使被侵佔的生物，成為邪惡的化身！」

比拉爾神情吃驚：「要是這樣的話，那麼地球人豈不是早已被邪惡侵佔了？」

我道：「這裏，也說得很模糊不清，或者根本講得很清楚，只不過我沒有聽懂。它只是說，邪惡的本身，它們的形狀，正如我們所見過的怪眼一樣，可以化生，極難完全消滅，只有它們多年研究結果的一種光線，才可以使之徹底絕滅。還有一種令之消滅的辦法，是它們的自相殘殺。邪惡的形體，有的很大，有的很小，當它們有了移居體之後，就不會再離開，邪惡最善於偽裝，最善於欺騙——」

我講到這裏，和比拉爾一起，向山洞之中，如今已變成極可怕的一具屍體的奧干古達，望了一眼。

我又道：「對於這一點，我想我們都不應該有疑問，當我用小刀刺進奧干古達胸前那怪眼的時候，我們不都是以為奧干古達已經清醒過來，怪眼已死了麼？其實，那時怪眼根本沒有死，只不過裝死來騙我們！」

比拉爾沒有說甚麼，身子在微微發著抖。

我又道：「它又說，邪惡與邪惡之間，極喜自相殘殺，這是邪惡的天性，它們來到地球上，曾經殺了不少邪惡，連同邪惡的移居體一起殺害，它們對這一點，表示了很大的遺憾，可是那不得已，因為它們一到，就發現來到地球的邪惡，已經明白地球人是最佳的移居體，邪惡明白可以通過地球人的身體，來發揮它們的本性。」

比拉爾喃喃地道：「那情形，就像是蔡根富用高壓水力採煤機殺死被怪眼侵佔的人一樣，或者和奧干古達射死他的僕人一樣？」

我苦笑了一下，聲音有點乾澀：「未必盡然，我們看到過這三個……人的爭鬥，我想，蔡根富當時已經被怪眼侵佔，邪惡已經深入他的思想，殘殺的意念高漲，他要成為唯一的維奇奇大神，而將他的同類殺死！」

比拉爾呆了半晌：「也有可能。」

我用手輕打著自己的額角：「它又說，它們製造了一場地震，將它們所知的，尚未找到移居體的邪惡，一起壓到了地底之下，希望它們永不再出現！」

比拉爾苦笑道：「可是開採煤礦，卻又將它們採了出來，這究竟是一種甚麼生物，何以可以在地底那麼多年而依然生存？」

我道：「我可不知道，但是，邪惡一定很難消滅。」

比拉爾一聽得我這樣說法，直跳了起來：「你……你在暗示些甚麼？」

我反倒十分平靜：「我不暗示甚麼，我只是翻譯著我聽到的話。它說，它們追到地球之前，邪惡已經先到了。」

我說道：「它們無法知道邪惡在地球上已經找到了多少移居體，它們也無法消滅當時所有的地球人，它們只好盡它們的能力，做了它們應做的事！」

我一面講，一面直視著比拉爾，比拉爾的神情愈來愈吃驚。我又道：「在這山洞中壁畫上的情形，就是它們當時消滅邪惡的情景。」

比拉爾努力想說甚麼，可是他漲紅了臉，卻說不出話來，過了好一會兒，他才道：「那種邪惡……的形體像人的眼睛，而……又……有的大……有的小？」

我完全明白比拉爾的意思：「正是。」

比拉爾道：「如果其中，有的和人體上的眼睛一樣大小，而它們又有足夠的聰明，想佔居人體，而又不被發覺，那麼它們就應該——」

比拉爾的神情愈來愈害怕，我將手按在他的肩頭上：

「是的，它們就應該佔據人原來眼睛的位置，前來追殺它們的人就完全無法分辨哪些人被邪惡侵佔，哪些人未被邪惡侵佔。我明白你害怕的原因，你在想：會不會邪惡從那時起，已經佔據了大部分地球人的心靈？」

比拉爾臉色蒼白地點著頭。

我苦笑道：「比拉爾，我想是的！你不妨想想人性中邪惡的一面，和它所告訴我們的邪惡，是如何相近！而地球上的人類，何以忽然有了文明？有了文字？有了殘殺，有了統治和被統治，有了戰爭？何以和平的原始生活，忽然變成了殺戮的文明生活？」

比拉爾被我一連串的問話，問得有喘不過氣來的神情，他只是重複了我最後一句話：「殺戮的文明生活？」

我苦笑了一下：「是的，自從人類有了文明，可以記錄自己的歷史以來，應該是文明時代了，可是你讀讀人類幾千年有記載的歷史，是不是一部殺戮的歷史？」

比拉爾答不上來，囁嚅著道：「我以為不應該將問題扯得這樣遠，現在討論的，是兩種外星生物之間的鬥爭，不過戰場在地球，如此而已！」

我道：「不錯，簡單來說，事情是這樣，可是你別忘記，邪惡侵入地球之後，追殺者才來到！追殺者在這裏，殲滅了一部分邪惡，又將一部分邪惡埋入地底，天知道還有多少邪惡以巧妙的方法，佔據了人體，而生存下來！」

比拉爾的聲音有點發顫：「你不是以為它們至今仍在繁殖著吧？」

我嘆了一口氣：「我不知道，繁殖，有兩種意義的解釋，一種是肉體的繁衍，另一種是精神的延續。我不能肯定前者，但是我可以肯定，邪惡的延續，一直未曾間斷過。」

比拉爾雙手捧住了頭，過了半晌，才抬起頭來：「不見得當年……那種怪眼佔據了地球上所有的人，地球上一定還有人保有本來面目，本來心靈！」

我呆了片刻，才道：「也許，但是請你指出一個地球人，他的一生之中，是連邪惡的念頭未曾起過的？比拉爾，你對自己的行為有信心，但是你的一生之中，敢說從來也未曾起過邪惡的念頭麼？」

比拉爾望著我，過了半晌，才道：「或許……或許不關怪眼的事，人本來就是這樣的！」

我道：「或許！」

在這之後，我們之間，是長時間的沉默。

最後，還是比拉爾先開口，他的聲音聽來有點虛弱：「它……還說了些甚麼？」

我道：「我所能理解的就是這些，它還說，它們留下這隻箱子，集中當時地球上所有的語言，希望會有人發現，知道這件事的來龍去脈。比拉爾，維奇奇大神，就是被怪眼佔據了之後的人，它們當時一定曾有過不少兇殘的行為，所以土人的印象才會如此深刻，才會對這種神產生這樣大的恐懼感！」

比拉爾的神情，已經鎮定了許多：「這樣說來，蔡根富——不，佔據了蔡根富身子的那隻怪眼，也是早有預謀的了？」

我道：「猜想起來是這樣，我的猜測是，蔡根富在開礦過程中，先發現了一隻怪眼。那隻怪眼是曾經被那種光線射中過，但是蔡根富可能在這隻怪眼上發現了一些甚麼，他企圖告訴道格工程師，而道格工程師不信，他將那怪眼帶回了家中。第二天，大量的，至少有一百多個怪眼，被掘了出來。那些怪眼，在經過了長時間的壓在地下之後，並沒有死，一被掘出來，立時向人體進攻！」

比拉爾吞了一口口水，我示意他勿打斷我的話頭：「我相信蔡根富最早被怪眼侵佔，而且，邪惡立時佔據了他的思想，邪惡的殘殺同類，唯我獨尊的特性發作，他殺死了一批同類，另一批同類可能逃匿起來，一直躲在礦坑中，事後，這些怪眼又開闢了一條通道，中士就死在那條通道之中，奧干古達也是在那條通道中被怪眼佔據了他的身體的。」

比拉爾道：「我……算是幸運的了！」

我望著比拉爾，心中忽然閃過一個念頭。可能是我有了一種古怪的神情，比拉爾陡地跳了起來：「沒有！我沒有！邪惡，那種怪眼，並沒有侵襲我，我可以讓你檢查我的全身！」

我忙道：「比拉爾，我有說過你也被怪眼侵襲了麼？」

比拉爾道：「你……你的神情，為甚麼那麼古怪？你不相信我？就算你在我的身上找不到怪眼，你也會以為我兩隻眼睛中有一隻是怪眼，或許兩隻都是，對不對？你不用神情古怪，只管說出來好了！」

剛才一剎那之間，我或許真的神情古怪，我也的確曾經想到過；為甚麼奧干古達被怪眼侵襲，而比拉爾沒有。但我只不過是想了一想而已，我絕想不到比拉爾竟會這樣敏感。

我盡量使自己的臉上，現出誠懇的神色來，而事實上，我的心中，也的確十分誠懇，我道：「比拉爾，你怎麼啦？我也進過那通道，如果我懷疑你，難道我也懷疑我自己？我絕沒有懷疑你，絕沒有！」

比拉爾又盯著我一會兒，才苦笑起來，道：「謝謝你！」

接著他又喃喃地道：「人在有邪惡思念的時候，在他的眼睛中，可以覺察得出來，這種現象是一種巧合，還是地球人在若干年之前，全被怪眼侵襲過，而留傳至今的一種遺傳？」

我搖著頭，比拉爾的這個問題是無法回答的。比拉爾定了定神：「蔡根富在殺了同類之後，曾有一個長時期被關在監獄之中，為甚麼那時，他的臉看來和常人一模一樣？」

比拉爾不斷向我提問題，事實上，我剛才講的一切，只是揣測，我只好繼續揣測下去：

「或者那時，怪眼是在他的胸前，或是在另外部位，或者，怪眼那時，代替了他一隻眼睛的位置。我始終相信，怪眼侵入之後，就佔據了人的思想，蔡根富之所以能堅持著一句話也不說，以及事後逃走，找到了花絲等等，都非有極大的能力策畫不可，這種事，就不是頭腦簡單如蔡根富這樣的人，所能做出來的！」

比拉爾點著頭，同意我的分析。我又道：「蔡根富使花絲也被怪眼侵襲，侵襲花絲的怪眼，多半就是蔡根富身上那隻化開來的。它們已經聚集了那麼多土人，如果不是奧干古達和我們在這裏，怪眼又被那種光線消滅，不知道它們將如何興風作浪！」

比拉爾喃喃地道：「興風作浪，興風作浪！邪惡的意念是興風作浪的動力……」

他講到這裏，抬頭向我望來，吸了一口氣：「讓我們離開這裏吧！」

我指著那金屬箱：「怎麼處理這箱子？將它抬出去，好讓世人知道若干年前，在地球上曾經發生過一件這樣的事？」

比拉爾呆了半晌：「不必了，讓它留在這裏吧。讓世人知道沒有用處。如果邪惡一直在人的思想中根深蒂固地生存著，知道了有甚麼用？」

我也很同意比拉爾的說法，有實質形體的邪惡，可以壓在地下許多年而仍然生存。佔據了人體思想，無形的邪惡也是一樣，只怕再過一百萬年，甚至永遠，都不會消失，除非所有的人全死光了，也或許，所有人死光了之後，邪惡會選擇地球上另一種生物來做它的移居體！

我和比拉爾都沒有勇氣向三具屍體再看一眼，一起向山洞之外走去。

當我們出了山洞之後，走出了十來里，看到一個山坡之上，幾百個土人仍然列隊跟著，現出虔誠而駭然的神情，還在等他們的大神出現。

我們並沒有和這些土人說甚麼，只是在他們的身邊經過。當我經過他們的時候，我心中在想，這一個地區的邪惡——那種怪眼，幾乎全被消滅殆盡，這是不是可以解釋為土人比較純樸、愚蠢，還保存了原始人的純真？如果不是邪惡的侵佔，全地球上的人都應該是這樣子的？

一路上，我和比拉爾還是不斷討論著這個問題，可是得不到結論。

我們比來的時候多花了大半天時間，才來到了直升機的附近，當我們登上直升機之際，比拉爾道：「我們是三個人來的，如今只有兩個人回去，我們如何向當局解釋奧干古達的失蹤或死亡呢？」

我呆了一呆，這個問題，在我心中已經想過好幾次了！奧干古達在這個國家之中，是一個地位重要的人物。而他死亡的經過，又是如此之怪誕，如果我們照實講的話，一定不會有人相信，甚至當我們是謀害奧干古達的兇手了！這的確是一個難題！

我想著，並沒有立即回答，直等到我發動了直升機，機翼發出震耳的聲響時，我才開口。我選擇了這個時候開口，只因為我想到的主意，實在不是誠實的主意，有機翼聲遮著，可以使我的心理上好過一點。

我道：「比拉爾，我看當地政府不見得會立刻追究奧干古達的失蹤問題。你、我一回到首都，立刻離開，事後，他們雖然想追查，也鞭長莫及了！」

比拉爾點著頭：「好辦法！」

他在同意了我的辦法之後，望著我：「那金屬片，是怎樣形容邪惡的特性的，關於欺騙和說謊？」

我苦笑了一下，說道：「說它最善於掩飾、說謊、偽裝和欺騙！」

比拉爾道：「你……的辦法，恰好是這種特性的寫照！」

我的笑容一定十分之苦澀，因為我還要將這種特性作一次完善的發揮，我在開始想，如何編造一個故事，去應付老蔡，我沒能將蔡根富帶回去，我必須編造一個令他相信的故事！

邪惡的特性！我有，你有沒有？只怕就像人臉上的眼睛一樣，人人都有！

〈完〉

倪匡珍藏限量紀念版 17

衛斯理傳奇之雨花台石

作者：倪匡
發行人：陳曉林
出版所：風雲時代出版股份有限公司
地址：10576台北市民生東路五段178號7樓之3
電話：(02) 2756-0949
傳真：(02) 2765-3799
執行主編：劉宇青
美術設計：許惠芳
業務總監：張瑋鳳
出版日期：2023年7月倪匡珍藏限量紀念版一刷
版權授權：倪匡
ISBN ：978-626-7303-06-1
風雲書網：http://www.eastbooks.com.tw
官方部落格：http://eastbooks.pixnet.net/blog
Facebook：http://www.facebook.com/h7560949
E-mail：h7560949@ms15.hinet.net
劃撥帳號：12043291
戶名：風雲時代出版股份有限公司

風雲發行所：33373桃園市龜山區公西村2鄰復興街304巷96號
電話：(03) 318-1378
傳真：(03) 318-1378
法律顧問：永然法律事務所 李永然律師
北辰著作權事務所 蕭雄淋律師

行政院新聞局局版台業字第3595號 營利事業統一編號22759935

定價：340元

國家圖書館出版品預行編目資料

衛斯理傳奇之雨花台石 ／倪匡著. -- 三版. --
臺北市：風雲時代出版股份有限公司，2023.05
面；公分 倪匡珍藏限量紀念版

ISBN 978-626-7303-06-1（平裝）

857.83 112002528